荣 获

新闻出版总署优秀畅销书奖
全国优秀古籍图书普及读物奖
第十七届山西省优秀图书一等奖
第 二 届 山 西 出 版 政 府 奖
山西出版集团2008年度十种好书

全套藏书累计销售500万册

诸子百家卷

《诗经》《尚书》《礼记》《楚辞》《论语·大学·中庸》《孟子》
《老子》《庄子》《荀子》《韩非子》《孙子兵法·尉缭子·鬼谷子》
《墨子》《周易》《山海经》《吕氏春秋》《三十六计》

名家选集卷

《三曹诗集》　《陶渊明集》　《王勃集》　《王维集》　《孟浩然集》
《高适集》　　《岑参集》　　《李白集》　《杜甫集》　《白居易集》
《刘禹锡集》　《元稹集》　　《李商隐集》《李贺集》　《杜牧集》
《韩愈集》　　《柳宗元集》　《李煜集》　《欧阳修集》《王安石集》
《苏轼集》　　《黄庭坚集》　《柳永集》　《秦观集》　《周邦彦集》
《李清照集》　《辛弃疾集》　《陆游集》　《范成大集》《杨万里集》
《姜夔集》　　《文天祥集》　《元好问集》《唐寅集》　《张岱集》
《三袁集》　　《李贽集》　　《傅山集》　《纳兰性德集》《袁枚集》
《郑板桥集》　《龚自珍集》

史著选集卷

《左传》《国语》《战国策》《史记》《汉书》《后汉书》《三国志》
《资治通鉴》

综合选集卷

《唐诗三百首》《宋词三百首》《元曲三百首》《千家诗》《古文观止》
《汉魏六朝小赋骈文选》《唐宋八大家文选》《明清小品文选》

笔记杂著卷

《蒙学六种——三字经·百家姓·千字文·增广贤文·幼学琼林·格言联璧》
《颜氏家训·朱子家训》　《世说新语》　《金刚经·坛经·心经·地藏经》
《曾国藩家书》《菜根谭·小窗幽记·幽梦影》《浮生六记》《闲情偶寄》
《近思录》《徐霞客游记》《古代书信精选》

戏曲小说卷

《元杂剧精选》《西厢记》《牡丹亭》《长生殿》《桃花扇》《今古奇观》
《三国演义》《水浒传》《西游记》《红楼梦》《聊斋志异》《儒林外史》
《封神演义》《话本小说选》《文言小说选》

苏轼集

[宋]苏轼 著
于景祥 徐桂秋 郭醒 解评

中国家庭基本藏书 名家选集卷

山西出版集团
三晋出版社

博学工作室

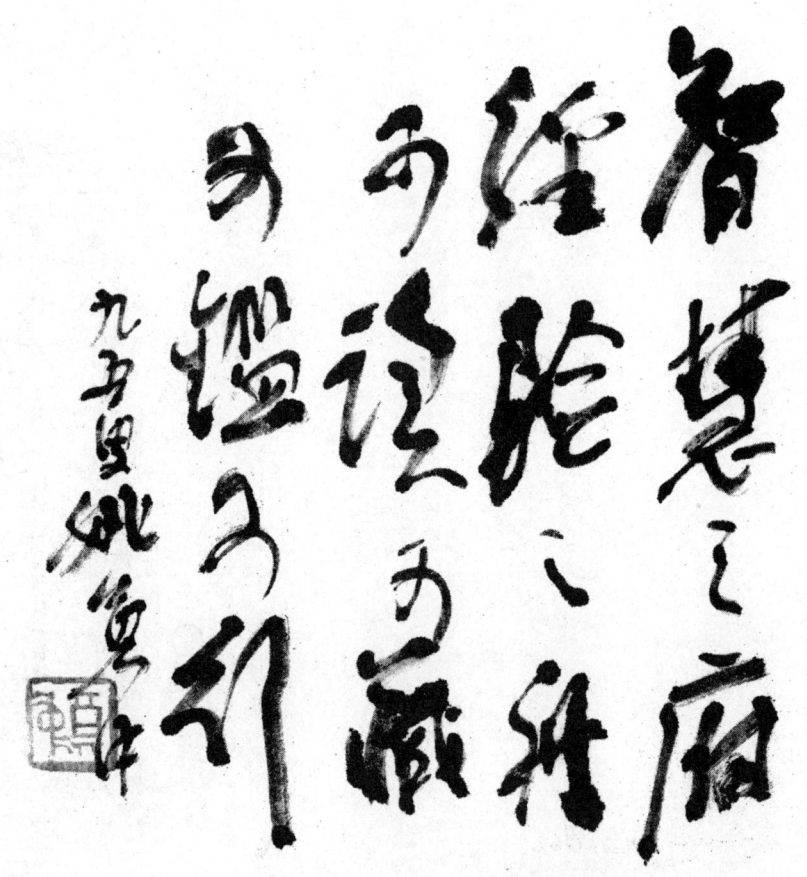

· 山西大学教授姚奠中先生为《中国家庭基本藏书》题词

前言

在中国文学艺术的历史上,苏轼是一位有多方面卓越成就的人。这里且不说他在哲学思想上的成就,也不说他在书画艺术方面的造诣,也不谈西湖的苏堤和饮食中的东坡肉等等,单就文学方面的地位而言,有关诗,人称"苏黄"(苏轼与黄庭坚),又有"苏门四学士";有关词,人称"苏辛"(苏轼与辛弃疾);有关文,人称"三苏"(苏洵、苏轼、苏辙父子),而"三苏"又占据着"唐宋八大家"的三席。可以说,苏轼是中国文学史上甚至整个中国古代史上的一位奇人。因此,要为这样一位大家编选一部简要而恰当的文集,向广大读者展示其多方面的文学成就,并不是一件容易的事。然而,这无疑是一件有意义的事。这不仅因为在我们的生活中,无论艺术方面,抑或人生方面,都或多或少存留着苏轼的影子,更为重要的是,我们仍然极其需要苏轼。

苏轼(1036—1101),字子瞻,号东坡,眉山(今属四川)人。他二十一岁时，得到当时文坛领袖欧阳修的赏识，与弟弟苏辙高中同榜进士。从此，"三苏"以文名显赫于朝中，而以苏轼的文名最大。

我们要粗略知晓苏轼文学成就的由来，恐怕要从两方面来着眼。

一是苏轼生活的时代。宋代以重视文人而著名，在整个宋代的历史上，文人虽然不免卷入政治斗争，但遭受致命打击的甚少。我们现在欣赏的欧阳修的《醉翁亭记》、苏轼的〔水调歌头〕"明月几时有"等一大批著名篇章，都是他们在遭贬谪时创作的，而其内容，多半没有唐代柳宗元、刘禹锡等人的激愤，而是充盈着凄婉甚至闲适与飘逸。另一方面，自宋代始，理学发达，谈禅盛行，整个人文环境比较宽松，比如，王安石与苏轼虽然是一时的所谓"政敌"，却在其他场合多有唱和赠答。可以说，宋代是历史上最适于艺术发展的朝代，而文人气最足的艺术就产生在这个朝代，其中最为杰出的代表，就是苏轼。

二是苏轼丰富的生活经历与修养。苏轼自青年时代进入朝中，曾经显赫一时。然而，由于他一方面对以王安石为首的改革派的措施有意见，另一方面又不能见容于所谓的保守派，故而屡遭贬谪。从他被贬黄州团练副使起，历移杭州、密州、登州、徐州、湖州、黄州、汝州、颍州、惠州，乃至儋州，最后病逝于常州。其生活随着当时的朝政变幻而不断变动，而且在朝野之间时出时入，经历了多年宦海风波和人生荣辱。这客观上丰富了他的经历，增长了他的见识，更锻炼了他的意志。苏轼能做到儒、释、道兼修，在诗词文赋诸方面都取得巨大成就，恐怕与他这种特殊的经历有关，当然也与他超人的禀赋、旷达的性格等因素有关。

在诗歌方面，苏轼一改唐诗的蕴藉风格，而是"以文为诗，以议论为诗"，比如其《题西林壁》，堪称哲理诗、禅诗之上乘之作，是我们于唐诗中所少见的面目。清代的大学者赵翼这样评价苏诗："大概才思横溢，触处生春。胸中书卷繁富，又足以供其左旋右抽，无不如志。其尤不可及者，天生健笔一枝，爽如哀梨，快如并剪，有必达之隐，无难显之情。此所以继李杜后为一大家也。"（《瓯北诗话》卷五）后世的文士们，多半认可赵翼的这段话。然而，苏轼诗歌的这一特点，在宋代诗坛演化为一种风尚，后人多所诟病，比如崇尚唐诗，作诗讲究形象思维的毛泽东同志，就批评宋诗"味同嚼蜡"。

在词的创作方面，苏轼不仅一改晚唐五代以来柔媚小巧的词风，而且表达了更加丰富广阔的内容，比如〔念奴娇〕"大江东去"，即是其代表之作。然而，对苏轼的豪放词，当时即有其幕士讥曰："柳郎中词，只合十七八女郎执红牙拍板歌'杨柳岸，晓风残月'；学士词，须关西大汉，铜琵琶、铁绰板唱'大江东去'。"(宋·俞文豹《吹剑续录》)金代大文豪元好问则对苏词作出了较为准确的评价："自东坡一出,性情之外,不知有文字。"(金·元好问《新轩乐府引》)事实上,苏轼之后,辛弃疾诸人在豪放词方面继续开拓,终于丰富了宋词的风格,提高了宋词的境界。故王国维在《人间词话》中评曰："东坡之词旷,稼轩之词豪。"可以说,宋词作为有宋"一代文学",苏辛二人实为主将。

  苏轼的散文,成就似乎在其诗与词之上,无论是政论文中的《范增论》《留侯论》《贾谊论》《晁错论》,还是小品文中的《放鹤亭记》《喜雨亭记》《石钟山记》,还是小赋中的《前赤壁赋》《后赤壁赋》,都达到了中国散文的最高成就。苏轼在《文说》中曾不无得意地说："吾文如万斛泉涌,不择地而出,在平地滔滔汩汩,虽一日千里无难;及其与山石曲折,随物赋形而不可知也。可知者,常行于所当行,常止于不可不止。"其实,这正是苏轼散文风格的自我评价,也是中国散文的至高境界。比起韩愈散文的拗折奇警,柳宗元散文的冷峻奇拔,欧阳修散文的平易实在,人们似乎更喜欢汪洋恣肆的苏轼散文。

  虽然苏轼的文学成就如此丰富博大,但本集只是选辑了其诗、词、文三方面长期为人传诵的名作,共140篇,或者能体现苏轼的主体成就。编选之后,每一篇都作了通俗性的介绍与注释,又作了艺术方面的新评,力求表达出编者自己的见解。为方便读者使用,末附"苏轼年谱简编"、"苏轼著作版本举要"、"苏轼研究论著论文举要"及"《苏轼集》名言警句"(正文中用着重号标注)。本集的编选与注析,难免有疏漏之处,敬请方家不吝指正。

于景祥
2008年6月

文化史上第一人（代序）

名家选集卷
苏轼集·代序

于景祥

一

苏轼（1036—1101），北宋时期著名文学家、书画家。字子瞻，眉州眉山（今属四川）人。嘉祐二年（1057）进士，深受梅尧臣和主考官欧阳修赏识。仁宗末年，上制策，要求政治改革。然而在王安石变法时，因政见不合，上书反对变法。由于未被采纳，便请外调，出任杭州通判，转知密、徐、湖三州。元丰二年（1079）因"乌台诗案"入狱，后贬黄州，乃筑室东坡，号东坡居士。哲宗即位，改元元祐，高太后临朝，起用旧党司马光，招轼任中书舍人，翰林学士，知制诰。因反对尽废新法，引起旧党疑忌，出知杭、颍、定三州。绍圣元年（1094）哲宗亲政，新党得势，贬斥元祐旧臣，又被贬至惠州、儋州。徽宗即位后遇赦北还，病逝于常州。谥文忠。

苏轼是欧阳修之后的文坛领袖，宋代文学的又一位宗师。在思想上，他融儒、佛、道为一体：入世之志，超脱之性，任性逍遥之行集于一身。苏辙在论及其兄的时候指出："（轼）初好贾谊、陆贽书，论古今治乱，不为空言。既而读《庄子》，喟然叹曰：'吾昔有见于中，口未能言，今见是书，得吾心矣。'……后读释氏书，深悟实相，参之孔、老，博辨无碍，浩然不见其涯矣。"（《亡兄子瞻端明墓志铭》，苏辙《栾城集》卷二十二）这是对苏轼之知识结构、思想源流非常中肯、非常全面的评价。苏轼自己更认为儒、释、道相通又相成。他在《南华长老题名记》中称佛家"一念正真，万法皆具"，又说："子思子曰：'夫妇之不肖，可以能行焉；及其至也，虽圣人亦有所不能焉。'孟子则以为圣人之道，始于不为穿窬；而穿窬之恶，成于言不言……是二法者，相反而相为用。儒与释皆然。""南华长老明公，其始盖学于子思、孟子者，其后弃家为浮屠氏。不知者以为逃儒归佛，不知其犹儒也……宰官行世间法，沙门行出世间法，世间即出世间，等无有二。"在《宸奎阁碑》中又说明佛只有与孔、老合，人们才乐于信从："是时北方之为佛者，皆留于名相，囿于因果，以故士之聪明超轶者皆鄙其言，诋为蛮夷下俚之说。琏（怀琏，赐号大觉禅师）独指其妙与孔、老合者，其言文而真，其行峻而通，故一时士大夫喜从之游。遇休沐日，琏未盥漱，而户外之屦满矣。仁宗皇帝以天纵之能，不由师傅，自然得道，与琏问答，亲书颂诗以赐之……而升遐之日，天下归仁焉。此所谓得佛心法者，古今一人而已。"在《论修养帖寄子由》中既说明自己打通释道，进入"任性逍遥，随缘放旷"的自在境界，又以此来诱导其弟："任性逍遥，随缘放旷，但尽凡心，别无胜解。以我观之，凡心尽处，胜解卓然。但此胜解，不属有无，不通言语，故祖师教人，到此便住。如眼翳尽，眼自有明，医只有除翳药，何曾有求明方？明若可求，即还是翳。故不可于翳中求明，即不可言翳外无明。而世之昧者，便将颓然无知，认作佛地。若如此是佛，猫儿狗子，得饱熟睡，腹摇鼻息，与土木同，当恁么时，可谓无一毫思念，岂可谓猫儿狗子已入佛地？故凡学者，但当观心除爱，自粗及细，念念不忘，会作一日，得无所除。"《祭龙井辩才文》更表现出苏轼从总体上沟通儒、释、道三家思想，体现出其兼收并蓄，自足圆通的博大胸怀："呜呼！孔老异门，儒释分宫。又于其间，禅律相攻。我见大海，有北南东。江河虽殊，其至则同。"实际上，这正是根于儒术又出入释道，既有儒者修、齐、治、平之术，又有道家养生之术，还有佛家的大自在之方；本于儒则入世济民，追求功业；出入佛老则宠辱皆忘，波澜不惊；任性逍遥，随缘放旷；纯任自然，超脱达观；无往不适，进入圆融通脱的化境，所以苏轼才成为中国历史上的一位奇才。

由苏轼上述这种特殊的思想性格所决定，他的文艺观便深深地印上了儒、释、道合而为一的色彩。他在文学创作上，特别强调这样几点：

一是重视文学作品的内容,强调有为而作,不为空言。在这方面,苏轼可以说有家学渊源,在《凫绎先生诗集叙》中,他追述父亲苏洵当年借评论凫绎先生之诗文,针砭时弊,表述自己的文学观,对自己进行教导:"昔吾先君适京师,与卿士大夫游,归以语轼曰:'自今以往,文章其日工,而道将散矣。士慕远而忽近,贵华而贱实,吾已见其兆矣。'以鲁人凫绎先生之诗文十篇示轼曰:'小子识之:后数十年,天下无复为斯文者也。先生之诗文,皆有为而作,精悍确苦,言必中当世之过,凿凿乎如五谷必可以疗饥,斫斫乎如药石必可以伐病。其游谈以为高,枝词以为观美者,先生无一言焉。'其后二十馀年,先君既没,而其言存。"同时,苏轼年少即好陆贽之书,那时"论古今治乱"就"不为空言"(见苏辙《亡兄子瞻端明墓志铭》)。入仕之后,他更注意这一点。在《答俞括书》中,他首先赞扬俞括为文"有意乎经世致用"。又说这是他"平生所望于朋友与凡学道之君子也"。尔后又特意把陆贽的一篇奏议抄录下来送给俞括,要他效法。在《答王庠书》中他又说:"儒者之病,多空言而少实用,贾谊、陆贽之学殆不传于世。"很是惋惜。应该说,他的这方面的思想,显然受儒家经世致用的功利主义思想影响。

二是在艺术形式方面,他追求得心应手的境界,讲究辞达的效果。其实,这也是苏轼提出的艺术标准之一。他说:"夫既心识其所以然而不能然者,内外不一,心手不相应,不学之过也。故凡有见于中而操之不熟者,平居自视了然,而临事忽焉丧之,岂独竹乎?"(《文与可画筼筜谷偃竹记》)又说:"孔子曰:'言之不文,行而不远。'又曰:'辞达而已矣。'夫言止于达意,即疑若不文,是大不然。求物之妙,如系风捕影,能使是物了然于心者,盖千万人而不一遇也,而况能使了然于口与手者乎!是之谓辞达。辞至于能达,则文不可胜用矣。"既要"使是物了然于心",又要"了然于口与手",这就是得心应手,也就是"能达"。在《答王庠书》中他表达了同样的意思:"辞至于达,足矣,不可以有加矣!""前后所示著述文字,皆有古作者风力,大略能道意所欲言者"。显然,苏轼这种艺术标准的理论基础是儒家的文艺观,主要是孔子的"辞达"说。

三是在创作自由与艺术法度、艺术规则、艺术规律问题上,苏轼追求游刃有馀的境界。他说:"道子画人物,如以灯取影,逆来顺往,旁见侧出,横斜平直,各相乘除,得自然之数,不差毫末;出新意于法度之中,寄妙理于豪放之外;所谓游刃馀地,运斤成风,盖古今一人而已。"(《书吴道子画后》)虽出新意,但在"法度之中";既有妙理,又在"豪放之外"。一言以蔽之:要在艺术法度、艺术规则、艺术规律之中"游刃有馀",得到创作自由。苏轼自己在《自评文》中得意地说出自己这种得意境界："吾文如万斛泉水，不择地而出，在平地滔滔汩汩，虽一日千里无难，及其与山石曲折，随物赋形而不可知也。所可知者，常行于所当行，常止于不可不止，如是而已矣。"评价别人文章的时候，一旦到了这种佳境，他便大加赞扬："（文章）大略如行云流水，初无定质，但常行于所当行，常止于所不可不止，文理自然，姿态横生。"（《答谢民师书》）赞美谢民师所作文章自由表达，摆脱形式限制，恰到好处，取得自然流畅、波澜起伏的艺术效果。那么，怎样才能达到这种境界呢？苏轼认为关键是对艺术法度、规则、规律的熟练把握和运用，从必然王国，进入自由王国，达到随心所欲的境界，从而获得游刃有馀的创作自由。他说过："如来得阿耨多罗三藐三菩提，曰：'以无所得故而得。'舍利佛得阿罗汉道，亦曰：'以无所得故而得。'如来与舍利佛若是同乎？曰：何独舍利佛，至于百工贱技，承蜩意钩、履狶画墁，未有不同者也。论道之大小，虽至于大菩萨，其视如来犹若天渊，然及其以无所得故而得，则承蜩意钩、履狶画墁，未有不与如来同者也……口必至于忘声而后能言，手必至于忘笔而后能书……口不能忘声，则语言难于属文；手不能忘笔，则字画艰于刻雕。及其相忘之至也，则形容心术，酬酢万物之变，忽然而不自知也。自不能者而观之，其神智妙达，不既超然与如来同乎？故《金刚经》曰：'一切贤圣，皆以无为法，而有差别。'以是为技，则技疑神；以是为道，则道疑圣。"（《虔州崇庆禅院新经藏记》）显然，这是融会庄禅之后而得到的妙悟，受佛家和道家思想的双重影响。

苏轼的文学主张在其创作实践中得到了比较充分的体现，在诗、词、文这三种主要的文学样式上，他都取得了十分杰出的成就，是无可争议的宗师。

二

苏轼之诗代表宋诗的最高成就，集中体现了宋诗的创造性。我们知道，在宋诗之前，唐诗在意境上的造诣几乎达到了登峰造极的地步，"此后倘非能翻出如来掌心之'齐天大圣'，大可不必动手"（《鲁迅书信集》下册第699页）。在这种难以为继的情况下，宋代诗人要想有所作为就只有另辟蹊径。当时的内部和外部条件促使他们走上了这条创新的道路，而在这条创新的道路上，苏轼是宋代诗人中最有创造性，成就最突出的一个。有宋一代，哲学的繁荣超过李唐，其思辨的深度、广度不亚于魏晋，而禅学的风行和儒学的再造更有深远的影响。司马光在《戏呈尧夫》一文中指出："近来朝野客,无坐不谈禅。"在佛老思辨哲学的比较之下,传统之儒学则显得更加古板、僵化,于是便从佛老中吸取营养来补充自己,向理学发展。虽然早期之理学不脱离儒家之伦常教化,但其大讲格物致知、穷理尽性,其思辨的哲理性、逻辑性则今非昔比。这种意欲穷究天理、物理、人心、人性的哲学思潮极大地影响了诗歌创作。同时,从诗歌本身的因素来说,北宋初期诗歌创作上对唐诗模式的因袭与模仿已为实践证明是极不可取的,不管是白体、晚唐体、西昆体都成就平平,无大建树。当时的范仲淹就说:"学步不至,效颦则多,以至靡靡增华,效颦相滥。"(《唐异诗序》)梅尧臣也批评道:"迩来道颇丧,有作皆言空。烟云写形象,葩卉咏青红。"(《宛陵集·答韩三子华、韩五持国、韩六玉汝见赠述诗》)此外,词的兴盛导致了诗词的分工,二者在疆域上出现某种不成文的划分:一般说来,要渺之情的抒发多由词来担当,而言事说理则大都是诗的专利。还有,北宋在科举上曾一度废止诗赋而试策论,文坛上又发生了古文运动,也从各个方面促使诗歌产生变异。最值得注意的因素是,诗歌创作主体与唐代相比,发生了巨大变化。宋代诗人多为智者、学者加才子型,而苏轼更是其中的代表和典型,这种主客观条件使他具有思辨的癖好和追求哲理的兴趣。他总是不满足形而下的描述,总是力求形而上的把握。他在诗歌创作上根本不拘于客观物象,不限于直觉,总想有一种深刻的超越,往往表现出高超的识度和睿智。这样,在上述诸种因素的作用下,以苏轼为代表的宋代诗人便在自己特定的时代里形成了一种异于唐代诗人的艺术思维方式,即超越感情形象的哲理化思维方式占据了相当重要的位置。具体表现首先是以意理为主的诗学观念盛行。如刘攽在其《中山诗话》中就说:"诗以意为主,词次之。或意深义高,虽文词平易,自是奇作。"黄庭坚在其《与王观复书》中也指出:"(诗)当以理为主,理得而辞顺。"他在评价苏轼时特别指出:"吾闻斯人,深入理窟。"(《东坡居士墨戏赋》)秦观也说:"苏氏之道,最深于性命自得之际。"(《答傅彬老简》)苏轼之弟苏辙在评价乃兄之时又说:"(轼)初好贾谊、陆贽书,论古今治乱,不为空言。既而读《庄子》,喟然叹曰:'吾昔有见于中,口未能言,今见是书,得吾心矣。'……后读释氏书,深悟实相,参之孔、老,博辨无碍,浩然不见其涯矣。"(《亡兄子瞻端明墓志铭》)这都表明,在宋代,对以苏轼为代表的诗人而言,诗歌艺术的重心随创作主体艺术思维方式和艺术观念的变异已经偏移,具体说来,就是尚意、尚理,以意胜,以理胜。在这种艺术思维方式和艺术观念的作用下,诗歌创作中便鲜明地展现出偏重理性思辨的趋向,苏轼之作，尤其如此。这一点，具体表现在如下三个方面：

其一，追求理趣。在苏轼那里，诗歌的观念发生了深刻的变化。传统的"言志"、"缘情"已不被作为诗歌追求的唯一目标，而表现出明显的哲理，尤其是人生哲理的趋归。如苏轼的《题西林壁》："横看成岭侧成峰，远近高低各不同。不识庐山真面目，只缘身在此山中。"诗人在对庐山远近高低的山峰进行观照中，得到一种启示，然后通过诗的形式把它表现出来：只缘置身山中，因而才不识庐山的真面目。点出人类认识难以避免的一种局限，即当局者迷，旁观者清；所以看事物、看问题必须多层面、多角度，既能入乎其内识其精微，又能出乎其外把握总体。很明显，这首诗的主旨不在于客观景物的描绘，也不在于诗人主观情志的抒发和表现，而在于主体对客体的理性思辨，表现出引人深思的人生哲理，具有奇妙的理趣。因而，诗人已不把自己所表现的客体作为抒情或言志的媒介，而是把它们当作言理的语资，借之阐发自己所认识的人生哲理，其艺术思维方式以趋归哲理思辨为主要特征。

其二，以议论为诗。以议论为诗是宋诗突出的特点。宋人严羽早就在其《沧浪诗话》中说："盛唐诸公，惟在兴趣，羚羊挂角，无迹可求……近代诸公乃作奇特解会，遂以文字为诗，以才学为诗，以议论为诗。"明人屠隆在其《论文》一文中更对宋诗作了过激的批评："……宋人多好以诗议论。夫以诗议论，即奚不为文而为诗哉？"虽其持论未免过偏，但宋人在诗中好发议论则的确成癖。这是其偏重理性思辨的艺术思维方式所致。在这方面，苏轼无疑是代表人物，如其《琴诗》："若言琴上有琴声，放在匣中何不鸣？若言声在指头上，何不于君指上听？"纯以议论出之，不着一字刻画描绘。其《洗儿戏作》也是如此："人皆养子望聪明，我被聪明误一生。惟愿孩儿愚且鲁，无灾无难到公卿。"全是议论说理，不加一点描绘或铺陈。即使是写景诗，他也在景语和情语中穿插议论。如其《登州海市》一诗便是如此。唐人之景物诗，大都是让景物客观地呈现，而把意蕴的索解留给读者，任你去生发、联想、意会。而本诗则除"重楼翠阜出霜晓"一句客观描绘之外，全用议论，直接站出来说理，语语说尽，不留馀地，以理服人。其偏重理性思辨的艺术思维特征一看便知。

其三，中国传统诗歌的整体性结构被打破。中国传统诗歌，尤其是唐诗，总的说来大都是即物即心，即情即景，情、景、意三元基本上是一个均衡和谐的整体性结构，突出表现在浑融完整的意境上。而宋诗，尤其是苏轼之诗，由于知性、理性因素的强化，并且时常直接显露于诗中，取代情感在诗中的支配地位，这便造成心与物、情与景的亲和关系被干扰、松动甚至分离。因此唐诗那样均衡和谐、浑融完整的结构不复存在了,代之而起的是一种自由、宽松、机动性更强的结构。我们看他的《泗州僧伽塔》：

　　我昔南行舟系汴,逆风三日沙吹面。舟人共劝祷灵塔,香火未收旗脚转。回头顷刻失长桥,却到龟山未朝饭。至人无心何厚薄,我自怀私欣所便。耕田欲雨刈欲晴,去得顺风来者怨。若使人人祷辄遂,造物应须日千变。今我身世两悠悠,去无所逐来无恋。得行固愿留不恶,每到有求神亦倦。退之旧云三百尺,澄观所营今已换。不嫌俗士污丹梯,一看云山绕淮甸。

　　从题目上看这是一首即景抒情的凭吊之作,但实际上诗人只有末尾对塔及其周围景物稍加点染,诗的绝大部分都是对僧伽显灵的议论解说。诗人面对客体不注重情感的抒发,而主要是知性、理性的体验;不是被动地承受、感应,而是主动地索解,是主体对客体直接的介入。诗的本身已无均衡性和整体性,景与情、景与理的关系松散不整,充满了哲理化、思辨化的说理意味。这是偏重理性思辨的艺术思维方式所导致的必然结果。

　　就唐宋两代不同的社会、文化环境造成的两代诗人这种不同的艺术思维方式和不同的诗风而言,不能轻易地加以褒贬。总的说来,唐代诗歌当然是中国诗歌史上的高峰,但是我们不能就此便说宋诗无足称道,更不能沿用评论唐诗的方式和标准去评论宋人的艺术思维和宋诗。清人吴乔说得好:"须另具心眼,得有立解,乃知宋诗妙处。一以唐人格律绳之,都是不会读宋诗。"(《静居绪言》)应该指出:以苏轼为代表的宋代诗人偏重理性思辨,导致对传统诗歌特别是唐诗和谐完整结构的偏离,是一种勇于开拓求新的趋向,可以说为诗歌开拓了新的天地;尤其是其启迪人们思维的理趣诗无疑是中国诗歌园地中一束可喜的鲜花,有独特的美学价值,这是我们必须珍视的。当然,我们也必须说明,宋代诗人这种创新的艺术思维方式,这种开拓性的诗歌创作的确付出了沉重的代价,这就是由于理性思辨的过度膨胀,知性、理性过于直接地介入,导致诗歌浮泛无奇,近于说教,表现过分直露,缺乏应有的馀味,形成对诗中形象和情感因素的过分挤压和干扰、甚至取代,由此便造成枯燥生涩的毛病,这是宋诗遭人诟病的主要原因。但是,比较而言,宋诗的这些弊端在苏轼的诗作中却比较少见。人们把这一现象归因于苏轼的才气和学力，如清人赵翼就说过："大概才思横溢，触处生春。胸中书卷繁富，又足以供其左旋右抽，无不如志。其尤不可及者，天生健笔一枝，爽如哀梨，快如并剪，有必达之隐，无难显之情。此所以继李杜后为一大家也。"(《瓯北诗话》卷五)这种看法当然空泛一些，但是也确实不无道理，因为苏轼的才气和学力都是非凡的，他于唐人之后在诗歌领域的开拓创造了宋诗的高峰。

三

苏轼在词这种特殊文体上的贡献和开拓比他在诗文上的成就更为突出。这种贡献和开拓既在理论观念上有突出的表现，又在其创作实践中有生动的体现。首先，在词学理论、词学观念上，苏轼打破传统观念，表现出自主创新精神。苏轼之前，特别是五代宋初，词学的传统从内容题材上看是"艳科"，艺术特点是绮罗香泽之态，与诗迥然有别，所以人们说"诗庄词媚"。到了北宋柳永之手，虽然体制结构由小令发展为长调慢词，语言风格由婉媚变为通俗，走近市民，走向世俗，但是总体内容和题材还没有摆脱"词为艳科"的传统状态。然而到了苏轼这里，传统的观念和内容题材都打破了。从词学观念上说，苏轼打通了诗词两种文学形式之间的传统壁垒，显示出诗词一体化的观念。这从他的言谈中就可以看得出来："清诗绝俗，甚典而丽，搜研物情，刮发幽翳；微词宛转，盖诗之裔。"(《祭张子野文》)"颁示新词，此古人长短句诗也，得之惊喜。"(《与蔡景繁诗》)"近颇作小词，虽无柳七郎风味，亦自是一家，呵呵。数日前猎于郊外，所获颇多，作得一阕，令东州壮士抵掌顿足而歌之，吹笛击鼓为节，颇壮观也。"(《与鲜于子骏书》)"又惠新词，句句警拔，诗人之雄，非小词也。"(《与陈季常第十三简》)说词"盖诗之裔"，"古人长短句诗也"，意思是词出于诗，本来同源；称赞别人为"诗人之雄，非小词也"，并且欣赏其"句句警拔"，又颇为自得地说自己的词"颇壮观也"，显然喜欢"以诗为词"的创作方式。这一方面改变了传统的词学观念，提高了词的地位；另一方面也表现出自主创新的勇气和自信，这就是他自己所说的"亦自是一家"，不重复前人。

在创作实践中，"以诗为词"也是苏轼词的突出特征。《王直方诗话》中清楚地记载道：东坡曾经以自己所作小词给晁补之和张耒看，并且问道："何如少游？"两人都回答说："少游诗似小词，先生小词似诗。"可见，与苏轼同时的词作者当时就看出他"以诗为词"的创作特色。观念上的突破和创作实践上的大胆探索，使苏轼在词学领域开拓出广阔的天地，产生强烈的影响。元好问指出："自东坡一出……真是'一洗万古凡马空'的气象。"(《新轩乐府引》)胡寅说："及眉山苏氏一洗绮罗香泽之态，摆脱绸缪宛转之度，使人登高望远，举首高歌，而逸怀浩气，超然乎尘垢之外，于是《花间》为皂隶，而柳氏为舆台矣。"(《题酒边词》)后来，人们比较一致地把苏轼的词学成就和创造具体归纳为三点：即内容题材的扩大，形式与音律的突破，意境风格的创新。

就内容和题材来说，苏轼的362首词可以说极大地拓展了词的疆土。在他之前，晚唐五代之词，多为娱宾遣兴，男女情爱，局限于亭台院落，绣户深闺；北宋的柳永、张先则进一步发展，将词的疆域扩大到都城市井，江山风物，官场生活，出现由内心世界向外部世界发展的外向型特征。到了苏轼则向外扩张的力度更大：从内容上看，小到日常生活中的朋友交往，赋闲读书，耕种狩猎，旅游观览；大到家国之计，政治理想，社会问题，民生疾苦，古今得失……从类别上看，抒情、咏物、山水、田园，确实是无事不可入词，无意不可入词。

就形式与音律来说，苏轼在某种程度上改变了词对音乐的依赖，采取"以诗为词"的方式，打破了诗词间的界限，使词由供人演唱，到主要供人阅读，从音乐之附庸变为一种抒情诗，一个独立、特殊的诗体。对于词的音律，苏轼一方面也比较讲究，例如他特别喜欢陶渊明的《归去来兮辞》，但对这篇作品"不入音律"感到不满意，于是采取措施，使之合律成词。关于这一点，他在与朱康叔第十三简中说得特别清楚："旧好诵陶潜《归去来》，常患其不入音律，近辄微加增损，作〔般涉调·哨遍〕，虽微改其词，而不改其意。"(《文集》卷五十九)在〔水调歌头〕"昵昵儿女语"序中又说："建安章质夫家善琵琶者，乞为歌词。余久不作，特取退之词，稍加檃括，使就声律，以遗之云。"在《和致仕张郎中春昼》中还自称"细琢歌词稳称声"。无论是"常患其不入音律"，所以要"微改其词"，还是"稍加檃括，使就声律"，"细琢歌词稳称声"，都是主观上追求音律，使自己的词协律可歌的表现，说明苏轼在词学观念上和创作实践中并非有意破坏词的音律规则。再如其《醉翁操》"琅然，清圆，谁弹，响空山"序中有更详细的说明：

  琅琊幽谷，山水奇丽，泉鸣空涧，若中音会。醉翁喜之，把酒临听，辄欣然忘归。既去十馀年，而好奇之士沈遵闻之往游，以琴写其声，曰〔醉翁操〕。节奏疏宕，而音指华畅，知琴者以为绝伦。然有其声而无其辞。翁虽为作歌，而与琴声不合。又依《楚辞》作〔醉翁引〕，好事者亦倚其辞以制曲。虽粗合韵度，而琴声为词所绳约，非天成也。后三十馀年,翁既捐馆舍,遵亦没久矣。有庐山玉涧道人崔闲,特妙于琴,恨此曲之无词,乃谱其声,而请于东坡居士以补之云。

这里,他不但讲究声律,认为作品"与琴声不合",或"粗合韵度","为词所绳约"为不合适,需要改进,而且提出词与音律要达到"天成"的境界,说明苏轼不仅讲究音律,而且还是行家里手。

另一方面,苏轼的才性是非常特殊的。其才包括才气和学力,在宋代罕有所及,李调元概括为"天分高,学力厚"(《雨村诗话》)。清人赵翼归纳为"才思横溢,触处生春。胸中书卷繁富,又足以供其左旋右抽,无不如志"(《瓯北诗话》)。其性格则豪迈俊逸,以追求自由、奔放不羁为特征,两者结合起来就是"横放杰出",这样天马行空般的个性和"与太白为近"的"坡仙"之才,构思下笔自然纵横恣肆,难以控驭,往往不由自主地超越藩篱。晁补之作为"苏门四学士"之一,看得非常清楚:"苏东坡词,人谓多不谐音律,然横放杰出,自是曲子中缚不住者。"(宋·吴曾《能改斋漫录》)陆游在《老学庵笔记》卷五中写道:"世言东坡不能歌,故所作乐府多不合律……公非不能歌,但豪放,不喜裁剪以就声律耳。"王灼在《碧鸡漫志》卷二中说:"东坡先生非醉心于音律者,偶尔作歌,指出向上一路,新天下耳目,弄笔者始知自振。"这些评价归纳起来,主要说明两点:一是因为苏轼"豪放"或曰"横放杰出"的才性,所以有时音律"缚不住";二是他虽然讲究音律,但是并不"醉心于音律",有时也不喜欢削足适履地迁就音律,所以个别时候便冲破音律的限制。

就意境风格来说,苏轼词当然是丰富多彩的,清雅、韶秀;温丽、婉约;豪放、超旷……但是更让人耳目一新的是豪放与超旷两点。正是在这两方面体现出苏词在意境风格上的创新精神。其"豪放"一点,主要是指其奔放不羁的气概和纵横恣肆的笔法与境界。俞文豹《吹剑续录》中记载:"东坡在玉堂日,有幕士善歌。因问,我词何如柳词?对曰:柳郎中词,只合十七八女郎执红牙板,歌'杨柳岸、晓风残月';学士词,须关西大汉,铜琵琶、铁绰板唱'大江东去'。公为之绝倒。"这是当时旁观者对苏轼词豪放风格的体会,可以说一语中的,令人拍案叫绝。苏轼自己在《与陈季常第十三简》中说:"又惠新词,句句警拔,诗人之雄,非小词也。但豪放太过,恐造物者不容人如此快活。"这是苏轼本人对豪放风格的认知。

王国维把苏词和辛弃疾之词加以比较,说:"东坡之词旷,稼轩之词豪。"(《人间词话》)叶嘉莹先生从创作主体的精神境界分析入手,阐释苏词的风格,特别具有说服力。她认为苏轼"把儒家用世志意与道家旷观之精神,做了极圆满之融合","苏轼之开始致力于词之写作,既是在其仕途受到挫折以后,则其词之走向超旷之风格,便自是一种必然之结果"。"苏词既有'天趣独到'、'逸怀浩气,超乎尘垢之外'、'具神仙出世之姿',有如此超旷之襟怀与意境,然而却也有人从苏词中见到了其'寄慨无端'之处,与'幽咽怨断之音'的问题"。"苏轼在天性中既禀有'欲以天下为己任'的'用世之志意',也同时禀有'不为外物得失荣辱所累''超然之襟怀',所以当他在仕途受到挫折时,虽也能以超旷之襟怀,作为自我解脱与安慰之方;然而究其本心,则对于用世之志意却也并不曾完全放弃"。(《灵谿词说》)简而言之:苏轼融合儒、道两家思想精神,既有用世之志,又追求精神自由,有超然物外的胸怀;于得失之间不凝不滞,具备超旷的思想和胸怀,所以在词作之中便生成超旷的意境和风格,改变了以往词家偏重于阴柔之美的风格和境界,一新天下耳目。汤衡就说:"夫镂玉雕琼、裁花剪叶(欧阳炯《花间集序》语),唐末诗人非不美也,然粉泽之工,反累正气。东坡虑其不幸而溺于彼,故援而止之,惟恐不及。其后元祐诸公,嬉弄乐府,寓以诗人句法,无一毫浮靡之气,实自东坡发之也。"(《张紫微雅词序》)这样的评论应该说正确地反映出苏轼在词的意境风格等方面的创新与贡献。

四

苏轼在散文创作上具有广泛的成就,议论文、记叙文、文赋,以及书札、序跋和随笔等等小品无所不精,给当时和后世留下许多范本。

其一,苏轼的议论文主要包括政论、史论和其他一些缘事而发的杂论,内容非常丰富。总体风格是明快流畅,气势雄浑,说理透辟又语言生动。其政论文如《思治论》、《教战守策》、《上皇帝书》,不但援古证今,指陈利害,有为而作,不为空言,而且明白易晓,显示出受陆贽政论文影响的痕迹。苏轼在《乞校正陆贽奏议进御札子》一文中曾指出陆贽奏议"开卷了然",比《六经》三史、诸子百家之文通俗易懂。对此,他自己在创作中也有所效法。明代茅坤说苏轼《上皇帝书》"明切事情似陆贽",今人高步瀛又针对这篇文章评论说:"或曰:奏疏总以明显为要。时文家有典、显、浅三字诀,奏疏能备此三字,则尽善矣……此文虽不甚浅,而典显二字则千古所罕见也。"(《唐宋文举要·上皇帝书》)同时,在剖析事理之时,他同陆贽一样,不是板着面孔,讲抽象的大道理,而是经常以生动形象的比喻来说明抽象的道理。陈鸿墀在《全唐文纪事》中说陆文"字里行间通时事,曲譬直陈总道诠"。如陆贽在《奉天论前所答奏未施行状》一文中论述君与民之间关系时就以生动形象的比喻出之："喻君为舟,喻人为水;水能载舟,亦能覆舟。舟即君道,水即人情;舟顺水之道乃浮,违则没,君得人之情乃固,失则危。"苏轼之文也是如此,高步瀛说过:"善言事者,每于最难明之处设譬喻以明之,东坡诗文皆以此擅长。"(《唐宋文举要》,上海古籍出版社1979年版)苏轼在《上皇帝书》中阐述君与民之关系时就使用了形象的比喻:"人心之于人主也,如木之有根,如灯之有膏,如鱼之有水,如农夫之有田,如商贾之有财。木无根则槁,灯无油则灭,鱼无水则死,农夫无田则饥,商贾无财则贫,人主失人心则亡。"汪中评论这篇文章时直接指出:"篇中凡议论譬喻引证,纯用双行,是陆宣公奏议体。"(见《唐宋文举要》,上海古籍出版社1979年版)这确实是有见地的。再如《日喻》一文,本来是针对当时新法推行者拘泥于经书之道,不从现实生活中学道;以经术取士,士知求道而不务实学的弊端而发的,但是文中却以比喻出之,通过盲人猜日和南人善于游泳这两个生动的比喻,论证、说明求道的正确途径,那就是要像学习游泳那样通过"日与水居"的亲身实践,去体会,去学习;同时,要想真正了解事物,必须对事物进行全面的考察,而且还要通过实践进行检验,否则就会出现盲人猜日一样的错误。可见,巧妙的比喻说明了复杂的道理,给人留下深刻的印象。

其二,书札、序跋和杂文随笔等小品文在苏轼的散文中也占有相当重要的地位,是很能见出苏轼的真性情、真人格的妙品。这类作品或叙友情,或写襟怀,或谈艺,或论文,信手拈来,夹叙夹议,触处生春,涉笔成趣,挥洒自如,情味隽永,嬉笑怒骂,皆成文章,充分表现了作者的个性和风趣。如《上梅直讲书》既表现出对前辈的钦慕之情,又流露出自己春风得意之态;《答秦太虚书》和《答李端叔书》,有叙有议,细致入微地描写谪居黄州时的艰苦环境,谈论生活,也谈论文艺,娓娓动听的话语中,见出作者逆境中的开朗胸怀和豁达气度;《书吴道子画后》谈论文艺,尤为精彩:一方面总结出"出新意于法度之中,寄妙理于豪放之外"的创作经验与体会,另一方面又阐述了运用艺术规律和追求创作自由所达到的美好境界:"游刃馀地,运斤成风。"《记承天寺夜游》是极短的小文,才八十五个字,却描绘出一个具有诗情画意的世界:

> 元丰六年十月十二日夜,解衣欲睡,月色入户,欣然起行。念无与为乐者,遂至承天寺,寻张怀民。怀民亦未寝,相与步于中庭。庭下如积水空明,水中藻荇交横,盖竹柏影也。何夜无月,何处无竹柏?但少

闲人如吾两人者耳。

本文作于贬官黄州(今湖北黄冈)时期。主要叙述的是夜游承天寺的情景。文中截取月下漫步寺庭这一片段,略略几笔,就充满了诗情画意,描绘出一种明净清幽的境界,作者宁静恬适的心境便充分展示出来了。言简而意深,字少而境美。

《书〈孟德传〉后》是一篇杂文,里边讲了一个发人深省的故事:

> 曩余闻忠、万、云安多虎,有妇人昼日置二小儿沙上而浣衣于水者。虎自山上驰来,妇人仓皇沉水避之。二小儿戏沙上自若。虎熟视久之,至以首抵触,庶几其一惧;而儿痴,竟不知怪,虎亦卒去。意虎之食人,必先被之以威,而不惧之人,威无所以施欤?

这有点柳宗元小品《黔之驴》的讽刺意味,庞然大物有时也是"纸老虎",其实并不可怕,即使真老虎也没什么了不起。通过一个小故事表现出苏轼对像猛虎一般的迫害者的藐视,展示出豪迈坦荡,不为生死得丧之情所压倒的不屈精神,使我们看到他人品性格的另一面。

其三,记叙文在苏文中成就很高,艺术独创性特别强,如其《放鹤亭记》、《喜雨亭记》、《墨妙亭记》、《凌虚台记》、《超然台记》、《石钟山记》等等。这些记叙文不仅在布局和构思上翻空出奇,变幻莫测,而且在表现手法上更是突破叙事、写景、议论或叙述、描写、议论这种传统模式,代之以三种方法错杂或穿插使用,随物赋形,意到笔随。如《放鹤亭记》、《喜雨亭记》、《墨妙亭记》三篇同是写亭,但是手法却大异其趣,绝不重复:《放鹤亭记》先叙述亭之由来,描绘亭的地理环境及周围景物,然后转入与山人的对话,引出有关鹤的历史典故,进行议论,阐述南面之君与山林遁隐之士为乐之不同,最后转入抒情,笔法随心所欲;《墨妙亭记》先写建亭经过,然后叙述建亭人孙莘老率民救治水灾的政绩,及其为政之暇的赋诗饮酒网罗遗逸的雅事,最后展开议论,大谈乐天知命的问题,布局结构与《放鹤亭记》迥异;《喜雨亭记》开端就展开议论,紧扣一个"喜"字:"亭以雨名,志喜也。"接着从"古者","周公得禾","汉武得鼎",再到"叔孙胜狄,以名其子"。接下来第二段则变换手法,由议论转入叙述,由"余至扶风之明年,始治官舍,为亭于堂之北"述及"既而弥月不雨",分别叙述"亭"与"雨"二字,追溯出建亭期间的旱情与亭子落成时适逢大雨的喜悦;最后则由分而合,总写"喜"、"雨"、"亭"三者,开阖

变化,皆匠心独运。所以清代的吴楚材评价说:"只就'喜雨亭'三字,分写、合写、倒写、顺写、虚写、实写,即小见大,以无化有。意思愈出而不穷,笔态轻举而荡漾,可谓极才人之雅致矣。"(《古文观止》卷十一)

此外,《凌虚台记》《超然台记》同样写台,也是各尽其妙:一方面描写、叙述、抒情、议论错杂使用,一方面通观、达识、至理、深情和谐统一,构成充满诗情画意的艺术境界。《凌虚台记》开篇便展开议论,破空而来:"台因于南山之下,宜若起居饮食与山接也。四方之山,莫高于终南,而都邑之丽山者,莫近于扶风。以至近求最高,其势必得。而太守之居,未尝知有山焉。虽非事之所以损益,而物理有不当然者,此凌虚之所为筑也。"有黄河之水天上来的感觉;接下来转入叙述和描写,刻画出周围奇异秀美的景色,交代出建台经过和作文缘起;最后由台上远望秦汉隋唐宫殿遗址,再联想高台建成之前和毁灭之后的荒野景象,实景与虚景相互结合,引出无尽的兴亡之感,写足"凌虚"之意,构成情景交融之境。《超然台记》则以庄子超然物外的思想为本,开头便议论滔滔,大谈超然之情与物物均有可观的一面,读之顿时使人产生"无往而不乐"的超然之情:

凡物皆有可观。苟有可观,皆有可乐,非必怪奇玮丽者也。餔糟啜漓,皆可以醉;果蔬草木,皆可以饱。推此类也,吾安往而不乐?

夫所谓求福而辞祸者,以福可喜而祸可悲也。人之所欲无穷,而物之可以足吾欲者有尽。美恶之辨战乎中,而去取之择交乎前,则可乐者常少,而可悲者常多,是谓求祸而辞福。夫求祸而辞福,岂人之情也哉?物有以盖之矣。彼游于物之内,而不游于物之外。物非有大小也,自其内而观之,未有不高且大者也。彼挟其高大以临我,则我常眩乱反覆,如隙中之观斗,又焉知胜负之所在?是以美恶横生,而忧乐出焉。可不大哀乎!

大段的议论之后,作者才从头开始,采用叙述的方式,慢慢叙写自己由钱塘移守胶西的过程和在当地的生活状况,然后叙写修葺旧台,使之焕然一新,以及取名超然台的经过和内在含义,点明无往不乐、超然物外的主旨。两篇台记,前文由事入理,此文因理入事;任意挥洒,左右如意。明人杨慎说:"吕雅山云:此篇不唯文思温润有馀,而说安遇顺性之理,极为透脱……真能超然物外者矣。"(《三苏文苑》)姜宝指出:"此记有即其所居之位,乐其日用之常,脱出尘寰之外之意,故名之曰超然。此东坡之所以为东坡也。"确实说到点子上了。

其四，苏轼既是散文大家，也是骈文高手。他的骈文继承陆贽和欧阳修骈散结合的创作方法，明白洞达，舒卷自然，如行云流水，洗尽晚唐五代和北宋初期藻丽堆砌、滴粉搓酥的绮罗香泽之态，为宋代骈文的又一位宗师。如《谢丁连州朝奉启》：

> 七年远谪，不知骨肉之存亡；万里生还，自笑音容之改易。人恬飓雾，稍习蛙蛇。自疑本儋崖之人，难复见鲁卫之士，而况清时雅望，令德高标。固以闻名而自惭，盖欲通书而未敢。岂谓知郡朝奉仁无择物，义有逢时。每怜迁客之无归，独振孤风而愈厉。固无心于集苑，而有力于嘘枯。远移一纸之书，何啻百朋之锡。过情之誉，虽知无其实而愧于胸中；起废之文，犹欲借此言以华其老。穷途易感，永好难忘。

在这里必须说明：苏轼骈体之作，特别是奏启一类文章虽自觉师法陆贽和欧阳修之文，但其个性、襟怀和学识都决定他不会拘限于一隅，更不会泥于前人，所以其骈体文字除承继陆贽和欧阳修骈文的某些特征之外，又有所创造，总的说来比陆贽和欧阳修之文更趋散化，更为流畅，笔力则更雄强得多。对这一点，刘大櫆概括得最为精当："(苏轼骈体文字)虽自宣公奏议中来，而笔力雄伟，抒词高朗，宣公不及也。"(《唐宋文举要》甲编卷八)

不过，最能代表苏轼散文水平的还是他的赋，尤其是两篇《赤壁赋》。这两篇赋一写于元丰五年(1082)七月，一写于十月，所以人们一般称前一篇为《前赤壁赋》，后一篇为《后赤壁赋》。《前赤壁赋》写景、抒情、议论结合，诗情、画意、哲理兼备，充分表现出作者独特的生命意识和旷达乐观的人生态度。从体裁上看，本文虽名曰赋，其实文备众体，一方面它确实在一定程度上保留了传统赋体的情韵与气势，特别是诗一般的意味；另一方面它又冲破了传统赋体在对偶句式、声律规则等方面的拘束和限制，多用散文的笔调和表现手法，长短结合，参差变化；或韵或散，灵活自如；有时轻快流动，有时节奏鲜明；有时自然平易，有时精美工整。从构思上看，文章以情感变化为线索，从月夜泛舟的快乐舒畅，不由自主地又陷入怀古伤今的悲哀；通过极具哲理意味的开导，产生顿悟，又回到欢乐畅快的境界。因游起兴，见景生情；由情入理，画龙点睛。整体上变化多端，但是却脉络分明；波澜起伏，姿态横生；舒卷自如，展示出行云流水般的神奇与潇洒。如果说苏轼把中国古代散文的艺术水平发展到了极致，那么这篇《赤壁赋》则是散文宝库中的极品。

五

上面,我们介绍了苏轼诗、词、文三方面的成就和贡献,其实在书、画方面他也是大师级人物,只是由于本书内容所限,我们不再作介绍。如果作一个总体的评价,苏轼应该是中国文化史上的第一人。原因主要表现在两个方面:一是难以企及的通才达识,二是难能可贵的自主创新精神。这些因素使他成为中国传统文士的极致,其作品成为后世的样板。其通才达识的突出表现首先在于他打通文学艺术的门户与壁垒,触处生春、触类旁通、高屋建瓴的远见卓识,例如他认为诗、词、文、书、画等虽然体制不同,门类有别,但是在本质上都是一致的:"诗不能尽,溢而为书,变而为画,皆诗之馀。"(《文与可画墨竹屏风赞》,《文集》卷二十一)这是把书、画都当成"诗馀"。他还把词作为"诗馀":"颁示新词,此古人长短句诗也"(《与蔡景繁诗》),"微词宛转,盖诗之裔"(《祭张子野文》,《文集》卷六十三)。苏轼还强调诗画一律:

  论画以形似,见与儿童邻。赋诗必此诗,定非知诗人。诗画本一律,天工与清新。边鸾雀写生,赵昌花传神。何如此两幅,疏淡含精匀。谁言一点红,解寄无边春。
    ——《书鄢陵王主簿所画折枝二首》之一,《诗集》卷二十九

正因为有这样的通达之识,所以他才能够打通各个门类之间的界限,以文为诗,以诗为词,以文为词,兼通诗、词、文、书、画,成为中国文化史上通才之首。其自主创新精神主要表现在他虽然也转益多师,如在思想上,他虽然吸收儒、释、道三家,但是又融会贯通,形成自己既有儒者修、齐、治、平之术,又有道家养生之术,还有佛家的大自在之方,特别是"把儒家用世志意与道家旷观之精神,做了极圆满之融合"这种独特的思想与个性精神;在文学上,他从屈原、贾谊、阮籍、陶潜、李白、杜甫、陆贽、白居易、韩愈、柳宗元、欧阳修等等前辈文人的身上吸收营养,但是又在此基础上形成自己的个性化文艺品质,在诗、词、文几方面都能独标风韵;在书法上,他是晋、唐之美的集大成者,但是又自具面目,为宋代四大书家之一;在绘画上,他对王维和吴道子都很推崇,但是无论在理论上还是在实践中都有自己的独创,在文人画上,具有开风气的意义。所以,通达才识与自主创新的精神成就了苏轼,使他成为中国文化无与伦比的代表,不管什么人,要想认识、了解中华文化,解读苏轼是必修课之一。

目录

前言 /001
文化史上第一人(代序)(于景祥)
　　/001

◎诗

初发嘉州　/001
和子由渑池怀旧　/002
王维吴道子画　/003
和子由踏青(选一)　/005
石苍舒醉墨堂　/006
欧阳少师令赋所蓄石屏　/008
出颍口初见淮山,是日至寿州　/009
游金山寺　/010
吴中田妇叹　/012
六月二十七日望湖楼醉书(选一)
　　/014
雨中游天竺灵感观音院　/014
望海楼晚景五绝(选一)　/015
孙莘老求墨妙亭诗　/016
新城道中(其一)　/018
饮湖上初晴后雨　/019

唐道人言：天目山上俯视雷雨，每大雷电，但闻云中如婴儿声，殊不闻雷震也 / 020
有美堂暴雨 / 021
法惠寺横翠阁 / 023
书双竹湛师房二首(选一) / 024
病中游祖塔院 / 025
书焦山纶长老壁 / 026
过永乐文长老已卒 / 027
送春 / 029
寄黎眉州 / 030
东栏梨花 / 031
筼筜谷 / 031
韩幹马十四匹 / 032
李思训画长江绝岛图 / 033
百步洪 / 035
送参寥师 / 037
续丽人行 / 040
端午遍游诸寺得禅字 / 041
初到黄州 / 042
正月二十日，与潘、郭二生出郊寻春，忽记去年是日同至女王城作诗，乃和前韵 / 044
红梅三首(选一) / 045
琴诗 / 046
寒食雨二首(其二) / 047
海棠 / 048

洗儿戏作 / 049
东坡 / 049
次荆公韵四绝(选一) / 050
题西林壁 / 050
庐山二胜二首(选一) / 051
郭祥正家醉画竹石壁上，郭作诗为谢，且遗二古铜剑 / 053
高邮陈直躬处士画雁二首(选一) / 054
登州海市并序 / 055
归宜兴，留题竹西寺三首 / 057
惠崇春江晚景二首(选一) / 058
送贾讷倅眉 / 059
书李世南所画秋景二首(选一) / 060
书鄢陵王主簿所画折枝二首(选一) / 061
赠刘景文 / 062
泛颍 / 062
书丹元子所示李太白真 / 064
八月七日初入赣，过惶恐滩 / 066
荔支叹 / 067
食荔支二首(选一) / 069
纵笔 / 070
被酒独行，遍至子云、威、徽、先觉四黎之舍三首

（选一）／071
汲江煎茶　／071
儋耳　／072
澄迈驿通潮阁二首（选一）
　　／073
六月二十日夜渡海　／074

◎词

水调歌头（明月几时有）／076
水调歌头（落日绣帘卷）／077
水调歌头（昵昵儿女语）／078
念奴娇（大江东去）　／080
醉翁操（琅然，清圆，谁弹，响空山）　／081
水龙吟（似花还似非花）／083
满庭芳（三十三年）／084
满庭芳（蜗角虚名）／086
满庭芳（归去来兮）／087
满江红（江汉西来）／088
归朝欢（我梦扁舟浮震泽）
　　／090
木兰花令（霜馀已失长淮阔）
　　／091
临江仙（一别都门三改火）
　　／092
临江仙（忘却成都来十载）
　　／093
临江仙（夜饮东坡醒复醉）
　　／094
西江月（世事一场大梦）　／095

西江月（照野弥弥浅浪）／096
鹧鸪天（林断山明竹隐墙）
　　／097
定风波（莫听穿林打叶声）
　　／098
定风波（常羡人间琢玉郎）
　　／099
少年游（去年相送）／100
南歌子（山与歌眉敛）／101
南乡子（寒雀满疏篱）／102
南乡子（回首乱山横）／103
南乡子（怅望送春杯）／104
南乡子（霜降水痕收）／105
望江南（春未老）／106
贺新郎（乳燕飞华屋）／107
卜算子（缺月挂疏桐）／108
洞仙歌（冰肌玉骨）／109
八声甘州（有情风万里卷潮来）／111
江城子（梦中了了醉中醒）
　　／112
江城子（凤凰山下雨初晴）
　　／114
江城子（翠蛾羞黛怯人看）
　　／115
江城子（老夫聊发少年狂）
　　／116
江城子（十年生死两茫茫）
　　／117
蝶恋花（花褪残红青杏小）

／118
蝶恋花(簌簌无风花自㜸)
／119
永遇乐(明月如霜) ／120
永遇乐(长忆别时) ／121
行香子(清夜无尘) ／122
更漏子(水涵空) ／123
阳关曲(暮云收尽剧清寒)
／124
浣溪沙(山下兰芽短浸溪)
／125
浣溪沙(五首) ／126
减字木兰花(双龙对起)
／128
沁园春(孤馆灯青) ／129

◎文

刑赏忠厚之至论 ／132
留侯论 ／134
贾谊论 ／137
教战守策 ／140
上梅直讲书 ／143
南行前集叙 ／146
决壅蔽 ／147
日喻 ／150
李氏山房藏书记 ／152

喜雨亭记 ／154
凌虚台记 ／156
超然台记 ／158
放鹤亭记 ／160
灵壁张氏园亭记 ／162
石钟山记 ／163
书吴道子画后 ／166
王安石赠太傅 ／168
文与可画筼筜谷偃竹记 ／170
游定惠院 ／173
与言上人 ／174
书临皋亭 ／175
记承天寺夜游 ／175
书上元夜游 ／176
答谢民师书 ／177
答张文潜县丞书 ／180
《范文正公集》叙 ／181
方山子传 ／184
前赤壁赋 ／185

◎附录

苏轼年谱简编 ／190
苏轼著作版本举要 ／193
苏轼研究论著论文举要 ／195
《苏轼集》名言警句 ／198

◎诗

初发嘉州

【题解】

嘉祐四年(1059),苏轼与弟苏辙,为母居丧,时在眉山。苏轼此诗作于居丧期间。十一月父子三人再度赴京,离开家乡从嘉州乘舟沿岷江、长江至荆州。此诗曾收入父子三人合集《南行前集》。嘉州,今四川省乐山市。

朝发鼓阗阗,西风猎画旃。
故乡飘已远,往意浩无边。
锦水细不见,蛮江清可怜。
奔腾过佛脚,旷荡造平川。
野市有禅客,钓台寻暮烟。
相期定先到,久立水潺潺。

【新解】

朝发鼓阗阗,西风猎画旃。故乡飘已远,往意浩无边——阗阗(tiántián),鼓声。开船时的信号。猎,动词,这里作震动、吹响解。旃(zhān),旗子上的飘带。这四句意为:我早晨出发时听到开船的鼓声响个不停,西风吹动旗上的带子发出阵阵声响。故乡已离得越来越远了,我要到达的地方还遥不可见。

锦水细不见,蛮江清可怜。奔腾过佛脚,旷荡造平川——锦水,即岷江。细不见,细小得快看不见,言离其已远。蛮江,即青衣江。可怜,可爱。奔腾过佛脚,据《舆地纪胜》:"开元中,僧海通于渎江、沫水、蒙水三江合冲之滨,凿石为弥勒大像,高三百六十尺,建七层阁以覆之。"旷荡,空阔。造,到达。这四句意为:岷江细小得快要看不见了,青衣江清澈无比,令人喜爱。我们的船很快地经过弥勒大像的脚下,到达空阔的水域。

野市有禅客,钓台寻暮烟。相期定先到,久立水潺潺——禅客,佛徒,和尚,此处指宗一,即成都大慈寺主持宝月大师,为苏轼宗兄。相期,彼此约好。作者自注:"是日,期乡僧宗一,会别钓鱼台下。"潺潺,水流的声音。这四句意为:山野之中有参禅礼佛的人,他要到钓鱼台去看黄昏的景色。我和他已经约好在那里相见,他一定已经先到了,在那流水潺潺的地方等待很久了。

这是一首送别诗,抒写诗人与家乡、故人分别的感受。诗前八句描绘离乡途中所见所感,后四句想象远方的友人等待自己的情形。全诗抒发了诗人对故乡山水深深的眷恋之情。描写细腻,情真意切。

和子由渑池怀旧

此诗作于嘉祐六年(1061)。嘉祐元年(1056),苏轼、苏辙第一次离蜀赴京应考路过渑(miǎn)池,在县中寺庙内借宿,并在奉闲和尚居室的壁上题诗。嘉祐六年(1061),苏轼与苏辙在郑州分手后,再次路过渑池。苏辙有《怀渑池寄子瞻兄》诗,苏轼此诗即为和作。这首诗是写诗人对往事的眷念。子由,苏轼的弟弟苏辙的字。渑池,今河南渑池县西。

> 人生到处知何似,应似飞鸿踏雪泥。
> 泥上偶然留指爪,鸿飞那复计东西。
> 老僧已死成新塔,坏壁无由见旧题。
> 往日崎岖还知否,路长人困蹇驴嘶。

人生到处知何似,应似飞鸿踏雪泥。泥上偶然留指爪,鸿飞那复计东西——知何似,知道像什么。这四句意为:人生在世,东奔西走,像什么呢?不过是像那飞来飞去的鸿雁一样。鸿雁脚踩在雪地上,偶然留下指爪印,可它转眼就飞走了,那雪地上留着的指爪,它哪能记着呢?

老僧已死成新塔,坏壁无由见旧题。往日崎岖还知否,路长人困蹇驴嘶——老僧,指奉闲和尚。新塔,指佛塔。僧人死后,建塔埋葬火化后的骨灰。旧题,苏辙诗自注:"昔与子瞻应举,过宿县中寺舍,题其老僧奉闲之壁。"蹇(jiǎn),蹩脚,跛足。这四句意为:奉闲和尚已经死了,他的骨灰埋在新筑成的塔里,往日题诗的墙壁已经崩塌,没法再见到往日的题诗了。那一年我们在崎岖的山路上颠簸,路很长,人又困乏,跛脚的驴子不停地嘶叫,这个情景你还记得吗?

诗的前半部分纯为议论,用生动奇特的比喻,形容人生的短暂、不定,犹如偶留痕迹的雪泥鸿爪；后半部分则以叙事为主，以所见所闻所忆来深化"雪泥鸿爪"的感触，写出了对生活的无限深情。全篇比喻新奇，属对工巧，圆转流动，一气呵成，为七律名篇。

王维吴道子画

　　嘉祐六年(1061)作。此诗为"凤翔八观"诗之一。凤翔，今属陕西省。八观，犹八景。王维、吴道子在普门寺、开元寺创作的壁画是凤翔八景之一。嘉祐六年(1061)冬，苏轼任凤翔府判官，此诗即作于任内，表达了对王维、吴道子二人绘画艺术的观感及评价。王维，字摩诘，太原(今属山西)人，唐代仅次于李、杜的大诗人，亦工绘事，尤精山水。吴道子，又名道玄，阳翟(今河南禹县)人，唐代著名画家，当时称为画圣。

　　　　何处访吴画，普门与开元。
　　　　开元有东塔，摩诘留手痕。
　　　　吾观画品中，莫如二子尊。
　　　　道子实雄放，浩如海波翻。
　　　　当其下手风雨快，笔所未到气已吞。
　　　　亭亭双林间，彩晕扶桑暾。
　　　　中有至人谈寂灭，悟者悲涕迷者手自扪。
　　　　蛮君鬼伯千万万，相排竞进头如鼋。
　　　　摩诘本诗老，佩芷袭芳荪。
　　　　今观此壁画，亦若其诗清且敦。
　　　　祇园弟子尽鹤骨，心如死灰不复温。
　　　　门前两丛竹，雪节贯霜根；
　　　　交柯乱叶动无数，一一皆可寻其源。
　　　　吴生虽妙绝，犹以画工论；
　　　　摩诘得之于象外，有如仙翮谢笼樊。
　　　　吾观二子皆神俊，又于维也敛衽无间言。

　　何处访吴画，普门与开元。开元有东塔，摩诘留手痕。吾观画品中，莫如二子尊——普门、开元，指普门寺和开元寺，均在凤翔(今属陕西)。手痕，手迹。这六句意为：到什么地方去寻访吴道子的画呢？去凤翔的普门寺和开元寺可以看到吴道子的画。开元寺的东塔上有王维的画。在我看来，众多的画家中再也没有比王维、吴道子这二人更受人尊崇的了。

　　道子实雄放，浩如海波翻。当其下手风雨快，笔所未到气已吞。亭亭双林间，彩晕扶桑暾。中有至人谈寂灭，悟者悲涕迷者手自扪。蛮君鬼伯千万万，相排竞进头如鼋——亭亭，耸立的样子。双林，两株树，特指吴画中那两株娑罗树。相传佛教创始人释迦牟尼在灭度(死亡)前，曾在天竺(印度)拘尸那城娑罗双林下说法。彩晕，灿烂的光辉。扶桑，古代神话中太阳升起的地方。暾(tūn)，太阳升起。至人，至高无上的人，指释迦牟尼。寂灭，指佛教的一种教义。手自扪，自己以手抚胸，表示还未理解。蛮君，指天竺的君长。鬼伯，犹鬼王。鼋，即鳖，头能伸缩。在此比喻僧众伸长脖子认真听佛说法。相传佛灭度时，信徒不分人鬼，都来听法致敬。这十句意为：吴道子的画风实在雄放，浩荡如大海波浪翻卷。当他下笔的时候如风雨般神速，笔还未到气势已笼罩一切。壁画中两株娑罗树高高耸立，佛祖释迦牟尼头上的一圈神光就像太阳初升，发出彩晕。娑罗树林中释迦牟尼正在宣讲佛法，领悟的人悲伤流泪，没领悟的人无奈地以手摸胸。无数天竺的君长和鬼王前来听讲，拥挤站立着像鼋一样伸着脖子仔细听。这十句写吴道子的画。宋代邵伯温《邵氏闻见后录》云：“凤翔开元寺大殿九间，后壁吴道子画，自佛始生、修行、说法至灭度，山林、宫室、人物、禽兽数千万种，极古今天下之妙。"

　　摩诘本诗老，佩芷袭芳荪。今观此壁画，亦若其诗清且敦。祇园弟子尽鹤骨，心如死灰不复温。门前两丛竹，雪节贯霜根；交柯乱叶动无数，一一皆可寻其源——诗老，老诗人，尊称。佩、袭，穿戴。芷、荪，均为香草名。此句形容王维诗风秀美，如佳人之佩香草。壁画，指开元寺王维所绘壁画。清且敦，风格清秀而又浑朴。祇(qí)园弟子，指佛教徒。祇园是释迦牟尼另一说法处祇树给孤独园的简称。鹤骨，形容人的清瘦。雪节、霜根，形容竹子所具有的高洁品格，不是指其颜色。交柯，枝叶互相交叉。这十句意为：王维本来是诗人中的尊者，他的诗风秀美，就像佳人佩戴着香草。现在看到他画的壁画，也像他的诗一样风格清秀而又浑朴。画中的佛教徒都身材清瘦，他们的内心也一定很孤寂。祇园门前的两丛竹子枝叶互相交叉，意态生动而又能一一找到它们的根源。这十句写王维的画。"祇园"两句是说画家不仅绘出了佛徒们外形的清瘦，同时也画出了他们内心的孤寂。

　　吴生虽妙绝，犹以画工论；摩诘得之于象外，有如仙翮谢笼樊。吾观二子皆神俊，又于维也敛衽无间言——吴生，指吴道子。画工，犹言画师、画匠。象外，形象以外的精神。仙翮(hé)，仙鸟。翮本指鸟羽的茎状部分，此处代指鸟。谢，离开。樊，篱笆。神俊，精神饱满，气势飞扬。维，指王维。也，古人缀在单名后的虚字，无实义。

敛衽(rèn),对人整理衣襟以表尊敬。间言,异议。这六句意为:吴道子的画虽然奇妙到了极点,但还是属于画师、画匠一类的;王维的画已突破了形似阶段,掌握了精神实质,就像仙鸟冲破了限制它自由的笼子和篱笆一样。"我"看这两人的画都精神饱满,气势飞扬,特别是王维的画让"我"心悦诚服,无可指责。这六句对王、吴二人的画作总的评论。

这首诗是苏轼早期的杰作之一,布局于整齐中见变化,具有优美的节奏感,气势雄健;风格于清新中含浑厚,而且还善于把握事物中具有典型性的细节,如佛灭度前说法的一幕,宛若亲见;写竹繁枝乱,似乎都是摇动于清风中的神态,正抓住了竹的特征。这些,不但体现了诗人的创作能力,也体现了他的鉴赏水平。

和子由踏青(选一)

嘉祐八年(1063)正月苏轼在凤翔(今属陕西)作。苏轼弟苏辙时在京师侍父,当看到北方新年之初的异域风俗,不由得想起了家乡眉山岁首乡俗,写下了《踏青》《蚕市》诗二首。苏轼应弟之作也和诗二首,这里选其一。

> 春风陌上惊微尘,游人初乐岁华新。
> 人闲正好路旁饮,麦短未怕游车轮。
> 城中居人厌城郭,喧阗晓出空四邻。
> 歌鼓惊山草木动,箪瓢散野乌鸢驯。
> 何人聚众称道人?遮道卖符色怒嗔:
> 宜蚕使汝茧如瓮,宜畜使汝羊如麋。
> 路人未必信此语,强为买符禳新春。
> 道人得钱径沽酒,醉倒自谓吾符神!

春风陌上惊微尘,游人初乐岁华新。人闲正好路旁饮,麦短未怕游车轮——这四句意为:春风吹过田野,刮起细微的灰尘,游人们在这年岁更新之时都很快乐。人们闲来无事都在路边饮酒,田里的麦苗还没长高,因此不怕游人的车轮碾压。

城中居人厌城郭,喧阗晓出空四邻。歌鼓惊山草木动,箪瓢散野乌鸢驯——

喧阗，形容人声、鼓声相杂。箪(dān)，食器。瓢，炊具。这四句意为：城里的居民厌倦了城中生活，在清晨喧哗着出城踏青，城里都空了。踏青人的歌声和鼓声惊动了山上的草木，郊游的人有许多在那儿野餐，乌鸢也来捡食，并不避人。

何人聚众称道人？遮道卖符色怒嗔：宜蚕使汝茧如瓮，宜畜使汝羊如麇——遮道，拦路。瓮，瓦坛子。麇(jūn)，野獐子。这四句意为：那自称道人的是什么人？众人都聚起来围着他。道人拦路卖符，神情激昂地吹嘘他的符十分灵验：能使你养的蚕茧像坛子那样粗大，能使你饲养的羊像獐子那样肥大健壮。

路人未必信此语，强为买符禳新春。道人得钱径沽酒，醉倒自谓吾符神——强，勉强。禳(ráng)，祈福除灾。神，灵验。这四句意为：路人不太相信道人的话，勉强买了些符为新年祈福除灾。道人卖了符得了钱马上去买酒来喝，醉倒了还说自己的符最灵验。

本诗描写了苏轼回忆青少年时在家乡新春之际，与家人及"城中居人"游春踏青的盛况，具有浓郁的乡情。后四句刻画了一位骗钱道人的生动形象，增添了郊游的喜庆气氛。故乡的风俗民情令人倍感亲切，耐人回味。全诗语言浅显，情真意切。

石苍舒醉墨堂

【题解】 熙宁二年(1069)作。苏轼由开封至凤翔，往返经过长安，必定到石苍舒家。熙宁元年(1068)苏轼凤翔任满还朝，在石家过年。石苍舒藏有唐人褚遂良《圣教序》真迹，起堂取名"醉墨"，邀苏轼作诗。苏轼回到汴京，写了这首诗寄给他。这是苏轼早期七古名篇。石苍舒，字才美，长安人，善草书。人称"草圣三昧"。

人生识字忧患始，姓名粗记可以休。
何用草书夸神速，开卷惝恍令人愁。
我尝好之每自笑，君有此病何能瘳。
自言其中有至乐，适意不异逍遥游。
近者作堂名醉墨，如饮美酒销百忧。
乃知柳子语不妄，病嗜土炭如珍馐。
君于此艺亦云至，堆墙败笔如山丘。

兴来一挥百纸尽,骏马倏忽踏九州。
我书意造本无法,点画信手烦推求。
胡为议论独见假,只字片纸皆藏收?
不减钟张君自足,下方罗赵我亦优。
不须临池更苦学,完取绢素充衾裯。

  人生识字忧患始,姓名粗记可以休。何用草书夸神速,开卷惝恍令人愁——"姓名"句,《史记·项羽本纪》载,项羽年轻时候学书不成,他的叔父责备他,他对其叔父说:"书足记姓名而已,不足学。"苏轼化用其语。惝恍(chǎnghuǎng),失意不乐、精神不好的样子。这四句意为:人生的忧患是从认识字开始的,一个人的识字程度只要达到识记自己的姓名就罢了。不要夸写草书的速度快,让人打开卷子一看,写得龙飞凤舞,为辨识而发愁。这几句正话反说,明说草书无用,暗含对石苍舒书法的恭维。
  我尝好之每自笑,君有此病何能瘳。自言其中有至乐,适意不异逍遥游。近者作堂名醉墨,如饮美酒销百忧。乃知柳子语不妄,病嗜土炭如珍馐。君于此艺亦云至,堆墙败笔如山丘。兴来一挥百纸尽,骏马倏忽踏九州——瘳(chōu),病愈。至乐,《庄子》中的篇名,指最大、最高层次的快乐。逍遥游,《庄子》中的篇名,指自在快乐地遨游。柳子,柳宗元。语不妄,柳宗元在给崔黯的信上说:"凡人好词、工书,皆病癖也。吾尝见病心腹人,有思啖土炭、嗜酸咸者,不得则大戚。"这十二句意为:我曾经爱好草书并常常为此嘲笑自己,你也有这种癖好,怎么样才能治愈它呢?你自己说这其中有最大、最高层次的快乐,其快意的程度与自在快乐的遨游没有什么不同。最近你建了一座堂名叫醉墨堂,你沉醉其中就如同喝了能消除所有忧愁的美酒一样。这才知道柳宗元的话不差,只有得病的人才会把土炭当作美味。你的书法造诣已达到极致,你用坏的笔已堆成了小山。你兴致来时大笔一挥,一会儿就写完了一百张纸,就像骏马一眨眼就跑遍了天下一样神速。
  我书意造本无法,点画信手烦推求。胡为议论独见假,只字片纸皆藏收?不减钟张君自足,下方罗赵我亦优。不须临池更苦学,完取绢素充衾裯——意造,以意为之,自由创造。推求,指研究笔法。假,宽容,这里是作者的谦词。钟张,指钟繇、张芝,皆汉末著名书法家。方,比。罗赵,罗晖、赵袭,皆汉末书法家。"临池"二句,据载,张芝临池学书,池水尽黑;家有帛绢,必先书写,后再染色制成衣。裯(chóu),单层的被子。这八句意为:我写字以意为之,自由创造,本来没有什么方法,信手点画,不研究笔法。为什么我的议论(即"意造无法"、"点画信手"之论)独独受到你的赞同,我的书法作品也受到你的偏爱,被你收藏?你的书法是可以与钟繇、张芝相比,我的书法也比罗晖、赵袭略胜一筹。不必学张芝临池苦学书法;与其用绢素写字,还不如使其完好地制成衣被。

苏轼这首诗评论书法,蹈虚落笔,善于从别人难于下笔之处着墨,立意新颖,不落窠臼,把叙事、抒情、议论完全熔为一炉。骤然读之,像是天马行空,去来无迹;细加寻绎,却又纲举目张,脉络分明。至于驱遣书史,更是信手拈来,头头是道。其学博才雄、才华横溢之特色于此诗中可以窥见一斑。

欧阳少师令赋所蓄石屏

熙宁四年(1071)作。苏轼因与王安石政见不合,熙宁四年(1071)离京出任杭州通判。赴杭途中,路过颍州谒见欧阳修,观赏了石屏,应欧阳修之命作此诗。欧阳少师,指欧阳修。熙宁四年(1071),欧阳修以太子少师致仕(退休),退居颍州,故有此称。蓄,收藏。石屏,石制屏风。

何人遗公石屏风,上有水墨希微踪。
不画长林与巨植,
独画峨眉山西雪岭上万岁不老之孤松。
崖崩涧绝可望不可到,孤烟落日相溟濛。
含风偃蹇得真态,刻画始信有天工。
我恐毕宏韦偃死葬虢山下,骨可朽烂心难穷。
神机巧思无所发,化为烟霏沦石中。
古来画师非俗士,摹写物象略于诗人同。
愿公作诗慰不遇,无使二子含愤泣幽宫。

何人遗公石屏风,上有水墨希微踪。不画长林与巨植,独画峨眉山西雪岭上万岁不老之孤松。崖崩涧绝可望不可到,孤烟落日相溟濛。含风偃蹇得真态,刻画始信有天工——遗(wèi),赠送。希微,隐约不明的样子。踪,指图迹。溟濛,模糊不清的样子。偃蹇,卧倒屈曲的样子。这八句意为:什么人赠送给先生这石制屏风,石屏风上隐隐约约有水墨画的痕迹。这石纹所形成的水墨画不画修长的树林和巨大的树木,只画峨眉山西面雪岭上万岁不老的孤松。这孤松所处的地方山崖崩断,山涧隔绝,可以从远处看到却没办法到达那里。在那里,孤烟和落日之色迷茫不分。那棵孤松弯弯曲曲地立在风中,姿态横生,就像真的一样。

我恐毕宏韦偃死葬虢山下,骨可朽烂心难穷。神机巧思无所发,化为烟霏沦石中。古来画师非俗士,摹写物象略于诗人同。愿公作诗慰不遇,无使二子含愤泣幽宫——毕宏、韦偃,都是唐代名画家,擅长画松。虢(guó)山,今在河南卢氏县,是石屏的产地。神机,犹言天才。沦,深入,融入。公,指欧阳修。不遇,指毕宏、韦偃这些艺术家当时不受重视。幽宫,坟墓。这八句意为:"我"想恐怕是毕宏、韦偃死后葬在虢山之下,他们的骨头很快朽烂,但其艺术生命却永远长存。其天才巧思无处发泄,将其所画松树化为烟雨融入石中,形成石纹。自古以来画家都不是平庸之辈,他们描绘事物与诗人作诗描绘事物是一样的。"我"希望先生作诗来安慰这两位当时不受重视的艺术家,不要使这两个人含愤在坟墓中哭泣。

这首诗题咏石屏风,借毕宏、韦偃之"不遇"抒发内心对遭际不平的无穷感慨。诗中借助丰富的想象和幻想来写景抒情,是其艺术上的独特性之一。本篇善用长句,不但"笔力具有虬松屈盘之势"(清人汪师韩语),而且其中的"独画"十六字句更为"从古诗人所无"(清人汪师韩语),是苏轼的独创。苏轼用这种长短不一、错落有致、语调铿锵的歌行体,形成一种起伏跌宕的气势。

出颍口初见淮山,是日至寿州

熙宁四年(1071)作。熙宁四年(1071)六月,东坡以太常博士直史馆出任杭州通判。七月离开汴京,历颍州;十月出颍口,入淮水,折而东行,至寿州;十一月二十八日到杭州通判任。这首诗是他赴杭州途中由颍入淮初见淮山时所作。这是一篇拗体律诗,系东坡名作之一。颍口,今安徽寿县西正阳关。颍水由颍上县东南流至此入淮,春秋时谓之颍尾。寿州,州治在今安徽寿县。

我行日夜向江海,枫叶芦花秋兴长。
长淮忽迷天远近,青山久与船低昂。
寿州已见白石塔,短棹未转黄茅冈。
波平风软望不到,故人久立烟苍茫。

我行日夜向江海,枫叶芦花秋兴长。长淮忽迷天远近,青山久与船低昂——秋兴,因秋而起的感怀。长淮,长长的淮水。这四句意为:我外放赴任,日夜兼程地向着江海方向行进,水边的枫叶芦花映入眼帘,这秋天的景象引起我无限感慨。淮河远处水天相连,因而使人产生天忽近忽远的错觉;而船忽高忽低,人在动荡不定的船上所见的青山,也是起伏不定的。末二句乃一篇之警策。它纯用白描手法,表现出一种难言之景和不尽之情。

寿州已见白石塔,短棹未转黄茅冈。波平风软望不到,故人久立烟苍茫——棹(zhào),船桨。黄茅冈,泛指长有黄茅草的山冈。故人,指送行人。这四句意为:远远望去,寿州的白石塔已经能看见,要到达那里,还得划船绕过一段长有黄茅草的山冈。波浪平静,微风柔和,但还是看不到对面,在那烟水苍茫的对面,老朋友一定站在那里翘望我很久了。末二句抒情,曲折而有馀味。

苏轼此诗写得情景浑融,蕴藉淡远,苍茫一片,微含愁意,具有一种整体美,与这一时期雄杰奔放、直抒胸臆的主体诗风相比,别有一番意趣,清人方东树评为"奇气一片"。从声调格律上看这是一首拗体律诗,以古诗的声调运用于七律,表达一种郁勃不平之气,清人汪师韩评为"有古趣兼有逸趣"。苏轼晚年曾重新抄写此诗,大概此诗的风格更与他晚年的诗风相近。

游金山寺

【题解】

熙宁四年(1071)冬作。宋神宗熙宁三年(1070),苏轼在京城任殿中丞直史馆判官告院,权开封府判官。当时王安石秉政,大力推行新法。苏轼写了《上神宗皇帝书》,直言不讳地批评新法,引起当政者的不满。苏轼深感仕途险恶,主动请求外任。熙宁四年(1071),被任命为杭州通判。他七月离京赴任,十一月初三,途经镇江金山,访宝觉、圆通二僧,夜宿寺中而作此诗。金山,在今江苏镇江北。宋时还是长江中的一个小岛,因泥沙淤积,今已和南岸相连。寺在山上,旧名泽心寺,真宗初改名金山寺,是著名古刹。

我家江水初发源,宦游直送江入海。
闻道潮头一丈高,天寒尚有沙痕在。

中泠南畔石盘陀,古来出没随涛波。
试登绝顶望乡国,江南江北青山多。
羁愁畏晚寻归楫,山僧苦留看落日。
微风万顷靴文细,断霞半空鱼尾赤。
是时江月初生魄,二更月落天深黑。
江心似有炬火明,飞焰照山栖乌惊。
怅然归卧心莫识,非人非鬼竟何物。
江山如此不归山,江神见怪警我顽。
我谢江神岂得已,有田不归如江水。

我家江水初发源,宦游直送江入海。闻道潮头一丈高,天寒尚有沙痕在。中泠南畔石盘陀,古来出没随涛波。试登绝顶望乡国,江南江北青山多——"我家"句,古人没有找到江源,都认为四川岷山是长江的发源地,苏轼是四川人,所以这么说。"宦游"句,苏轼这时正要赴杭州做官,途经镇江。长江流到镇江一带,水面宽阔,古称海门,所以这么说。"闻道"二句,苏轼于熙宁四年(1071)十一月游金山,冬天水落,故就眼底沙痕,想见潮头之高。中泠(líng),泉名,在金山西北。石盘陀,指金山。盘陀,石大而多之貌。"古来"句,唐、宋时期,金山处于江中,明代以后江水北移,金山始与陆地相连。乡国,家乡。这八句意为:长江发源于"我"的家乡,"我"外出做官,这长江水一直送"我"到将入海处。听说长江涨潮浪头有一丈高,如今天冷水落,但岸边沙痕仍在,仍能显示出浪曾有多高。中泠泉南畔的高大的金山,自古以来就随着波涛出没。"我"登上金山最高处遥望故乡,只见江南江北青山重叠,阻碍了"我"的视线。此八句写金山寺山水形胜,隐含思乡之情。

羁愁畏晚寻归楫,山僧苦留看落日。微风万顷靴文细,断霞半空鱼尾赤。是时江月初生魄,二更月落天深黑。江心似有炬火明,飞焰照山栖乌惊。怅然归卧心莫识,非鬼非人竟何物——羁愁,旅愁。归楫,回到镇江的船。楫,桨,代指船。靴文,形容波纹之细。鱼尾赤,形容红色的晚霞。初生魄,即初三。《礼记·乡饮酒义》:"月之三而成魄。"苏轼游金山看落日的那天,正是初三,故云。"江心"四句,原注:"是夜所见如此。"有些水生生物,身上能发出强光,苏轼所见到的也许就是这类生物。这十句意为:乡旅愁思萦绕于"我"心中,"我"害怕天晚而寻找回镇江的船,金山寺的僧人却苦苦挽留"我"看落日。微风吹过,万顷江面泛起靴纹般细小的波纹,半空中晚霞像鱼尾一样红艳。今天是十一月初三,二更天时月亮落下去天更黑了。这时江心出现了一团像火把一样的光亮,这团跳动的光亮照到山上,惊起了山上栖息的乌鸦。这既不是鬼，又不是神，它究竟是什么东西？"我"不认识这是什么，便惆怅地回去睡觉了。此十句写黄昏至深夜的江景。

江山如此不归山，江神见怪警我顽。我谢江神岂得已，有田不归如江水——归山，谓辞官归隐。见怪，呈现出怪异现象。见，同"现"。顽，顽固。谢，告诉。如江水，古人的一种誓词。《左传·僖公二十四年》载晋公子重耳流亡在外，渡黄河时对舅父狐偃说："所不与舅氏同心者，有如白水。"指水发誓，本此。这四句意为：江山景色如此美好而"我"却不辞官归隐，因此江神呈现出怪异现象来警告"我"的顽固。"我"指江为誓，告诉江神，"我"之所以未能弃官还乡，只因无田可耕，是不得已的事。此四句抒发诗人心中油然而生的感慨。

诗题为游寺，通篇寓情于景，贯穿全诗的是浓郁的思乡之情。在中国古代诗歌中，归隐和失意两种情感常常是联系在一起的。诗中的思乡之情，乃是仕途不顺，心中抑郁的反映。它反映了诗人对现实政治的不满和对官场生涯的厌倦，希望辞官归隐。这首诗起结遥相呼应，不可移易地写出了蜀士之远游，而中间由泛述金山进而写傍晚江上晚霞，深夜江中炬火。笔次骞腾、兴象超妙而依然层次分明，其结构上之不可及处或在于此。

吴中田妇叹

熙宁五年(1072)冬作于湖州。其时，王安石的一系列新法正在全国范围内逐步施行。这对缓和宋王朝的社会矛盾，调节封建生产关系等虽然有积极作用，但也出现一些弊端。苏轼有感于此，写下了《吴中田妇叹》《山村五绝》一类的社会政治诗。这些诗虽然夹杂了诗人对新法的偏见，但并没有冲淡诗中同情民生疾苦的基调。题下自注"和贾收韵"。贾收，字耘老，乌程(今浙江湖州)人，苏轼的朋友，著有诗集《怀苏集》。吴中，指江浙一带。

今年粳稻熟苦迟，庶见霜风来几时。
霜风来时雨如泻，耙头出菌镰生衣。
眼枯泪尽雨不尽，忍见黄穗卧青泥！
茅苫一月陇上宿，天晴获稻随车归。
汗流肩赪载入市，价贱乞与如糠粞。

卖牛纳税拆屋炊,虑浅不及明年饥。
官今要钱不要米,西北万里招羌儿。
龚黄满朝人更苦,不如却作河伯妇。

  今年粳稻熟苦迟,庶见霜风来几时。霜风来时雨如泻,杷头出菌镰生衣——粳(jīng)稻,稻的一种,米粒短而粗。庶,差不多,希冀之词。杷,翻土的农具。出菌,发霉。衣,这里指铁锈。这四句意为:今年粳稻的成熟期来得太晚,幸亏没多久霜风就来了。可是霜风来时却大雨滂沱,杷头也因潮湿而发霉了,镰刀也生了锈。这几句写天灾之严重。
  眼枯泪尽雨不尽,忍见黄穗卧青泥!茅苫一月陇上宿,天晴获稻随车归——茅苫(shān),茅棚。苫,草帘子。这四句意为:面对这连续如注的大雨,农民怎能不伤心得眼泪流尽呢?又怎么忍心看着金黄色的稻穗倒在泥田里呢?他们在田边搭起了茅草棚,在那里住了一个月看护庄稼,天晴了赶紧抢收,用车运回来。
  汗流肩赪载入市,价贱乞与如糠粞。卖牛纳税拆屋炊,虑浅不及明年饥——赪(chēng),红色。粞(xī),碎米。虑浅,谓只顾目前,不能考虑长远。这四句意为:农民肩挑着稻谷入市,汗流浃背,肩膀都压红了,可是稻谷的价格却贱得如同糠和碎米一样。农民为了纳税卖了耕牛,为了烧饭拆下屋子的木料,顾不得明年的饥荒了。
  官今要钱不要米,西北万里招羌儿。龚黄满朝人更苦,不如却作河伯妇——要钱不要米,当时推行的新法规定,交税、免役均用现钞。农民必须把实物换成钱币。结果市场上出现了"钱荒米贱"的现象,导致田地荒芜,农民为躲避税收而流离失所。招羌儿,为抗击西夏,王安石等人用钱来招抚西北的羌族部落,对巩固边防起到了一定作用。然而,钱财来自人民,"钱荒"现象日趋严重,苏轼对此进行讽刺。龚黄,指龚遂、黄霸,均是汉代宽政恤民的清官。这里借指推行新法的官员,是反语。河伯,指河神。"作河伯妇"一语,似乎引用了"西门豹治邺"中的故事。这四句意为:官府现在征税只要钱而不要米,朝廷为抗击西夏,花不少钱去招抚西北的羌人部落。满朝都是龚遂、黄霸一样的清官,百姓却更苦,吴中田妇还不如投水嫁给河神的好。这几句抨击新法的流弊。

  苏轼这首诗选取典型的生活情景和人物的行动,通过叙事抒情,间用议论的方式,形象地反映社会现实生活,读来感到真实动人。整首诗篇借江南农妇之口,写出农民遭受天灾和虐政的双重打击,字里行间充满了诗人对劳动人民苦难遭遇的深切同情。

六月二十七日望湖楼醉书（选一）

【题解】

本组诗写于熙宁五年（1072），共五首，今选第一首。苏轼在杭州任通判时，陶醉于西湖秀丽的山水中，曾写下许多名篇佳作。这组诗是作者游览西湖，在船上看到奇妙的湖光山色，再到望湖楼眺望湖景时所作。望湖楼，在杭州西湖边昭庆寺前，吴越王钱俶建，又名看经楼、先德楼。

　　黑云翻墨未遮山，白雨跳珠乱入船。
　　卷地风来忽吹散，望湖楼下水如天。

　　黑云翻墨未遮山，白雨跳珠乱入船——翻墨，形容黑云像倒翻了的浓墨一样。跳珠，形容雨点像珍珠一样在船中跳动。这两句意为：黑云还没有来得及遮山，白色的雨点就已像珍珠一样落入船中。
　　卷地风来忽吹散，望湖楼下水如天——卷地风，风从地面卷起。忽然一阵风刮过，望湖楼下终于水天合一，一片宁静。

　　这是一篇出色的写景诗，写夏日西湖上一场来去匆匆的暴雨，在一刹那之间，乌云密布，暴雨骤降，但转眼间又风起云散，望湖楼外，水天一色。大自然是多么变幻莫测，诗人运笔又多么神奇。诗人对暴风雨前后的景色变化写得十分生动，富有特色。

雨中游天竺灵感观音院

【题解】

此诗作于宋神宗熙宁五年（1072）。此时正是王安石大行新法的时候。苏轼对新法采取保守态度，对新法的弊端强烈不满，对官吏漠视百姓疾苦的现象深为痛恨，对人民的生活十分关注，因而常在诗中讽世论政，希望"有补于国"。灵感观音院，在杭州上天竺，五代时钱俶所建。宋仁宗时，因祷雨有应，赐名"灵感观音院"，祀观音菩萨。

蚕欲老，麦半黄，山前山后水浪浪！
农夫辍耒女废筐，白衣仙人在高堂！

蚕欲老，麦半黄，山前山后水浪浪——浪浪，形容雨声之响。这两句意为：桑蚕已到了快吐丝的时候，麦子已到了快要成熟的时候，可这个时候却山前山后雨声响成一片。

农夫辍耒女废筐，白衣仙人在高堂——白衣仙人，即观音菩萨。这里暗指官吏。这两句意为：农夫不能把耒锄土，农家妇女也不能提筐去采桑叶饲蚕了，这时候观音菩萨却高高地坐在堂上，不闻不问，漠不关心。前句是说雨妨碍了农事，后句表面上是责备神像，实际上是指责地方官的不负责任。讽刺之意，溢于言表。

这首诗语言通俗，明白如话，很有民歌风味，而寓意又很深刻。宋朝统治者在文字上的控制很严，苏轼因诗（"乌台诗案"）几乎送了性命，因此创作时便有所顾忌，此诗的讽刺意味因此含而不露。纪昀评此诗说："刺当时之不恤民也，妙于不尽其词。"正指出了这首诗的主旨和艺术特点。

望海楼晚景五绝（选一）

熙宁五年（1072）作。熙宁五年（1072）苏轼任杭州通判。公事馀暇，得以到凤凰山上的望海楼闲坐，写下这组诗。原五首，分别咏江潮、雨电、秋风、江景等，各具情韵。这里选其中之一。望海楼，一名望潮楼，即中和堂东楼，在杭州凤凰山上。

横风吹雨入楼斜，壮观应须好句夸。
雨过潮平江海碧，电光时掣紫金蛇。

横风吹雨入楼斜，壮观应须好句夸——这两句意为：强风挟带着雨吹入楼中，这种壮观的景象应该用好的诗句来夸一夸。

雨过潮平江海碧，电光时掣紫金蛇——时，时时。掣(chè)，拉，拽。紫金蛇，形容闪电的形状和色彩。这两句意为：雨很快过去，潮水已平静，江水辽阔如海，一眼望去，水面一片碧绿。远方还有几处雨云未散，不时闪过电光，就像时隐时现的紫金蛇。

这首诗写在望海楼所见风雨，于写景中蕴含一种人生的哲理。诗开头时写风雨的气势很猛，好像很有一番热闹，转眼间却是雨阑云散，风停潮息，海阔天晴，变幻之快使人目瞪口呆。其实不只自然界是这样，人世间的事情，往往也是如此变幻莫测。

孙莘老求墨妙亭诗

这首诗乃熙宁五年(1072)诗人在杭州时所作。熙宁五年(1072)二月，孙觉建亭于吴兴府第中，以藏古碑刻法帖，亭名"墨妙"，向作者求诗题咏。孙莘老，名觉，字莘老，高邮人。原知广德军，熙宁四年(1071)，移守湖州。他是苏轼的朋友。

　　兰亭茧纸入昭陵，世间遗迹犹龙腾。
　　颜公变法出新意，细筋入骨如秋鹰。
　　徐家父子亦秀绝，字外出力中藏棱。
　　峄山传刻典刑在，千载笔法留阳冰。
　　杜陵评书贵瘦硬，此论未公吾不凭。
　　短长肥瘦各有态，玉环飞燕谁敢憎。
　　吴兴太守真好古，购买断缺挥缣缯。
　　龟趺入座螭隐壁，空斋昼静闻登登。
　　奇踪散去走吴越，胜事传说夸友朋。
　　书来乞诗要自写，为把栗尾书溪藤。
　　后来视今犹视昔，过眼百年如风灯。
　　他年刘郎忆贺监，还道同时须服膺。

　　兰亭茧纸入昭陵，世间遗迹犹龙腾。颜公变法出新意，细筋入骨如秋鹰——兰亭，晋代大书法家王羲之的《兰亭集序》的写本。书法史上评为"行书第一"。茧纸，用蚕茧做成，是晋代习用的一种纸。相传《兰亭集序》以茧纸书写。昭陵，唐太宗墓。唐太宗最喜爱王羲之的字，他死后，以举世闻名的《兰亭集序》真迹殉葬。世间遗迹，指王羲之的书法遗迹，除了《兰亭集序》真本以外，还有拓本留传世间。龙腾，形容王羲之的字神采飞动。梁武帝评王羲之的字"如龙跃天门，虎卧凤阁"。颜公，指颜真卿，唐代大书法家。变法，指变更书法，别具风格。细筋入骨，古人论书法，以"多骨微肉"能表现笔力者为上，谓之"筋书"。这四句意为：《兰亭集序》真迹已被埋进昭陵了，但王羲之的书法遗迹除了《兰亭集序》真本以外，还有拓本留传世间，字迹仍如龙腾般神采飞动。颜真卿变革书法，别出新意，他的字细筋入骨，如秋鹰般遒劲有力。

徐家父子亦秀绝，字外出力中藏棱。峄山传刻典刑在，千载笔法留阳冰——徐家父子，指徐峤之、徐浩父子，都是唐代的大书法家。徐浩尤有名，有人形容他的字如"怒猊抉石，渴骥奔泉"。藏棱，此谓笔势遒劲而不露锋芒。峄山传刻，秦始皇二十八年（前219），东巡郡县，曾在峄山上刻石纪功，那石刻的字是李斯写的。典刑，模范的意思。刑，通"型"。阳冰，李阳冰，唐代大书家，善小篆，他是专学秦峄山石刻字体的。这四句意为：徐峤之、徐浩父子的书法也异常秀丽，他们的字笔势遒劲而不露锋芒。秦代峄山石刻成为后世书法的典范，千年以后李阳冰得到峄山石刻笔法的真髓。

杜陵评书贵瘦硬，此论未公吾不凭。短长肥瘦各有态，玉环飞燕谁敢憎——杜陵，杜甫，他曾自号"杜陵野老"，其《李潮八分小篆歌》中有"书贵瘦硬方通神"之句。玉环，杨玉环，唐玄宗的妃子，是个丰腴女人。飞燕，赵飞燕，汉成帝的皇后，是个纤瘦女人。这里用她们两人来说肥瘦各有其美。这四句意为：杜甫评论书法以瘦硬为贵，这个结论不公正，我不以之作为评论书法的依据。人的高、矮、胖、瘦各有其美，就像历史上杨玉环丰腴而赵飞燕纤瘦，但她们都是有名的美人，谁又敢憎恶她们呢？

吴兴太守真好古，购买断缺挥缣缯。龟趺入座螭隐壁，空斋昼静闻登登——吴兴太守，指孙觉。孙觉守吴兴（湖州），故这样称呼。断缺，指刻字的断碑残石。缣缯(jiānzēng)，丝、帛之类。这里借指货币。龟趺，指碑座。螭(chī)，传说中一种无角的龙。泛指碑上的龙形雕饰。登登，拓碑的声音。这四句意为：孙觉真喜爱古物，不惜花钱购买古代碑刻。这些买来的古代碑刻有的放在碑座上立于亭中，有的嵌于亭壁上，这空旷的屋子中白天很寂静，只有拓碑的声音在屋内回响。

奇踪散去走吴越，胜事传说夸友朋。书来乞诗要自写，为把栗尾书溪藤——栗尾，笔名。状如锥栗，故名。溪藤，纸名。剡(shàn)溪(今浙江嵊县)这个地方所造的纸。这四句意为：孙觉将这些碑刻的拓片分赠给吴越间的友人，友人都夸奖他做的这件事。孙觉来信向"我"求诗，他要把"我"的诗用栗尾笔写在溪藤纸上。

后来视今犹视昔，过眼百年如风灯。他年刘郎忆贺监，还道同时须服膺——刘郎，刘禹锡，唐代诗人。贺监，贺知章，唐代诗人，曾做过秘书监，世称贺监。刘禹锡《洛中寺北楼见贺监草书题诗》："高楼贺监昔曾登，壁上笔踪龙虎腾。"服膺，谨记不忘，衷心信服。语出《中庸》："得一善，则拳拳服膺。"这里并用刘禹锡《洛中寺北楼见贺监草书题诗》"恨不同时便服膺"句意。这四句意为：后世的人看我们现在的人就像我们现在看过去的人一样，百年如过眼烟云，一切都将烟消云散。"我"与孙觉虽是同时代的友人，但他年相忆，也会像刘禹锡对贺知章一样衷心敬佩。

　　这首诗前半部分对历代有名书法家进行评论，并对杜甫的书法观提出不同意见，在诗中提出了自己的美学观："短长肥瘦各有态，玉环飞燕谁敢憎。"这也是他对自创"肥"书风的一种自负。事实上，苏轼的书法在中国书法史上，也的确达到了相当的高度。诗后半部分写孙觉爱好古碑帖，书法技艺高超，自己对他衷心敬佩，点题自然贴切。

新城道中（其一）

　　神宗熙宁六年（1073）春天作。原诗共二首，此为第一首。诗人在杭州通判任上出巡所领各属县，自富阳赴新城途中，饱览了秀丽明媚的春光，见到了繁忙的春耕景象，于是用轻松活泼的笔调写下这首诗，抒写自己的途中见闻和愉快的心情。新城，宋代杭州的一个属县，在今浙江省富阳市新登镇。

> 东风知我欲山行，吹断檐间积雨声。
> 岭上晴云披絮帽，树头初日挂铜钲。
> 野桃含笑竹篱短，溪柳自摇沙水清。
> 西崦人家应最乐，煮葵烧笋饷春耕。

　　东风知我欲山行，吹断檐间积雨声。岭上晴云披絮帽，树头初日挂铜钲——积雨，多日不停的雨。絮帽，丝绵帽子。比喻薄云环绕山岭。铜钲（zhēng），古代铜制的乐器。一种形状像钟，有柄；一种形状像锣，圆形。这里比喻初日如圆钲。这四句意为：绵绵春雨多日不停，天快亮的时候，房檐下几天来滴滴答答地响个不停的雨声忽然止住了，天放晴了。这是东风知道"我"有进山的打算，特意把阴云吹散了吧。雨后的早晨，山中景色焕然一新。一座座峰峦如此清秀，头上顶着洁白的云朵，宛如戴上轻软的丝绵帽子；太阳刚刚升起，挂在高高的树梢，好像一面黄澄澄的铜锣。

野桃含笑竹篱短,溪柳自摇沙水清。西崦人家应最乐,煮葵烧笋饷春耕——西崦(yān),西山。饷,用食物款待人,这里指给在田间劳动的人送饭。这四句意为:矮矮的竹篱后面,盛开的山桃花红扑扑的脸儿满含笑意;清清的沙溪边上,柳树摆动着轻盈的枝条。这样的天气西山的农家应该最高兴,他们煮着葵烧着笋给在田间劳动的人们送饭。首二句写诗人一路前行,路旁景色使人目不暇接。一花一木都是这样春意盎然,这样殷勤好客。后二句写诗人想象农家耕种之乐,表现出诗人向往自然的情趣。

这是一首七言律诗。开头两句写多情的东风很会察言观色,猜透了诗人心中的忧虑,并且立即慷慨相助,吹得雨散天开,这怎能不使诗人喜出望外呢!中间四句组成一套山水画屏。前两句描写远景,用的是比喻手法:山峰戴上洁白的絮帽,树梢挂着明亮的铜锣,把晴天云朵和初升的太阳写得形象生动而富有神采;后两句描写近景,用的是拟人手法:山桃花倚篱而笑,柳枝无风自摇,自然景物被赋予人的神态举止,真是妩媚极了。进得山来,桃花笑,柳条舞,一路上的风景令人欣喜。结尾二句乃诗人想象中的西山人家自耕自种、怡然自乐的生活,反映出诗人厌恶俗务、热爱自然的情趣。新奇的比喻,巧妙的拟人,不仅描绘出山溪花木之美,而且烘托出诗人山行之乐,内心之乐和景色之美互相映衬,互相渗透。这就是人们最爱追求的情景相生的艺术境界。

饮湖上初晴后雨

熙宁六年(1073)作。苏轼于神宗熙宁四年(1071)至七年(1074)在杭州任通判期间,曾写了大量咏西湖景物的诗。这是最脍炙人口的一首。此题下原作有两首,这是第二首。

水光潋滟晴方好,山色空濛雨亦奇。
欲把西湖比西子,浓妆淡抹总相宜。

水光潋滟晴方好,山色空濛雨亦奇——潋滟(liànyàn),水光闪动的样子。方好,正显得美好。空濛,形容雨中烟雾弥漫,似有若无。这两句意为:在灿烂的阳光照耀下,西湖水波荡漾,波光闪闪,十分美丽。在雨幕笼罩下,西湖周围的群山迷迷茫茫,若有若无,非常奇妙。

欲把西湖比西子,浓妆淡抹总相宜——西子,即西施,春秋时越国著名的美女。姓施,家住浣纱溪村(在今浙江诸暨)西,所以称为西施。这两句意为:若将西湖与美女西施进行比较,西施无论浓施粉黛还是淡描蛾眉,总是风姿绰约;而西湖不管晴姿雨态还是花朝月夕,都美妙无比,令人神往。诗人用一个奇妙而又贴切的比喻,写出了西湖的神韵。诗人之所以拿西施来比西湖,不仅是因为二者同在越地,同有一个"西"字,同样具有婀娜多姿的阴柔之美,更主要的是她们都具有天然美的姿质,不用借助外物,不必依靠人为的修饰,随时都能展现美的风致。这个比喻得到后世的公认,从此,"西子湖"就成了西湖的别称。

这首诗写杭州西湖的水光山色,概括性很强,它不是描写西湖的一处之景、一时之景,而是对西湖美景的全面评价。诗人以古代美女西施之美来比喻西湖的奇丽景色,西湖不论是晴天还是雨天,就如淡妆浓抹的西施一样,总是展示出她不可抗拒的魅力。这种奇巧的比喻,写出西湖的形象之美,令人向往,更是点睛之笔,不但与前衔接得浑然天成,而且比喻本身新颖妙丽,"成为西湖定评",从此"西子湖"就成了西湖的别称,这首诗堪称绝唱。

唐道人言:天目山上俯视雷雨,每大雷电,但闻云中如婴儿声,殊不闻雷震也

题解

这首诗作于熙宁六年(1073)。诗人塑造了一个站在天目山上的"已外浮名更外身"的高人形象,阐发了置身度外才能蔑视一切的道理。唐道人,字子霞,曾作《天目山真境录》。天目山,在今浙江省西北部。清代查慎行注引《咸淳临安志》:"天目山有雷神宅,在西尖峰半山间。"

已外浮名更外身,区区雷电若为神?
山头只作婴儿看,无限人间失箸人。

已外浮名更外身,区区雷电若为神?山头只作婴儿看,无限人间失箸人——外,置之度外。区区,不重要。失箸,据《三国志·蜀书·先主传》和《华阳国志》,曹操曾与刘备论天下英雄:"曹操从容谓先主(按:指刘备)曰:'今天下英雄,惟使

君与孤耳,本初(指袁绍)之徒,不足数也。'先主方食,失匕箸(筷子)。""于时正当雷震,备因谓操曰:'圣人云:迅雷风烈必变。良有以也。'"这四句意为:"我"已将名利置之度外,更将生命置之度外,对"我"这样的人来说,小小的雷霆和闪电又怎能称为神呢?站在天目山顶隔着云层俯听山下的雷鸣,只不过像是婴儿的哭声那样微弱;而山下之人听了,却是非常的响,一听到雷声就心惊色变、丧魂落魄。诗人以"失箸人"比喻胆小的人,用比喻的手法表达出一种人生哲理。

把雷声当作婴儿声的比喻触动了诗人的思绪,使他即景赋诗。从自然科学的角度看,离放电的云层越远,听到的雷声就越低,诗人却由此引申出具有一定普遍意义的哲理:所谓"雷霆之威",对于一个不以个人的生命、浮名为重的人是不起作用的。诗人一生饱尝人间辛酸,对官场黑暗、仕途险恶以及人情冷暖感受颇深,加上佛道思想对他的影响,渐渐使他形成了达观的思想。在他看来,一个人只要没有贪求名利富贵、苟且偷生等杂念,就不会陷入斗争的漩涡,也用不着整日担惊受怕。任它乾坤颠倒、风云变幻、雷劈电闪,自己都能超然物外,心不惊、色不变。诗人对这样一个深刻的道理,在诗中没有直说,而是运用比喻手法,通过眼前景物,妙寄物外之理,似有意似无意的哲理韵味使读者获益匪浅。这就是宋诗所具有的理趣。

有美堂暴雨

本篇作于熙宁六年(1073)初秋。苏轼在杭州吴山之巅观看钱塘江,绘声绘色地摹写了当时暴雨袭来时的壮美景观。有美堂,在杭州吴山的最高处,遥对海门。嘉祐二年(1057),梅挚出知杭州,仁宗皇帝亲自赋诗送行,中有"地有吴山美,东南第一州"之句。梅到杭州后,就在吴山顶上建堂,名有美堂,以见荣宠。欧阳修曾为他作《有美堂记》。

游人脚底一声雷,满座顽云拨不开。
天外黑风吹海立,浙东飞雨过江来。
十分潋滟金尊凸,千杖敲铿羯鼓催。
唤起谪仙泉洒面,倒倾鲛室泻琼瑰。

　　游人脚底一声雷，满座顽云拨不开——顽云，犹浓云。这两句意为：暴雨欲来，在接近地面处响起一声炸雷，乌云浓而且低，笼罩满座，拨都拨不开。这两句写雨来前的情景。

　　天外黑风吹海立，浙东飞雨过江来——浙东，杭州在浙江（钱塘江）西边，故云。这两句意为：从天外来的黑风迅猛暴烈，吹得大海好像立起来一样，大雨飞快地越过钱塘江。这两句写暴雨突来的情景。"天外"句用杜甫《朝献太清宫赋》"四海之水皆立"句意。

　　十分潋滟金尊凸，千杖敲铿羯鼓催——潋滟，水波相连的样子。凸，高出。敲铿，啄木鸟啄木声，这里借指打鼓声。羯鼓，从羯族传入的一种用两杖打击的乐器，盛行于唐开元、天宝年间。这两句意为：暴雨中钱塘江水势如同华美酒杯中斟满之酒高过杯口就要溢出，暴雨声好像千杖急下敲响的羯鼓。这两句描摹暴雨中钱塘江水的形态和声势。

　　唤起谪仙泉洒面，倒倾鲛室泻琼瑰——谪仙，被贬谪下凡的仙人，指李白。贺知章曾赞美他为"谪仙人"。泉洒面，唐玄宗曾谱新曲，召李白作诗。李白已醉，玄宗命人以水洒面，使之清醒。这里作者隐以李白自况。鲛室，神话中海中鲛人所居之处，这里指海。鲛人是神话传说中居于海底的怪人，其泪珠就是珍珠。琼瑰，美玉，比喻杰出的诗文。这两句意为：这暴雨有如天帝要唤醒李白赋诗而洒的清水，又好像弄倒了鲛人之室而倾泻下来的珍珠美玉。这两句是诗人的联想。

　　此诗通篇描写暴雨，前半篇用赋的手法，后半篇用的是比的手法。其首联非常形象地写出了雨前一刹那的气氛：在拨不开的浓云堆积低空的时候，一声炸雷从云中钻出来了，预示暴雨即将来临。次联中上句是想象，下句是亲见。在诗的后半部分，作者接连用了几个比喻来形容这场暴雨。一写雨势之来，竟如金杯中斟满的酒高出了杯面；二写雨声之急，竟如羯鼓被千根鼓杖赶着打击，充满铿锵之声。苏轼当时正在有美堂中宴饮，筵中有鼓乐，所以见景生情，因近取譬。但诗人飞腾的想象并没有到此为止，他忽然想到诗仙李白的故事。这一场暴雨也许是老天爷为了使醉中的李白迅速醒来，好写出许多气势磅礴的诗篇，所以特地将雨洒在他的脸上吧。

　　苏轼在这首诗中，任凭想象力驰骋于大自然的奇观之中，其用词之奇特、瑰丽，无不令人想到唐代诗人李贺，但其气势之奔腾不羁，其韵律之琅琅悦耳，却又超越了李贺。整首诗笔势酣畅，联想丰富奇特、瑰丽雄杰，历来备受推崇，被视为苏轼清雄风格的代表作。

法惠寺横翠阁

熙宁六年(1073)春作,作者时任杭州通判。法惠寺,故址在今杭州清波门外,本名兴庆寺,五代时吴越王钱俶所建。

  朝见吴山横,暮见吴山纵;吴山故多态,转侧为君容。
  幽人起朱阁,空洞更无物;惟有千步冈,东西作帘额。
  春来故国归无期,人言秋悲春更悲。
  已泛平湖思濯锦,更看横翠忆峨眉。
  雕栏能得几时好,不独凭栏人易老。
  百年兴废更堪哀,悬知草莽化池台。
  游人寻我旧游处,但觅吴山横处来。

  朝见吴山横,暮见吴山纵;吴山故多态,转侧为君容——吴山,一名胥山,又名城隍山,在今杭州市内西南角。故,本来。转侧,即辗转反侧,不断挪动位置。容,装饰、打扮。这四句意为:早晨看吴山,它蜿蜒横亘;傍晚看吴山,它高高耸立。吴山从各种不同的角度为能够欣赏它的人作出各种姿态。朝横暮纵,是说吴山一日之间,你这时看它是这样,另一个时候瞧它又是另一个样子。后两句将吴山拟人化,把吴山比作形态多变的美女。

  幽人起朱阁,空洞更无物;惟有千步冈,东西作帘额——幽人,高人雅士,这里指法惠寺的和尚。朱阁,一般寺庙都以红漆涂饰,所以称为朱阁。这里指横翠阁。空洞,既指横翠阁中没有什么陈设,也指寺中和尚四大皆空,了无挂碍。千步冈,指白天所见横在眼中的吴山。东西,指自左到右。帘额,门窗上挂的帘子,悬在上端,有如人额。这四句意为:寺中僧人盖起这朱红色的横翠阁,阁里什么陈设都没有,阁外亦然,只有吴山挡在窗外,仿佛是遮窗的帘子。这四句有奇趣,亦有禅味。

  春来故国归无期,人言秋悲春更悲。已泛平湖思濯锦,更看横翠忆峨眉——故国,故乡、老家。人言秋悲,战国时宋玉在《九辩》中说:"悲哉!秋之为气也。"即此所指。泛,乘船。平湖,风平浪静的湖,指西湖。濯锦,即濯锦江。传说锦在其中洗濯后颜色特别鲜艳,故名濯锦江,简称锦江。峨眉,山名,在今四川峨眉县西南。这四句意为:春天到了,"我"想回故乡却遥遥无期。人们常说秋天是令人悲伤的季节，可是"我"觉得春天比秋天更加令人悲伤。泛舟西湖就会想念故乡的濯锦江，望见吴山就更加怀念故乡的峨眉山。

雕栏能得几时好，不独凭栏人易老。百年兴废更堪哀，悬知草莽化池台。游人寻我旧游处，但觅吴山横处来——雕栏，有彩饰的栏杆。悬知，预知。草莽化池台，即池塘化为草莽。这六句意为：不只是凭栏而立的人容易衰老，就是那雕刻精美的栏杆又能保存多久呢？人世间百年兴亡更加令人悲哀，"我"能预知这池塘台阁将荒废化为草莽。多年以后游人寻找当年"我"曾游过的地方，就只能找到那纵横的吴山了。首两句是化用南唐后主李煜《虞美人》"雕栏玉砌应犹在，只是朱颜改"和《浪淘沙》"独自莫凭栏，无限江山，别时容易见时难"词意。结尾四句设想未来情事，有沧海桑田的感喟。

苏轼写吴山，重在传神写意，笔致活泼跳脱。他不仅抒写了春日思乡伤老之情，还进一步触发百年兴废之感，寄寓人生哲理。全诗错综变化，波澜起伏，奇气横溢。此诗前半部分首先写诗人多次从寺中登阁，远眺吴山，因光照的明暗不同，白天看到它蜿蜒地横在眼前，而黑夜中则视线模糊，看不周全，但见其高，所以觉其非横列而系纵立。接着，在诗人的想象中，吴山被人格化了。她犹如一位佳人，女为悦己者容，所以便在不同的时间、不同的角度中，为能够爱赏她的人，作出千姿百态。以下由写山进而写阁和建阁的人，却不从正面落笔。横翠阁自非一座空屋，说它空洞无物，乃是赞美建阁人虽然修建了这座美好的阁子，其中当然也有陈设，但并不影响他无挂无碍、四大皆空的心性。所以只馀有情的青山横列阁外，似为之装饰而已。诗的后半部分由于观赏杭州春天的美好景色，更加怀想难以回归的家乡。又由朱阁雕栏之易朽，想到光阴之短促，生命之无常，而致慨于若干年后，不仅自己早已去世，横翠阁也当不复存在。后人来游，恐怕只能寻到仍然横列的吴山了。情致缠绵，有馀不尽。

这首诗体现了苏轼七古在谋篇布局上曲折多变而脉络分明的艺术特点。从布局上看，此诗前八句，五言，侧重写景；后十句，七言，侧重写情。前十二句，四句一转韵；中隔以雕栏二句，末复以四句转一平韵为收，于整齐中见变化，而且声情相应。思乡的悲凉之感与处世的旷达之怀达到了巧妙的平衡。

书双竹湛师房二首（选一）

此诗是苏轼在熙宁六年（1073）为杭州广严寺住持湛师而作。双竹，广严寺内有竹林,因所生竹成双成对,故又名双竹寺。

暮鼓朝钟自击撞,闭门孤枕对残釭。
白灰旋拨通红火,卧听萧萧雨打窗。

暮鼓朝钟自击撞,闭门孤枕对残釭。白灰旋拨通红火,卧听萧萧雨打窗——釭(gāng),指灯盏。这四句意为:寺院中的暮鼓晨钟自行击撞,"我"关门不问,只是对着渐渐暗淡的灯光孤枕而眠。"我"刚拨开一层白色的烟灰就发现里面有一团通红的火焰,在这风雨之夜"我"躺在床上听着那萧萧的风雨打窗之声。

这首诗写诗人夜宿寺院的心境。诗人不仅客观地再现了山寺的日常情景,而且融情于景,抒写了主观情思,表达了超旷的襟怀,使读者感到一种咀嚼隽永的意趣。清人纪昀在评此诗时说:"意自寻常,语颇清脱。"

病中游祖塔院

这首诗写于熙宁六年(1073),苏轼时任杭州通判。祖塔院,在杭州南山,唐开成二年(837)钦山法师建造。因南泉、临济、赵州、雪峰等高僧常到此,所以起了这个名字,现在叫虎跑寺,中有著名的虎跑泉。

紫李黄瓜村路香,乌纱白葛道衣凉。
闭门野寺松阴转,欹枕风轩客梦长。
因病得闲殊不恶,安心是药更无方。
道人不惜阶前水,借与匏樽自在尝。

紫李黄瓜村路香,乌纱白葛道衣凉。闭门野寺松阴转,欹枕风轩客梦长——紫李,紫色的李子(一种水果)。乌纱,本是官帽,至唐时,已逐渐流行于民间。白葛道衣,用白色葛布做的衣服。由于作者好佛,又是到寺里去,所以把自己的衣服称作道衣。欹,倚。这四句意为:乡村小路上飘荡着紫李和黄瓜的清香,"我"戴着乌纱帽穿着白葛衣服,感到很凉爽。寺院的门关着,寺中松树的影子随着太阳的移动而转动，"我"倚着枕在通风很好的小屋里睡得很香。

因病得闲殊不恶，安心是药更无方。道人不惜阶前水，借与匏樽自在尝——恶，令人厌恶。安心是药，《景德传灯录》卷三："二祖谓达摩曰：'我心未安，请师安心。'达摩曰：'将心来与汝安。'二祖曰：'觅心了不可得。'达摩曰：'与汝安心竟。'"本意是安心要靠自己，不假外求，这里则进一步说，得病亦是心有未安的表现。阶前水，指虎跑泉中的水。匏（hù）樽，把匏瓜剖开做成的一种酒器。这四句意为：因病得闲也没有什么不好的，有病除了安心之外别无其他药方。寺院中的僧人不吝惜阶前的虎跑泉水，借给"我"舀水工具让"我"尽情地喝。

全诗从赴寺写起，先写出路上的景物和心情，然后是到寺后的景物和心情，三联宕开一笔，承接题中的"病"并谈到自己的感受，最后点出僧人与自己的关系，从而把情和景一起绾结。这首诗以禅理写人生，写出了作者委运任化、安闲自适的心境，意味深长，别具情趣。

书焦山纶长老壁

此诗作于熙宁七年（1074）。焦山，在今江苏镇江长江中，与金山相对，因东汉末焦先隐居于此而得名。上有焦山寺。纶长老，焦山寺僧，生平不详。

　　法师住焦山，而实未尝住。
　　我来辄问法，法师了无语。
　　法师非无语，不知所答故。
　　君看头与足，本自安冠屦。
　　譬如长鬣人，不以长为苦。
　　一旦人或问，每睡安所措？
　　归来被上下，一夜着无处。
　　展转遂达晨，意欲尽镊去。
　　此言虽鄙浅，故自有深趣。
　　持此问法师，法师一笑许。

法师住焦山，而实未尝住。我来辄问法，法师了无语。法师非无语，不知所答故——法师,指纶长老。辄,则,就。了,完全。这六句意为:纶长老居住在焦山,但实际上他的心并不拘泥于此。"我"来到焦山寺就向他请教佛法要义,他却无话可说。他并不是无话可说,而是因为他不知道回答什么。

君看头与足,本自安冠屦。譬如长鬣人,不以长为苦。一旦人或问,每睡安所措?归来被上下,一夜着无处。展转遂达晨,意欲尽镊去——冠,帽子。屦,鞋子。长鬣(liè)人,长着长胡子的人。措,安放,安置。镊(niè),拔掉。这十句意为:头本来是戴帽子的,脚本来是穿鞋子的。有一个人,长了一脸长胡子,自己并不以其长为苦。某一天,忽然有人问他:"你的胡子这么长,睡觉的时候放哪儿呢?"这位大胡子回来之后睡觉时觉得胡子放在被子上面不自在,放在被子下面也不自在,就这样辗转反侧,一夜无眠。到天亮之后就想把长胡子全都剪掉。

此言虽鄙浅,故自有深趣。持此问法师,法师一笑许——这个故事虽然鄙薄浅俗,可自有深刻意趣。"我"拿这个故事去问纶长老,他笑了一下表示赞同。

这首诗通篇以形象的比喻寓哲理、见理趣。"法师住焦山",是居住之住;"而实未尝住",是"无所住而生其心"之住,全诗即由此生发。在禅家心目中,人们应该顺应本性,通脱无碍,发扬主体精神,不为外物所移。为了说明这一点,苏轼用了"小说家言"——一个长胡子人的故事。他的烦恼从哪里来呢?他的烦恼原是生于他自身。这说明,一切的行为冲突都来源于主体的内心,而求得解放,也只能通过治心才行。人们在社会生活中,到底依据什么来决定自己的行为标准?是别人的评判,还是自己的感受?在这一点上,苏轼的这首诗给我们很大的启发。当然,这种靡所依傍,相信自我,独任性灵的思想,对文学创作的启发也很大。把这种态度用于作诗,就是"信手拈得俱天成"(《次韵孔毅父集古人句见赠》)。这种冲破常法,不在前人或常人圈子中讨生活的态度,正是苏轼的艺术创作取得巨大成就的重要原因之一。

过永乐文长老已卒

此诗作于熙宁七年(1074)。永乐,即永乐乡,在秀州(今浙江嘉兴)西北十五里。文长老,即蜀僧文及。永乐报本禅院住持。苏轼本为蜀人(眉州眉山人),他与文长老既是同乡,又是文友。

初惊鹤瘦不可识,旋觉云归无处寻。

三过门间老病死,一弹指顷去来今。
存亡惯见浑无泪,乡井难忘尚有心。
欲向钱塘访圆泽,葛洪川畔待秋深。

【新解】

初惊鹤瘦不可识,旋觉云归无处寻。三过门间老病死,一弹指顷去来今——鹤瘦,喻指文长老病瘦如鹤。旋,不久。云归,喻指文长老已病死。鹤、云,喻指文长老。古人常以闲云野鹤称世外高人。三过门,苏轼曾三次到秀州报本禅院访文长老。第一次在熙宁五年(1072)十二月,作《秀州报本禅院乡僧文长老方丈》一诗;第二次在熙宁六年(1073)十一月,作《夜至永乐文长老院,文时卧病退院》一诗;第三次在熙宁七年(1074)五月,作此诗。老病死,诗人三次访文长老,文长老的状况正好是"老病死",而佛家以生老病死为人生四苦,此处用佛家教义。弹指,佛教计时单位。二十念为一瞬,二十瞬为一弹指。顷,时间短暂。去来今,指佛家所称的三世(过去世、未来世、现在世)。这四句意为:上次见面时文长老消瘦的病容已经快让人认不出他来了,不久之后去看他,他已经病死了。"我"三次拜访文长老,文长老的状况正好是衰老、生病、死亡,一眨眼间,世事已变化很大。后二句在语典和实事之间,确是天衣无缝。

存亡惯见浑无泪,乡井难忘尚有心。欲向钱塘访圆泽,葛洪川畔待秋深——浑,全。圆泽,唐人袁郊《甘泽谣》载,洛阳惠林寺僧圆泽与李源相友善,曾与源相约,卒后十二年在杭州天竺寺相见。十二年后,李源如约来到寺前,在葛洪川旁听一牧童口中作歌:"三生石上旧精魂,赏月吟风不要论。惭愧情人远相访,此身虽异性长存。"苏轼曾根据《甘泽谣》而成《僧圆泽传》。这四句意为:"我"见惯了生死存亡,已经没有眼泪了,但是与文长老的乡情还是难忘的。"我"想像李源赴圆泽约那样去杭州等着,在葛洪川边一直等到深秋。最后两句是希望文长老能像圆泽那样,来世能和自己重见,尽露思念文长老之情长且久矣。

此篇系悼亡之作,怀念惋惜之情深切感人;尤为难得的是,由于文长老为僧人,故通篇又充满佛家禅理,不同于一般的悼亡之作。这首诗意沉着而语优美,言有尽而意无穷,诗中典故的运用极为贴切,结构上曲折顿挫,千百年以来脍炙人口。

送 春

此诗作于熙宁八年(1075)密州任上,是苏轼《和子由四首》中的一首。苏辙于熙宁七年(1074)春末任齐州(治所在今山东济南)掌书记时,作《次韵刘敏殿丞送春》,苏轼此诗就是和这一首的,可称和诗的和诗。

梦里青春可得追?欲将诗句绊馀晖。
酒阑病客惟思睡,蜜熟黄蜂也懒飞。
芍药樱桃俱扫地,鬓丝禅榻两忘机。
凭君借取法界观,一洗人间万事非。

梦里青春可得追?欲将诗句绊馀晖。酒阑病客惟思睡,蜜熟黄蜂也懒飞——绊,羁绊。酒阑,饮酒将罢。病客,作者自指。这四句意为:梦中逝去的春光还能追回来吗?"我"想用作诗吟句绊住夕阳的光辉。饮酒将罢"我"只想去睡觉,虽然花蜜已经熟了,黄蜂却懒得去采。首句内涵丰富,既伤春又伤时,感伤青春的虚度。第三句表达出诗人心灰意懒之意。

芍药樱桃俱扫地,鬓丝禅榻两忘机。凭君借取法界观,一洗人间万事非——扫地,是说花谢了。忘机,没有机心,言心无得失,无纷扰。法界观(guàn),是佛教华严宗的一部重要著作的简称,本名《修大方广佛华严法界观门》,唐代杜顺述,宗密注。这四句意为:芍药花和樱桃花都已凋谢了,"我"已经泯除机心,淡泊宁静,不把生死荣辱放在心上。"我"向你借《法界观》这本书,用其中的圆融无碍之说洗却人间一切烦恼。

本诗既可说是惜春,又可说是伤时,感伤整个青春的虚度,也包括了个人仕途的失意和对时局的感喟,意境颇为消沉。中间两联又极富变化,情与景互相交织,虚虚实实。与苏辙的原诗相比,苏轼的这首诗无论在思想性还是艺术性上都超过了原诗。

寄黎眉州

这首诗是苏轼熙宁九年(1076)在密州任上寄赠黎錞(chún)的。黎錞,字希声,四川渠江人,是一位研究《春秋》的儒者,曾著有《春秋经解》。熙宁八年(1075),他以尚书屯田郎中出知眉州,所以称"黎眉州"。

胶西高处望西川,应在孤云落照边。
瓦屋寒堆春后雪,峨眉翠扫雨馀天。
治经方笑春秋学,好士今无六一贤。
且待渊明赋归去,共将诗酒趁流年。

胶西高处望西川,应在孤云落照边。瓦屋寒堆春后雪,峨眉翠扫雨馀天——胶西,指密州。时作者在密州。密州在胶河以西。西川,四川西部。作者的故乡眉山,以及诗中所咏的"瓦屋"、"峨眉"都在四川西部,故云。瓦屋,山名,今属眉山市洪雅县,国家级森林公园。峨眉,山名。佛教四大名山之一。这四句意为:站在密州高处遥望四川西部,那里应是孤云飘动夕阳西下的地方。瓦屋山上堆积着春后下的雪,峨眉山上雨后一片翠绿。这几句是遥望故乡想象故乡的景色。

治经方笑春秋学,好士今无六一贤。且待渊明赋归去,共将诗酒趁流年——笑春秋学,王安石素不喜《春秋》,说那是一本古代的"断烂朝报"。六一,指欧阳修,欧阳修以"藏书一万卷,集采三代以来金石遗文一千卷,有琴一张,有棋一局,而常置酒一壶;以吾一翁,老于此物之间",自号六一居士。欧阳修曾经以"文行苏洵,经术黎錞"向宋英宗推荐二人。归去,晋代陶渊明弃官归隐,曾作有名的《归去来兮辞》,这里作者以此自况。这四句意为:研究经学的正嘲笑《春秋》学,喜欢人才的现在已没有像欧阳修那样的贤人了。那就等着像晋陶渊明那样赋《归去来兮辞》,弃官归隐,以诗酒度过馀年吧。这几句联系时势,表明归隐心志。

这首诗表达了诗人与黎錞之间的友情,并表达了对他们共同的恩师欧阳修的怀念。由于当时王安石执政,推行新法,苏轼不满新法,政治上受压抑,思乡、归隐之情也油然而生,结尾二句正是这种心态的反映。

东栏梨花

【题解】

此诗作于熙宁十年(1077),为《和孔密州五绝》(五首)中的第三首。熙宁九年(1076)冬,苏轼罢密州任,孔宗翰继任知州,故称"孔密州"。第二年四月苏轼到徐州任,作此诗寄孔。

梨花淡白柳深青,柳絮飞时花满城。
惆怅东栏一株雪,人生看得几清明。

梨花淡白柳深青,柳絮飞时花满城。惆怅东栏一株雪,人生看得几清明——一株雪,指梨树。杜牧以"砌下梨花一堆雪"比喻梨花的洁白,苏轼化用其语。清明,清明节。这四句意为:梨花是淡白色的,柳叶是深青色的,柳絮飞时梨花开满城中。看着东栏下的一株梨花"我"感到十分惆怅,人的一生究竟能看得到几个清明节呢!梨花的淡白,柳叶的深青,这一对比,景色立刻就鲜活了,再加上第二句的动态描写,春意之浓,春愁之深,更加烘托出来。

《东栏梨花》,看似很平淡,好像人人都写得出这样的诗,但此诗由梨花的盛开感悟到人生的短促,充满了"人生如寄"之感。全诗涵蕴甚深,有弦外之音,题外之旨。比起波澜壮阔、气象万千的七古,这首清新绝俗的小诗更有它令人喜爱的特色。

筼筜谷

【题解】

这首诗是苏轼《和文与可洋州园池三十首》中的第二十四首。《名胜志》载:"筼谷,在洋县城西北五里。"文与可(名同,苏轼的从表兄,善画竹及山水。二人相交甚厚,经常有诗文往来)官洋州(在今陕西境内)时,曾于谷中筑披云亭,经常游赏其中。筼筜(yúndāng)是一种高大的竹子。据《异物志》:"筼筜生在水边,长数丈,围尺五六寸,一节相去六七尺,或相去一丈,土人绩以为布。"

汉川修竹贱如蓬,斤斧何曾赦箨龙?

料得清贫馋太守,渭滨千亩在胸中。

【新解】

汉川修竹贱如蓬,斤斧何曾赦箨龙?料得清贫馋太守,渭滨千亩在胸中——蓬,蓬草,也叫"飞蓬"。箨(tuò)龙,竹笋的别名。《事物异名录·蔬谷·笋》:"竹谱,笋世呼为稚子,又曰稚龙,曰箨龙,曰龙孙。"渭滨,渭水。太守,指文与可,时任洋州太守。这四句意为:汉川的修竹极多,像蓬草一样贱,刀斧却不曾饶过竹笋。"我"猜想清贫的太守一定见此野味而嘴馋,乃至想把渭水流域的千亩之竹尽吞胸中。第二句暗含借惜竹之情抒发贤才遭到摧残的感慨。结尾二句,既有羡慕之情,又有戏谑的成分。

【新评】

这首诗写竹笋给文与可的生活带来的乐趣和情味,同时也暗含以笋托人,抒发贤才遭受摧残的感慨。这首诗总的风格是既沉重又轻快:暗喻和寄托造成了沉重的一面;戏谑与赞美又使情调变得诙谐而轻松。苏轼在《文与可画筼筜谷偃竹记》中写道:"余诗云:'料得清贫馋太守,渭滨千亩在胸中。'与可是日与其妻游谷中,烧笋晚食,发函得诗,失笑,喷饭案。"

韩幹马十四匹

【题解】

熙宁十年(1077)在徐州作。韩幹,唐代画家,京兆蓝田(今属陕西)人,与其师曹霸皆以画马著称。十四匹,标明画中马的数量是十四匹,但从诗人的描述看,画中实际上有十六匹马。南宋楼钥在《攻媿集·题赵尊道渥洼图序》中也说,他看见的这幅渥洼图乃是李公麟所临韩幹画马图,即苏轼所赋诗者,图中"马实十六"。

二马并驱攒八蹄,二马宛颈鬃尾齐。
一马任前双举后,一马却避长鸣嘶。
老髯奚官骑且顾,前身作马通马语。
后有八匹饮且行,微流赴吻若有声。
前者既济出林鹤,后者欲涉鹤俯啄。
最后一匹马中龙,不嘶不动尾摇风。
韩生画马真是马,苏子作诗如见画。
世无伯乐亦无韩,此诗此画谁当看。

二马并驱攒八蹄,二马宛颈鬃尾齐。一马任前双举后,一马却避长鸣嘶。老髯奚官骑且顾,前身作马通马语——攒,聚在一起。宛,弯曲。任,用。前,指前腿。奚官,指养马的役人,在盛唐时代多由胡人充当。前身作马,谓奚官的前身可能曾是马,形容他深知马的习性。唐代孙光宪《北梦琐言》谓浙西刘三复自言前身曾为马。这六句意为:两匹马并驾齐驱,八只马蹄聚在一起腾空而起;两匹马弯着脖子,鬃尾长短一样,齐步行进。一匹马在前,用前腿负全身之重而双举后腿踢后一匹马,后一匹马一边退避一边长声嘶鸣。一位年老长有长胡子的养马人骑在马上回头看,他的前身可能曾是马,似乎精通马的语言。这几句诗描写了七匹马的形态。

　　后有八匹饮且行,微流赴吻若有声。前者既济出林鹤,后者欲涉鹤俯啄。最后一匹马中龙,不嘶不动尾摇风——吻,指马的嘴唇。这六句意为:后面还有八匹马一边喝水一边走,小水流被吸入马的嘴唇,仿佛发出汩汩的声响。走在前面的马已经渡到岸边,像出林鹤一样要昂首上岸,走在后面的马正要渡河,像鹤俯下身啄东西那样低头入水。最后一匹马像马中的龙一样,站在岸上不动不叫,在风中悠闲地摇晃着尾巴。这几句诗描写了九匹马的形态。

　　韩生画马真是马,苏子作诗如见画。世无伯乐亦无韩,此诗此画谁当看——韩生,指韩幹。苏子,指作者自己。这四句意为:韩幹画的马同真马是一样的,看"我"作的题画诗就像见到所题之画一样。世间没有善于相马的伯乐,也就没有善于画马的韩幹;连现实中的骏马都无人赏识,更何况画中的马、诗中的马呢?那么"我"作的诗和韩幹的画又有谁去看呢?这四句点题,收束全篇,感慨无限,意蕴无穷。

　　这是一首题画诗,诗人只用寥寥数笔,就使十六匹马的动作、神态、风韵一一活现纸上,刻画精工传神。不仅如此,诗人还用传神之笔写出画面上所没有的东西(如马喝水声),扩大了画境。诗人自称"苏子作诗如见画",确非自夸之词。另外,这首诗多次换韵、换笔、换意,章法上跳跃跌宕,错落有致,极有特色,是苏轼七古题画诗中的名篇。

李思训画长江绝岛图

　　本诗为元丰元年(1078)诗人在徐州时所作。苏轼知画善画,作了大量评画、题画的诗文,本诗是其中的名篇之一。李思训,唐代著名山水画家,我国山水画北宗的创始人。他是唐朝的宗室,开元间官至右武卫大将军。他的山水画被称为"李将军山水"。

山苍苍,水茫茫,大孤小孤江中央。
崖崩路绝猿鸟去,惟有乔木搀天长。
客舟何处来?棹歌中流声抑扬。
沙平风软望不到,孤山久与船低昂。
峨峨两烟鬟,晓镜开新妆。
舟中贾客莫漫狂,小姑前年嫁彭郎。

山苍苍,水茫茫,大孤小孤江中央。崖崩路绝猿鸟去,惟有乔木搀天长——大孤小孤,指大孤山、小孤山。大孤山在今江西九江东南鄱阳湖中,一峰独峙;小孤山在今江西彭泽县北、安徽宿松县东南的江水中。两山屹立江中,遥遥相对。搀,刺,直刺。这四句意为:在山水苍茫的背景下,大孤山、小孤山耸立在长江中间。山崖崩断,道路断绝,山势险得连猿鸟都不能停留,只见山上的树木高耸入云。

客舟何处来?棹歌中流声抑扬。沙平风软望不到,孤山久与船低昂——低昂,一高一低,起伏不定。这四句意为:载客的小船是从何处来的?抑扬顿挫的船歌声在长江中流回荡。沙滩平坦,江风柔和,看不到远处的景物,大小孤山和船一高一低,起伏不定。

峨峨两烟鬟,晓镜开新妆。舟中贾客莫漫狂,小姑前年嫁彭郎——峨峨,高耸的样子。两烟鬟,指大小孤山,以女子的发髻比拟大小孤山水雾缭绕的峰峦。晓镜,以妇女的梳妆镜比喻明净的江面。贾(gǔ)客,商人。小姑,指小孤山。彭郎,即澎浪矶,在小孤山对面。民间传说中以山拟人,说彭郎是小姑的夫君。这四句意为:大小孤山水雾缭绕的峰峦远看如高耸的女人的发髻,明净的江面如妇女崭新的梳妆镜。船上的商人举止不要轻狂,美丽的小姑早已嫁给彭郎了。这里形容江山秀美,人们不能自禁其爱。

这首诗是苏轼题画诗中的名篇,诗中对画未加评价,只是将画的内容传达给读者。诗人既写画中实景,又在诗的结尾引入了有关画中风景的民间故事,丰富了画境,为画中山水增色不少,实际是对李思训作品的肯定。清人方东树对此评曰:"神完气足,遒转空妙。"

百步洪

元丰元年(1078),苏轼的友人王巩(王定国)到徐州访他,曾游百步洪。一个月后,王巩已走,苏轼与僧人参寥等重游于此,作此诗。原共二首,第一首赠给参寥,第二首寄给王巩,现选第一首。百步洪,又叫徐州洪,在今徐州市东南二里,为泗水所经,有激流险滩,凡百馀步,所以叫百步洪。今已不存。

　　王定国访余于彭城。一日,棹小舟,与颜长道携盼、英、卿三子游泗水,北上圣女山,南下百步洪,吹笛饮酒,乘月而归。余时以事不得往,夜着羽衣,伫立于黄楼上,相视而笑,以为李太白死,世间无此乐三百馀年矣。定国既去逾月,余复与参寥师放舟洪下,追怀曩游,已为陈迹,喟然而叹。故作二诗,一以遗参寥,一以寄定国,且示颜长道、舒尧文邀同赋云。

　　　长洪斗落生跳波,轻舟南下如投梭。
　　　水师绝叫凫雁起,乱石一线争磋磨。
　　　有如兔走鹰隼落,骏马下注千丈坡。
　　　断弦离柱箭脱手,飞电过隙珠翻荷。
　　　四山眩转风掠耳,但见流沫生千涡。
　　　崄中得乐虽一快,何异水伯夸秋河。
　　　我生乘化日夜逝,坐觉一念逾新罗。
　　　纷纷争夺醉梦里,岂信荆棘埋铜驼。
　　　觉来俯仰失千劫,回视此水殊委蛇。
　　　君看岸边苍石上,古来篙眼如蜂窠。
　　　但应此心无所住,造物虽驶如吾何!
　　　回船上马各归去,多言哓哓师所呵。

　　小序意为:王定国到彭城看望"我"。有一天,划着小船,与颜长道一起带领盼、英、卿三人游于泗水之上,又向北上圣女山,向南下百步洪,吹笛子,喝酒,乘着月色而归。"我"当时因为有事,不能前往,夜里身穿羽衣,伫立于黄楼之上,相视而笑,以为自从李太白去世之后,世间已有三百多年没有这样的乐趣了。定国走后一个多月,"我"又与参寥师乘船游于百步洪下,追忆从前之游,已为陈迹,于是喟然而叹。因此创作两首诗,一首给参寥,一首寄给王定国,并且给颜长道、舒尧文看,邀他们同赋。

长洪斗落生跳波,轻舟南下如投梭。水师绝叫凫雁起,乱石一线争磋磨——斗落,即陡落。投梭,形容舟行之快,如织布之梭,一闪而过。水师,船工。绝叫,狂叫。凫雁,野鸭子。这四句意为:长洪陡起猛落形成跳动的波浪,小船顺水而下就像投掷梭子一样快。船工也不免大声惊叫,甚至水边的野鸭子也都惊飞起来。一线急流和乱石互相磋磨,发出碰撞的声响。

有如兔走鹰隼落,骏马下注千丈坡。断弦离柱箭脱手,飞电过隙珠翻荷——隼,一种猛禽。骏马下注千丈坡,宋代军中把骑马从坡上急驰而下称作注坡(见《宋史·岳飞传》)。断弦离柱,柱是乐器上调弦用的木把,使劲旋转,使弦绷得太紧,就会断掉,在那一瞬间,弦很快地离开柱。飞电过隙,飞逝的闪电很快地掠过隙缝。珠翻荷,猛一掀起荷叶,上面的水珠急遽落下。这四句意为:水流有如狡兔的疾走,鹰隼的猛落,如骏马奔下千丈高的险坡;如琴弦很快地离开琴柱,如飞箭脱手;如飞逝的闪电很快地掠过隙缝,如猛一掀起荷叶,上面的水珠急遽落下。这几句连用七种形象比喻水流迅疾、一泻千里的气势。

四山眩转风掠耳,但见流沫生千涡。崄中得乐虽一快,何异水伯夸秋河——崄,同"险"。水伯夸秋河,水伯即河伯,水神。《庄子·秋水》:"秋水时至,百川灌河。泾流之大,两涘渚崖之间,不辨牛马。于是焉河伯欣然自喜,以天下之美为尽在己。顺流东行,至于北海,东面而视,不见水端。"于是才觉得自己是"见笑于大方之家"。这四句意为:坐在船上,只听到耳边风声不绝,四面群山一晃而过,令人眼花缭乱。向下看,只见飞沫四溅,生出无数的漩涡。涉险时虽有许多快乐,但也就像河伯以为天下之美尽在于己一样,不值一提。此四句写船上乘客的感受。

我生乘化日夜逝,坐觉一念逾新罗。纷纷争夺醉梦里,岂信荆棘埋铜驼。觉来俯仰失千劫,回视此水殊委蛇——乘化,顺应自然变化。日夜逝,指流水。原出《论语·子罕》:"子在川上曰:逝者如斯夫,不舍昼夜。"这里用以比喻像流水一样消逝的万事万物。一念逾新罗,意谓一念之间已逾新罗国(朝鲜古国名)。语出《景德传灯录》卷二十三:"新罗在海外,一念去也。"一念,换算成现在的计时单位,只有零点零一八秒。荆棘埋铜驼,典出《晋书·索靖传》:"(靖)知天下将乱,指洛阳宫门铜驼,叹曰:'会见汝在荆棘中耳。'"后来就以"荆棘铜驼"比喻世事的变化比流水还要迅疾。劫,"劫波"或"劫簸"的简称,指极长的一个时期。委蛇,形容流水绵长而曲折的样子。这六句意为:人生在世,生命如流水一样飞快地流逝,我们只能顺应自然变化生活。但人的意念却可以任意驰骋,一转念的瞬息之间就可以越过遥远的新罗国。人生本如在醉梦之中,而世人纷纷扰扰,争夺不休,全不知世事的变化,比百步洪的奔流还要快,可谁又会相信呢?人们在醉梦中,觉醒过来,已像历经千劫一样发生了巨大的变化,只有这流水依然盘曲如故。这六句表达了作者对生命、意念、世事的看法。

君看岸边苍石上,古来篙眼如蜂窠。但应此心无所住,造物虽驶如吾何——无所住,出自《金刚经》:"应无所住而生其心。"意思是不让心志活动停留在特定的对象和内容上,不把特定的对象看成是真的,一成不变的。这四句意为:自古以来,无数船只从这里经过,撑船的篙插在岸边岩石上,形成了密密麻麻的孔洞,如蜂窠一样。但如能不让思维活动停留在特定的对象和内容上,不把特定的对象看成是真的,一成不变的,即使自然界运行得再快,也与"我"没有什么妨碍。

回船上马各归去,多言哓哓师所呵——哓哓(náonáo),说个不停。师,指参寥禅师。呵,责怪。这两句意为:大家都各自离船上马转向归途了,如果一味多说多辩,喋喋不休,参寥禅师就要责怪了。

这首诗前半部分写景,描写水势;后半部分谈佛教哲理,从水的流逝抒写人生感慨,水乳交融,浑然一体。二者相联系的媒介是速度。由水速写到"一念"、"千劫",水流虽快,怎比得上世事变化之快?作者在这里感慨人生有限,宇宙无穷。但他并未沉溺其中,而是摒弃悲哀,以"心无所住"自解,从而达到了心灵的升华。精彩的比喻是这首诗的最大特点。如"有如"四句写水势,一气托出七种形象,大大地拓展了读者的想象力,使读者对水流的湍急留下难忘的印象。博喻的运用,造成了雄放奇纵的风格。说理谈道,化用禅语,语气疏宕,别开旷放一境,不愧为东坡七古中的杰作。

送参寥师

元丰元年(1078)作于徐州。从题目上看,这首诗似乎是一首送别诗,实际上却是从禅僧参寥的诗谈起,来揭示诗禅相济的道理的。参寥,即道潜,字参寥,於潜(在杭州西二百余里)人,工诗,是中国历史上有名的诗僧。苏东坡特爱其诗,说它"无一点蔬笋气,体制绝似储光羲,非近诗僧可比"。《咸淳临安志》:"道潜本姓何,幼不茹荤,以童子诵《法华经》为比丘,于内外典无所不窥。"

　　上人学苦空,百念已灰冷。
　　剑头惟一映,焦谷无新颖。
　　胡为逐吾辈,文字争蔚炳?

新诗如玉屑,出语便清警。
退之论草书,万事未尝屏。
忧愁不平气,一寓笔所骋。
颇怪浮屠人,视身如丘井。
颓然寄淡泊,谁与发豪猛?
细思乃不然,真巧非幻影。
欲令诗语妙,无厌空且静。
静故了群动,空故纳万境。
阅世走人间,观身卧云岭。
咸酸杂众好,中有至味永。
诗法不相妨,此语当更请。

上人学苦空,百念已灰冷。剑头惟一映,焦谷无新颖——上人,指参寥。苦空,佛教认为生老病死为四苦,又有"四大皆空"之说。《维摩经·弟子品》:"五受阴洞达空无所起,是苦义;诸法究竟无所有,是空义。"剑头惟一映(xuè),《庄子·则阳》:"夫吹筦者,犹有嗃也;吹剑首者,吷而已矣。"意思是吹箫管能发出较大的声音,如吹剑环上的小孔,就只能发出细微的声音。映,象声词。焦谷,烧焦的谷子。典出《维摩经·观众生品》:"如焦谷芽,如石女儿。"颖,带芒的穗。这四句意为:参寥作为僧人参学空苦之义,求空寂灭,是其本分。就像吹剑环上的小孔,只能发出细微的声音,烧焦的谷子不可能有新的带芒的穗一样,没什么大惊小怪的,也并不新奇。

胡为逐吾辈,文字争蔚炳?新诗如玉屑,出语便清警——蔚炳,指文采华美。这四句意为:你作为一个出家之人,为何也像我们这些俗人一样,去追求诗歌艺术的完美?你新作的诗如碎玉一样好,出语便清新警策。后两句是称赞参寥诗写得好。

退之论草书,万事未尝屏。忧愁不平气,一寓笔所骋——退之,韩愈字退之。韩愈曾写《送高闲上人序》一文,称赞张旭的草书道:"往时张旭善草书,不治他技,喜怒窘穷,忧悲愉怿,怨恨思慕,酣醉无聊不平,有动于心,必于草书焉发之……故旭之书,变动犹鬼神,不可端倪,以此终其身而名后世。"这四句意为:韩愈评论张旭的草书,认为张旭的草书所以通神,是因为他牵挂世间万事万物,将心中的忧愁不平之气全都通过他的笔表现出来的缘故。

颇怪浮屠人,视身如丘井。颓然寄淡泊,谁与发豪猛——浮屠人,出家人。身如丘井，比喻心地寂灭，对世事无所反应。这是就高闲而言。还是在《送高闲上人序》中，韩愈又说："今闲师浮屠化，一死生，解外胶，是其为心，必泊然无所起；其于世，必淡然无所嗜。泊与淡相遭，颓堕委靡，溃败不可收拾，则其于书，得无象之然乎？"这四句意为：很奇怪像高闲那样的出家人，心地寂灭，颓然淡泊，没有什么事可以引发其豪放激愤之情，书法艺术上怎能达到张旭的境界呢？此四句语脉承接"退之"而来。

细思乃不然，真巧非幻影。欲令诗语妙，无厌空且静——不然，是对前面所说的高闲由于无以发"豪猛"之气，书法艺术就不高的说法表示否定。这四句意为：仔细想想情况并非如此，正如参寥的诗语之妙，并非如梦幻泡影。想要让诗句高妙，就不要嫌弃空和静。这四句由论书法转为论作诗。

静故了群动，空故纳万境。阅世走人间，观身卧云岭——正因为静，所以对一切动都能了然于心；正因为空，所以能够容纳万事万物。想看世间人情而在人间游历，想体察自身而在山野修行。"走人间"和"卧云岭"就是"了群动"和"纳万境"的具体表现。在苏轼的诗论中，"空"是"纳万境"的前提。只有心灵呈现出虚空澄明的状态，方能在诗歌创作的构思中，涵容无限丰富的境象，从而形成生动、活跃的审美意象。

咸酸杂众好，中有至味永。诗法不相妨，此语当更请——咸味和酸味混合在一起，就能产生最好的滋味。作诗与学习佛法本来是不相妨碍的，这句话应该更加得到重视。以味言诗，出自唐代司空图《与李生论诗书》："文之难，而诗尤难。古今之喻多矣，而愚以为辨于味而后可以言诗也。江岭之南，凡足资于适口者，若醯，非不酸也，止于酸而已；若鹾，非不咸也，止于咸而已。华之人以充饥而遽辍者，知其酸咸之外，醇美者有所乏耳。"苏轼很赞成司空图的观点，他在《东坡题跋》卷二《题韩柳诗》中也说："所贵乎枯淡者，谓其外枯而中膏，似淡而实美。"司空图要求调和五味，苏轼则认为酸咸之中就能体现出五味，二者在本质上是统一的。

此诗取韩愈论高闲上人草书之旨，反其意而论诗，最后落实到"诗法不相妨"上，表达了苏轼对禅与诗之间的关系的认识。禅宗虽提倡"不立文字"，却并不以诗僧为异端，反倒是引为禅门的骄傲。"胡为逐吾辈，文字争蔚炳？"看似诧异，实际是对参寥诗的称赏。宋代禅学大兴，风行于士大夫之中，因而"学诗浑似学参禅"一类的说法，成为一时风气。从时间上看，苏轼这首诗可谓得风气之先，对后来严羽诸人以禅喻诗、分别宗乘等，都不无影响。

续丽人行

题解

这是一首题画诗。元丰元年(1078)五月徐州作。杜甫有《丽人行》诗,这里用了同一题目,故称为"续"。李仲谋,不详。周昉,唐代著名画家,尤其长于画仕女。欠伸,打呵欠,伸懒腰。内人,唐代教坊歌伎的专称,后也用以泛指宫女。

李仲谋家有周昉画背面欠伸内人,极精,戏作此诗。

深宫无人春日长,沉香亭北百花香。
美人睡起薄梳洗,燕舞莺啼空断肠。
画工欲画无穷意,背立东风初破睡。
若教回首却嫣然,阳城下蔡俱风靡。
杜陵饥客眼长寒,蹇驴破帽随金鞍。
隔花临水时一见,只许腰肢背后看。
心醉归来茅屋底,方信人间有西子。
君不见孟光举案与眉齐,何曾背面伤春啼。

小序意为:李仲谋家藏有一幅周昉的画,画面内容为背面打呵欠的宫女,非常精美,于是戏作此诗。

深宫无人春日长,沉香亭北百花香。美人睡起薄梳洗,燕舞莺啼空断肠。画工欲画无穷意,背立东风初破睡。若教回首却嫣然,阳城下蔡俱风靡——沉香亭,在长安兴庆宫内,唐玄宗用外国进贡的沉香木所造。玄宗曾与杨贵妃在此赏花。薄梳洗,即淡妆。初破睡,刚睡醒。嫣然,笑得好看的样子。阳城、下蔡,均为古楚国邑名。宋玉《登徒子好色赋》:"嫣然一笑,惑阳城,迷下蔡。"风靡,倾倒。这八句意为:深宫中寂静无人,春日漫长,沉香亭北面百花盛开,香气袭人。一个美貌的宫女睡醒后薄施淡妆,面对着莺歌燕舞的大好春光独自惆怅。画工画出了刚睡醒的宫女背对东风打呵欠的样子,还想画出宫女许多意蕴。如果让这位宫女回过头来嫣然一笑,一定会让许多人为之倾倒。这八句极写画中宫女之动人情态。

杜陵饥客眼长寒,蹇驴破帽随金鞍。隔花临水时一见,只许腰肢背后看。心醉归来茅屋底,方信人间有西子——杜陵饥客,指杜甫。蹇驴,驽弱的驴子。西子,即西施,春秋时期越国著名美女。这里比喻虢国夫人等丽人。这六句意为:贫困的诗人杜甫眼里射出寒冷的光芒,骑着瘦弱的驴子跟在骑着金鞍肥马的富贵之人后面。靠近曲江边,隔着花偶尔能见到一些丽人,也只能从背后看见她们美好的腰肢。看到这些丽人之后,为之心醉,到了家中回想起来,才相信世间竟然真有西施那样的美女。这六句由周昉画转到杜甫《丽人行》诗,故作戏语,形容丽人之艳丽。

君不见孟光举案与眉齐,何曾背面伤春啼——孟光,东汉梁鸿的妻子,相貌很丑陋,但德才兼备。每次送饭,总是将案(盘子一类的食具)高举到与眉毛相齐,以示敬重。这两句意为:大家都知道孟光与丈夫举案齐眉,互相敬重,从来不曾对春伤怀,背面而啼。这两句又从杜诗回转到周昉的画,以古代贤德女人孟光与精神空虚的宫女对比,以议论作结。

周昉所画内人图深刻描绘了宫女寂寞无聊的囚徒式的生活,曲折地揭露了封建社会制度对宫女的摧残。苏轼这首题画诗不但使人见诗如见画,而且还就原主题加以发挥,写出了画中所无的意蕴,是题画诗的典范。结尾以议论作结,戏语中寓有深意,耐人寻味。

端午遍游诸寺得禅字

此诗写于元丰二年(1079)端午节,作者时在湖州。这是一首记游诗,按时间顺序不断变换观察点,写得错落有致,平中见奇。

肩舆任所适,遇胜辄留连。
焚香引幽步,酌茗开净筵。
微雨止还作,小窗幽更妍。
盆山不见日,草木自苍然。
忽登最高塔,眼界穷大千。
卞峰照城郭,震泽浮云天。
深沉既可喜,旷荡亦所便。
幽寻未云毕,墟落生晚烟。
归来记所历,耿耿青不眠。
道人亦未寝,孤灯同夜禅。

肩舆任所适，遇胜辄留连。焚香引幽步，酌茗开净筵——肩舆，一种用人力抬扛的代步工具，即用两根竹竿，中设软椅以坐人。茗，茶。净筵，指寺院中的素筵。这四句意为："我"乘坐小轿任性而游，遇有胜景则游览流连。有时焚香探幽，有时品茶，有时吃寺中的素筵。

微雨止还作，小窗幽更妍。盆山不见日，草木自苍然——盆山，指寺院四面环山，如坐盆中。这四句意为：小雨时停时下，寺院的小窗清幽而妍丽。寺院四面环山，如坐盆中，少见天日，因而草木郁郁葱葱，自生自长，一片苍然。这几句描写五月江南的独特景色。

忽登最高塔，眼界穷大千。卞峰照城郭，震泽浮云天。深沉既可喜，旷荡亦所便。幽寻未云毕，墟落生晚烟——最高塔，即湖州府治北飞英寺中的飞英塔。大千，大千世界，佛家语，指范围广大的世界。卞峰，卞山，在乌程县北十八里。震泽，太湖。便，适意。这八句意为：忽然登上飞英塔，整个大千世界尽收眼底。卞山与城郭互相映照，太湖烟波浩渺。"我"既欣赏太湖无所不容的深沉大度，又喜爱登高远眺，开阔视野。我们寻幽探胜的活动还没有结束，已经是炊烟四起的时候了。

归来记所历，耿耿青不眠。道人亦未寝，孤灯同夜禅——耿耿，指灯火明亮。这四句意为：游览归来记下一天所经历的事，灯光明亮，没有睡意。道人也没有去睡，我们共同在孤灯下参悟佛理。

这是一首记游诗，作者在写景上没有固定的观察点，而是随意而吟，在记述作者的行踪时，既紧扣诗题"遍游诸寺"，又与作者的心境相对应。诗中用字极见功力，一个"照"字把微雨渐止之后，夕阳斜照、城郭明灭的情景写得鲜活而富有生命力，而一个"浮"字更是可以和杜甫的名句"乾坤日夜浮"以及作者本人的名句"江远欲浮天"相媲美，把太湖的气势表现了出来。篇末以幽寻未毕，归记所历，清夜谈禅作结，写得毫不费力，仍是"任性"的体现，因而全诗没有由于完全按照时间顺序来写而产生的平滞之感。

初到黄州

元丰三年(1080)二月作。元丰二年(1079)底，苏轼得脱"乌台诗案"之狱，被贬为检校尚书水部员外郎黄州团练副使，并于次年二月抵达黄州(治所在今湖北黄冈),作此诗。

> 自笑平生为口忙,老来事业转荒唐。
> 长江绕郭知鱼美,好竹连山觉笋香。
> 逐客不妨员外置,诗人例作水曹郎。
> 只惭无补丝毫事,尚费官家压酒囊。

自笑平生为口忙,老来事业转荒唐。长江绕郭知鱼美,好竹连山觉笋香——为口忙,语意双关,既指因言事和写诗而获罪,又指为谋生糊口而奔忙,并呼应下文的"鱼美"、"笋香"的口腹之美。郭,外城。这四句意为:"我"自己嘲笑自己一生为谋生糊口而奔走忙碌,到老了事业上反而越发蹉跎,一无所成。长江绕城,江中的鱼味道鲜美,漫山遍野的竹林中有香甜的竹笋。首二句诗人以自嘲的口吻回顾了自己的人生道路,看似轻松诙谐,实含难言的内伤之情。

逐客不妨员外置,诗人例作水曹郎。只惭无补丝毫事,尚费官家压酒囊——逐客,遭贬谪之人,作者自谓。员外,定额以外的官员,苏轼所任的检校官亦属此列,故云。置,安置。水曹郎,隶属水部的郎官。南朝梁代何逊、唐代张籍、后晋孟宾于等诗人均曾任过水部郎官职,作者被贬为水部员外郎,故云。压酒囊,压酒滤糟的布袋。宋代官俸一部分用实物来抵数,叫折支。作者自注:"检校官例折支,多得退酒袋。"这四句意为:遭贬之人不妨以员外郎的身份安置在这里,诗人总是要做做水部的郎官的。只惭愧自己对于政事没有丝毫作用,今后将会破费朝廷许多抵做俸禄的"压酒囊"。末联是反话正说,既是诗人苦中作乐的自嘲,也是对掌权者的嘲笑。

这首诗展现了诗人初到黄州,面对即将到来的严峻生活内心丰富而微妙的情感。它不仅深刻地刻画出诗人复杂矛盾的心绪,而且还由这种心理变化体现出苏轼乐观豁达的天性和一贯的人生态度,即无论遭到多大的打击和迫害,都始终保持自己乐观超旷的胸襟,决不向命运低首屈服,更不为此摇尾乞怜,而是在逆境中寻求生活的乐趣,使生命永远充满活力和笑声。诗的语言平实清浅,颇具行云流水之势。

正月二十日，与潘、郭二生出郊寻春，忽记去年是日同至女王城作诗，乃和前韵

题解

此诗作于元丰五年(1082)。元丰四年(1081)正月二十日，苏轼去岐亭访故友陈慥，潘、郭二生相送至女王城，作过一首七律。一年过去了，又是正月二十日，苏轼乃和前韵作此诗。潘、郭二生，潘，潘大临；一说是潘丙(潘大临之叔)，沽酒为生。郭，郭遘，卖药为业。二人均是苏轼在黄州的朋友。女王城，指黄州州治东十五里的永安城，俗称女王城。一说是楚王城的讹称。前韵，指苏轼元丰四年(1081)所作的《正月二十日往岐亭，郡人潘、古、郭三人送余于女王城东禅庄院》诗。

　　东风未肯入东门，走马还寻去岁春。
　　人似秋鸿来有信，事如春梦了无痕。
　　江城白酒三杯酽，野老苍颜一笑温。
　　已约年年为此会，故人不用赋招魂。

东风未肯入东门，走马还寻去岁春。人似秋鸿来有信，事如春梦了无痕——东风，春风。东门，城之东门。鸿，大雁。这四句意为：春风未到，城中尚无春色，我们还如去年一样骑着马去城郊寻找春色。寻春的人来得像秋雁南飞时那样准时，往事却如梦境一般了无踪迹。末二句被清代纪昀评为"深警"，为全诗的关键所在。

江城白酒三杯酽，野老苍颜一笑温。已约年年为此会，故人不用赋招魂——江城，指位于长江北岸的黄州。酽(yàn)，味浓。此指酒醇。招魂，《楚辞》篇名，汉代王逸《楚辞章句》以为宋玉为讽谏楚怀王召还屈原而作。现代学者认为是屈原自招生魂之作。这里借指故友们为他的起复而四处活动。这四句意为：喝三杯味道醇厚的江城白酒，看到老农民苍老容颜上的温和笑容。"我"已和这里的朋友们约定每年作此寻春之游，朋友们不用为了想设法把"我"调回京城而四处活动。前两句写寻春游览之乐，后两句是告慰故人，不是牢骚，也不是反语，而是真情实感的表达。

苏轼出郊寻春，重游旧地，风景依旧，往事如烟，不胜感慨；同时又表达出身处逆境而寄情山水、随遇而安的情绪。吐属平和，超然旷达。其中"人似秋鸿来有

信,事如春梦了无痕"一联,比喻新颖,对仗圆转精妙,历来为人们所称道。

红梅三首(选一)

本组诗作于元丰五年(1082)黄州任上。原来共有三首,今选第一首。其中第三、四句是咏红梅的绝唱,也是画红梅的佳题。

    怕愁贪睡独开迟,自恐冰容不入时。
    故作小红桃杏色,尚馀孤瘦雪霜姿。
    寒心未肯随春态,酒晕无端上玉肌。
    诗老不知梅格在,更看绿叶与青枝。

怕愁贪睡独开迟,自恐冰容不入时。故作小红桃杏色,尚馀孤瘦雪霜姿——梅花因怕愁贪睡而很晚才绽放花朵,恐怕冰容不合时尚,故微露桃杏之色,但孤瘦高洁之姿依然保持着。"独开迟"既点出了红梅晚开,也赋予了她不与众花争春的品性。"自恐"句不是说自己真的担心,而是含蓄地表达了不愿趋时的情感。末句暗喻作者有时不免从俗,但高洁本性不变。

寒心未肯随春态,酒晕无端上玉肌。诗老不知梅格在,更看绿叶与青枝——诗老,指宋代诗人石延年,字曼卿。石曼卿曾作《红梅》诗云:"认桃无绿叶,辨杏有青枝。"格,品格。在,所在。更,岂能。这四句意为:梅花傲霜斗雪的耐寒之心,不肯随春天的到来而改变,梅花那红艳之色仿佛是人饮酒后脸上泛起的红晕。石曼卿不懂得梅花的品格,只会从有没有绿叶青枝上去辨认梅花。"酒晕"句极富美感,也出人意料,实为高雅之戏谑。

这首诗以人喻花,以花自比,遗貌取神,形神兼备,构思巧妙,刻画精微。关键在于作者不屑于从"无绿叶"、"有青枝"上去描写梅花,而是突出吟咏对象内在的格调和品质,而红梅冰容玉质、不肯迎合时俗的品格,正是作者的夫子自道。结尾处诗人在讥讽"诗老不知梅格在"的同时,把对梅的赞扬与自身的理想巧妙地升华,也做足了《红梅》的题目。这个结尾,升华了全诗,馀味无穷。

琴 诗

题解

本篇作于元丰五年(1082)闰六月。苏轼自认为此诗为"偈"。这一首诗,清代纪昀以为"此随手写四句,本不是诗"。陈迩冬则认为:"所见甚陋,实是好诗。"

武昌主簿吴君亮采,携其友人沈君十二琴之说,与高斋先生空同子之文《太平之颂》以示予。予不识沈君,而读其书如见其人,如闻十二琴之声。予昔从高斋先生游,尝见其宝一琴,无铭无识,不知其何代物也。请以告二子,使从先生求观之。此十二琴者,待其琴而后和。元丰五年六月。

若言琴上有琴声,放在匣中何不鸣?
若言声在指头上,何不于君指上听?

小序意为:武昌主簿吴亮采,带着他的友人沈先生有关"十二琴"的解说,以及高斋先生的文章《太平之颂》来给"我"看。"我"不认识沈先生,但读了他写的解说之文后,如同见到了他本人,如同听到了十二琴的声音。"我"从前曾随从高斋先生游历,曾经见过他所珍藏的一张琴,没有铭记也没有标识,不知道属哪一朝代。在此转告两位,让他们到高先生处请求一观。至于这十二琴,待"我"看到琴后再做诗。元丰五年六月。

若言琴上有琴声,放在匣中何不鸣——如果说,悠扬的琴声来自于琴本身,那琴放在琴盒子里,为什么发不出声音?言下之意,光有琴,婉转的琴声是不会自然发出来的。

若言声在指头上,何不于君指上听——如果说,优美的琴声是来自于弹琴的手指,那人们为什么不从手指上欣赏美妙的音乐?言下之意,再高明的琴师,若没有琴,光凭灵巧的手指也是奏不出乐章的。

苏轼的这首诗既不写景,也非咏物,又不抒情,而是借琴阐发一种哲理,这哲理就是:琴、手指是弹奏出动听音乐的客观条件和主观条件,两者相互依存,对立统一。读者借助其中所阐述的琴与手指间的辩证关系,可得到多方面的启迪。此诗通俗浅易,寓哲理于形象之中,无论是在内容还是在形式上都给人以耳目一新之感。在内容上,该诗借物言理,言近意远;在形式上,该诗采用只问不答、只驳不辩、答辩自在其中的手法,给人以新鲜之感。

寒食雨二首（其二）

苏轼于元丰二年(1079)十二月被贬为黄州(今湖北省黄冈市)团练副使，三年(1080)二月到黄州。这首诗作于元丰五年(1082)三月，共两首，此处选第二首。此诗题东坡墨迹作《黄州寒食二首》。旧历清明节前一天(一说清明节前两天)为寒食节。这首诗写诗人谪居之感，真切动人。

> 春江欲入户，雨势来不已。
> 小屋如渔舟，濛濛水云里。
> 空庖煮寒菜，破灶烧湿苇。
> 那知是寒食，但见乌衔纸。
> 君门深九重，坟墓在万里。
> 也拟哭途穷，死灰吹不起。

春江欲入户，雨势来不已。小屋如渔舟，濛濛水云里——江水快要进到屋里了，雨还没有停止的意思。小屋就像一叶渔船，隐没在濛濛水云之中。这四句极写风雨荒村，萧条荒凉，其实在写谪居处之景。

空庖煮寒菜，破灶烧湿苇。那知是寒食，但见乌衔纸——庖，厨房。乌衔纸，古代风俗，寒食、清明时给死者扫墓，祭品放在坟前，常有乌鸦飞下啄食，掀动坟前的纸灰，好像衔起来一样，故称乌衔纸。这四句意为：在空空的厨房里，残破的炉灶里燃着湿芦苇，锅里煮着寒冷季节的蔬菜。不看到乌鸦掀动坟前的纸灰，哪能知道今天是寒食节呢？前两句极写生活之艰难。

君门深九重，坟墓在万里。也拟哭途穷，死灰吹不起——哭途穷，东晋阮籍常独自驾车随意奔驰，每走到路的尽头，便感慨万端，痛哭而返。死灰吹不起，汉代韩安国因罪入狱，狱吏田甲凌辱他，韩安国说：死灰就不会再燃烧吗？田甲回答说：如果死灰复燃，撒一泡尿就将它浇灭了。这四句意为："我"欲回朝廷，奈何君门有九重之深；欲返故乡，奈何祖坟有万里之遥。"我"并不想如死灰复燃，但有穷途之哭而已。

这首诗起笔极写谪居荒凉之境，生活艰难，寓无限感慨。既不能建功立业，又不能退居故里，诗人穷途末路，进退失据，但已心如死灰，别无他念，表达出避祸自全的思想。诗人以真幻互见之笔写出了谪居之感，可谓精绝之作。

海　棠

【题解】

《王直方诗话》记载："东坡谪黄州，居定惠院之东，杂花满山，而独有海棠一株，土人不知贵。"对于这株幽居独处的海棠，横遭贬谪的苏轼自元丰三年(1080)一到黄州，便视其为知己，并数次小酌花下，为之赋诗。

　　东风袅袅泛崇光，香雾空濛月转廊。
　　只恐夜深花睡去，故烧高烛照红妆。

【新解】

东风袅袅泛崇光，香雾空濛月转廊——袅袅，微风吹拂。崇光，指海棠花光泽的高洁美丽。这两句意为：东风吹拂，海棠花闪着高洁美丽的光泽，月亮转到回廊上方，月光下雾气迷濛，花香四溢。

只恐夜深花睡去，故烧高烛照红妆——花睡去，此处以花拟人。据《明皇杂录》载，唐玄宗召见杨贵妃，贵妃酒未醒，被扶而来，玄宗见其醉态，说："真海棠睡未足也！"明皇是以人喻花，这里是以花喻人。红妆，比喻海棠。这两句意为：只怕这株海棠花会像人一样在深夜睡去，故特意点燃高烛照耀着她。

【新评】

这是一首咏海棠诗，末二句突发奇想，以花拟人，深切巧妙地表达了爱花惜花之情，大有"同是天涯沦落人"之感。这首绝句，由于构思别致，造语精工，想象奇妙，感情真诚，历来为人所称道。早在南宋时期，便已广为传诵。

洗儿戏作

【题解】

这首诗系元丰六年(1083)诗人在黄州时所作。这年七月二十七日朝云生小子遁，即干儿。洗儿，谓满月。《东京梦华录》："生子满月为洗儿会。"

　　人皆养子望聪明，我被聪明误一生。

惟愿孩儿愚且鲁，无灾无难到公卿。

人皆养子望聪明，我被聪明误一生。惟愿孩儿愚且鲁，无灾无难到公卿——鲁，呆拙。这四句意为：人们养育儿子都盼望其聪明，"我"却被自己的聪明耽误了一生。只希望"我"的儿子鲁钝、笨拙，一生无灾无难就能做到公卿一类高官。

诗人一生仕途坎坷，自认为乃被聪明所误。生儿满月之际，心生感慨，但愿儿子愚鲁。认为只有这样才能得到高官厚禄，其实是语含讥刺。旧注云："诗中有玩世疾俗之意。"可谓确当。

东　坡

这首诗约作于元丰七年(1084)。宋神宗元丰三年(1080)，作者被贬官到黄州，生活十分困窘。老朋友马正卿给他从郡里申请下来一片称为东坡的旧营地，苏轼加以整治，躬耕其中，对其倾注了深厚的感情，并自号"东坡居士"。东坡，地名，在黄冈(今属湖北)城东。

雨洗东坡月色清，市人行尽野人行。
莫嫌荦确坡头路，自爱铿然曳杖声。

雨洗东坡月色清，市人行尽野人行——市人，指奔走于市集的商人。野人，指农夫。这两句意为：大雨过后，东坡月色清明，白天奔走于市集的商人走完之后，以耕种为业的农夫又来到东坡。

莫嫌荦确坡头路，自爱铿然曳杖声——荦(luò)确，山多大石貌。这两句意为：不要嫌弃这里山路险峻不平，听着那铿然的曳杖之声就能给"我"带来乐趣。

作者以清丽的笔调，写对雨后月下东坡的赏爱，显示出作者视险如夷的豪迈精神、不避坎坷的洒脱胸襟和面对挫折乐观开朗的生活态度。作者同一时期写的《定风波》词"竹杖芒鞋轻胜马，谁怕？一蓑烟雨任平生"，与此可谓异曲同工。

次荆公韵四绝（选一）

本组诗作于元丰七年(1084)八月，共四首，此选其第三首。苏轼赴汝州，途经金陵，拜访当时已经罢相退居金陵的王安石。连日晤谈，唱和颇多，足见两人虽政见不同，而友谊仍存。荆公，王安石。元丰三年(1080)，王安石被封为荆国公。

骑驴渺渺入荒陂，想见先生未病时。
劝我试求三亩宅，从公已觉十年迟。

骑驴渺渺入荒陂，想见先生未病时——陂，池塘，此指山坡。当时王安石正在金陵养病。这两句意为："我"想象你没病时，一定骑驴到处漫游。此含有盼望王安石病愈之意。

劝我试求三亩宅，从公已觉十年迟——十年，有两说：一说指十年前，即熙宁七年(1074)前王安石当政时；一说指王安石隐居的十年，从熙宁七年(1074)到元丰七年(1084)。两说皆通。此取后一说。这两句意为：王安石劝"我"在金陵买田卜邻，可以相从林下。在王安石退隐的十年中，"我"早该追随相从。

苏轼与王安石虽政见不同，但苏轼对王安石的才学品格仍十分钦敬。这首诗诗人以晚辈身份，表示对王安石身体状况的关心，并以追随相从之愿，表达对王安石的敬慕。温婉诚恳，情真意切。

题西林壁

苏轼于神宗元丰七年(1084)由黄州贬所改迁汝州(治所在今河南临汝)团练副使。据宋代施宿《东坡先生年谱》："四月发黄州，自九江抵兴国，取高安，访子由，因游庐山……"可知此诗约作于本年五月间。西林，西林寺，在江西庐山北麓。晋代高僧慧永曾在此居住。宋时改称乾明寺。庐山瑰丽的山水触发了诗人的逸兴壮思，于是写下了若干首庐山纪游诗。《题西林壁》是游庐山后的总结，它描写庐山变化多姿的风光，并借景说理，指出观察问题应客观全面，如果主观片面，就得不出正确的结论。

横看成岭侧成峰，远近高低各不同。
不识庐山真面目，只缘身在此山中。

  横看成岭侧成峰，远近高低各不同——横看，从正面看，从山前山后看，山横在眼前，所以说横看。庐山总的是南北走向，横看就是从东面西面看。侧，侧看，从侧面看，从山的南端或北端看。这两句意为：庐山从正面看是山岭，从侧面看是山峰。从远处、近处、高处、低处看，庐山的面貌各不相同。这两句实写游山所见，概括而形象地写出了移步换景、千姿万态的庐山风光。
  不识庐山真面目，只缘身在此山中——庐山，在江西省九江市南，自古以来就是游览胜地。缘，因为。这两句意为：我们认不清庐山的真正面目，只因为我们就在这庐山之中。这两句是即景说理，谈游山的体会。这两句诗有着丰富的内涵，游山所见如此，观察世上事物也常常如此。它启迪我们认识为人处世的一个哲理：由于人们所处的地位不同，看问题的出发点不同，对客观事物的认识难免有一定的片面性；要认识事物的真相与全貌，必须超越狭小的范围，摆脱主观成见。

  这是一首哲理诗。诗人描绘庐山山岭连绵、峰峦起伏的形态，通过横侧、远近、高低等不同角度观察，庐山呈现出不同的风姿、面目，而在对山形的描写中寄寓了发人深省的哲理，说明人对客观事物的认识是相对的，如果不从多方面观察，就无法了解事物的本质。但诗人提示哲理不是抽象地发议论，而是紧紧扣住游山谈出自己独特的感受，借助庐山的形象，用通俗的语言深入浅出地阐发哲理，故而亲切自然，耐人寻味。

庐山二胜二首（选一）

  原诗共二首，一为《开先漱玉亭》，一为《栖贤三峡桥》。得十五六，游览过十分之五六。胜纪，完全记述下来。胜，尽。开先，佛寺名，南唐中主李璟所建，在庐山南麓星子县境内。

  余游庐山南北，得十五六，奇胜殆不可胜纪，而懒不作诗，独择其尤佳者作二首。

开先漱玉亭

高岩下赤日,深谷来悲风。
擘开青玉峡,飞出两白龙。
乱沫散霜雪,古潭摇清空。
馀流滑无声,快泻双石谼。
我来不忍去,月出飞桥东。
荡荡白银阙,沉沉水精宫。
愿随琴高生,脚踏赤鱬公。
手持白芙蕖,跳下清泠中。

　　小序意为:"我"游览了庐山南北两麓,到过十分之五六的景点。雄奇的胜景不可胜记,由于疏懒,也未一一作诗。只选择最佳的景点创作了两首诗。

　　高岩下赤日,深谷来悲风。擘开青玉峡,飞出两白龙——白龙,比喻白色的瀑布。这四句意为:"我"来到漱玉亭已是日下高岩的黄昏时分,深谷中风声四起。瀑布流过开先寺前青玉峡后,分为两股。

　　乱沫散霜雪,古潭摇清空。馀流滑无声,快泻双石谼——谼(hóng),大山沟。这四句意为:瀑布散出的水沫如霜雪,瀑布之下汇成深潭,水波动荡,使倒映于水中的天空也随之摇动。馀下的水无声地流淌,飞快地泻入两个山沟内。

　　我来不忍去,月出飞桥东。荡荡白银阙,沉沉水精宫——"我"来到这里不想离开。月亮出来照耀桥东,月光皎洁,月下亭台有如以白银所筑之阙、水晶(一作"水精")所造之宫。这几句写月光下所见的寺、亭和瀑布。

　　愿随琴高生,脚踏赤鱬公。手持白芙蕖,跳下清泠中——琴高,传说中的一位水仙,曾骑红色鲤鱼游戏人间。生,先生。赤鱬(huàn)公,鲤鱼的尊称。唐代段成式《酉阳杂俎》载:唐朝因皇帝姓李,李、鲤同音,所以尊鲤鱼为赤鱬公,不准捕捉。卖鲤鱼的,判刑,打六十棍。芙蕖,又称芙蓉、荷花。李白《庐山遥寄卢侍御虚舟》:"手把芙蓉朝玉京。"清泠(líng),水名,见《山海经》。这里借指开先瀑布。又《庄子·让王》:"舜以天下让其友北人无择,无择因自投于清泠之渊。"这四句意为:看到这仙境一般的胜景,"我"真想追随琴高,脚踏红鲤鱼,手拿白荷花,跳入这瀑布之中,出世成仙。

　　这首诗描写开先漱玉亭从黄昏到月出的景色,很有独创性。前半部分从虚处落笔,飞瀑清潭,清流深壑,宛如在目;后半部分由虚转幻,月下亭台幻化为人间仙境,使人飘飘然有出世之思。在作者久谪黄州,环境略有改善,而前途仍然未卜的时候,诗人产生这种出尘之想,是完全可以理解的。

郭祥正家醉画竹石壁上,郭作诗为谢,且遗二古铜剑

【题解】

此诗为元丰七年(1084)七月苏轼过当涂(今属安徽)时所作。郭祥正,字功父,当涂人,有诗名。遗(wèi),赠送。

> 空肠得酒芒角出,肝肺槎牙生竹石。
> 森然欲作不可回,吐向君家雪色壁。
> 平生好诗仍好画,书墙涴壁长遭骂。
> 不嗔不骂喜有馀,世间谁复如君者。
> 一双铜剑秋水光,两首新诗争剑铓。
> 剑在床头诗在手,不知谁作蛟龙吼。

空肠得酒芒角出,肝肺槎牙生竹石。森然欲作不可回,吐向君家雪色壁——芒角,植物初生的尖叶,借指笔锋。槎(chá)牙,杂乱生长的样子。森然,繁多的样子。这四句意为:酒入腹中,创作的欲望不可遏制,平日郁积在胸中的不平之气,通过在你家雪白的墙壁上画竹石表现出来。

平生好诗仍好画,书墙涴壁长遭骂。不嗔不骂喜有馀,世间谁复如君者——涴(wò),玷污。喜有馀,极为喜欢。这四句意为:"我"一生喜欢作诗也喜欢作画,在人家墙壁上写诗作画常常遭到责骂。"我"在你家墙壁上作画,你既不生气,也不责骂我,而且还特别高兴,世间还有像你这样的人吗?

一双铜剑秋水光,两首新诗争剑铓。剑在床头诗在手,不知谁作蛟龙吼——秋水光,形容剑之锋利。蛟龙吼,比喻剑之锋芒毕露。诗可与剑争锋。这四句意为:你赠送给"我"的两把铜剑光亮如秋水,你为答谢"我"而作的两首新诗也可与剑争锋。现在剑在"我"的床头,诗在"我"手中,只是不知道它们谁愿意作蛟龙吼。

这首诗记述诗人醉后在郭祥正家墙壁上画竹石,郭作诗答谢且赠送两把古铜

剑的事。题材极平常，但诗人却写得语调轻松，幽默自然，新奇可喜，勃郁情深，奇气纵横，是他人所难以企及的。

高邮陈直躬处士画雁二首（选一）

题解

元丰八年（1085）作。陈直躬，宋代名画家，高邮（今属江苏）人。他的画颇为当时所推重。处士，指隐居不仕的人。苏轼曾写信给陈直躬，希望能得到一幅有关苕霅（zhà）晓景的画，陈直躬就画了一张以晓霅（水名，在今浙江省境内，通称苕溪、霅溪）晨光为背景的野雁图送给他。这首诗就是题咏此画的。原诗共两首，此选其一。

野雁见人时，未起意先改。
君从何处看，得此无人态？
无乃槁木形，人禽两自在。
北风振枯苇，微雪落璀璀。
惨淡云水昏，晶荧沙砾碎。
弋人怅何慕，一举渺江海。

野雁见人时，未起意先改——意，指神态。这两句意为：野雁看见人时，虽没有立即飞起来，但已改变了停在原地的神态，准备起飞。

君从何处看，得此无人态？无乃槁木形，人禽两自在——槁（gǎo）木，枯木。这里指陈直躬观察野雁时形如槁木。《庄子·齐物论》："固形可使如槁木。"这四句意为：你在什么地方观察的，才得到野雁这不见人时的自然神态？大概是你形如槁木，才使得人与雁和谐共处，怡然自得。

北风振枯苇，微雪落璀璀。惨淡云水昏，晶荧沙砾碎——璀璀，原指玉的光泽，此处用来形容雪的光洁。这四句意为：北风吹动着干枯的芦苇，落在地上的薄雪闪着玉一样的光泽。云水惨淡昏黑，细碎的沙砾晶莹光亮。这几句写画的背景。

弋人怅何慕，一举渺江海——弋人，猎雁的人。这两句意为：野雁见人来必定振翅高飞，一举而横绝江海；猎雁者见野雁已有起飞意，知道捕猎不成，只能怅然羡慕。

新评

这是一首题画诗。诗人写出了陈直躬此画表现出的野雁欲飞未飞时一刹那间的精神状态,从静止中画出了野雁的动态,称赞陈直躬高超的绘画艺术。这首诗以咏画为主,但咏画中又时时穿插进诗人的思想情绪,从见弋人而振翅高飞的野雁身上,我们也依稀能看到欲洁身避祸的诗人的影子,从而产生诗画共鸣,相映生辉的效果。

登州海市并序

题解

这首诗作于元丰八年(1085)。这年十月,苏轼赴登州任知州,到任五日,诏命赴京改任礼部郎中。登州,治所在今山东蓬莱。海市,登州海上有时出现云气,呈现出宫室、楼台、城池、人物、车马等形状,称为海市,是大气中因光线折射所形成的反映地面物体的形象。旧,犹如说久。广德王,俗称东海龙王。

予闻登州海市旧矣。父老云:"尝出于春夏,今岁晚,不复见矣。"予到官五日而去,以不见为恨,祷于海神广德王之庙,明日见焉,乃作此诗。

东方云海空复空,群仙出没空明中。
荡摇浮世生万象,岂有贝阙藏珠宫?
心知所见皆幻影,敢以耳目烦神功。
岁寒水冷天地闭,为我起蛰鞭鱼龙。
重楼翠阜出霜晓,异事惊倒百岁翁。
人间所得容力取,世外无物谁为雄。
率然有请不我拒,信我人厄非天穷。
潮阳太守南迁归,喜见石廪堆祝融。
自言正直动山鬼,岂知造物哀龙钟。
伸眉一笑岂易得,神之报汝亦已丰。
斜阳万里孤鸟没,但见碧海磨青铜。
新诗绮语亦安用?相与变灭随东风。

新解

小序意为:我听说登州的海市蜃楼很久了。当地的父老乡亲说:"往常海市出现于春夏之季,如今季节太晚,不可能再出现了。""我"到当地为官,五日后即改任他职即将离去,以没有见到海市为遗憾,于是在海神广德王之庙祈祷,第二天就有海市出现,于是创作了此诗。

东方云海空复空,群仙出没空明中。荡摇浮世生万象,岂有贝阙藏珠宫?心知所见皆幻影,敢以耳目烦神功——贝阙、珠宫,想象中的水神所居的宫室。屈原《九歌·河伯》:"鱼鳞屋兮龙堂,紫贝阙兮珠宫。"神功,一作神工,意同。这六句意为:东方的云海里原来是空荡荡的,后来在空明之处有群仙或隐或现。有浮世万象生出在空中摇荡,难道真有贝阙珠宫?心知海市蜃楼都是幻影,怎敢烦劳神灵现出海市来。这是描述诗人没看到海市时对海市的想象。

岁寒水冷天地闭,为我起蛰鞭鱼龙。重楼翠阜出霜晓,异事惊倒百岁翁。人间所得容力取,世外无物谁为雄。率然有请不我拒,信我人厄非天穷——异事,序中所说,海市一般出现于春夏之季,而这次竟出现于岁暮。登州父老从没见过这样的事,故云"异事"。这八句意为:"我"祈求龙王在这天寒水冷天地闭合的时候把蛰伏的蛇虫唤起来,并鞭打鱼龙,使它们出现在海市中。重楼翠山在降霜的天晓时出现,这样的怪事把百岁老翁都惊倒了。人间所能得到的东西容许人们用力去取得,海市是世外幻影,并无实物,谁能占有它称雄呢?"我"轻率地向龙王请求,龙王却不拒绝"我",从而确信"我"在世间受到的挫折,是遭到人为的打击,而不是天要使"我"穷困。

潮阳太守南迁归,喜见石廪堆祝融。自言正直动山鬼,岂知造物哀龙钟。伸眉一笑岂易得,神之报汝亦已丰——潮阳太守,指唐代韩愈,他曾被贬为潮州(当时又称潮阳郡)刺史,后被召还。石廪、祝融,均为衡山峰名。衡山有七十二峰,终年常在云里雾里,不易看到。韩愈北归途中,曾游衡山,看到了"紫盖连延接天柱,石廪腾掷堆祝融"。正直动山鬼,传说要是圣贤来游,衡山上的云雾才开。韩愈说:"我来正逢秋雨节,阴气晦昧无清风。潜心默祷若有应,岂非正直能感通!"龙钟,指衰老,不灵活的样子。这六句意为:潮阳太守韩愈贬官南方,北归游衡山时很高兴看到了石廪峰和祝融峰。韩愈以为是自己的正直感动了山神,使云雾散开,哪里知道是上天怜悯他年老疲惫而让他心遂所愿。我看到海市舒展眉头一笑,难道这样的快乐是容易得到的吗?这表明神报答自己已经够丰厚的了。

斜阳万里孤鸟没,但见碧海磨青铜。新诗绮语亦安用?相与变灭随东风——青铜,指青铜镜。这四句意为:海市消失了,只看见斜阳万里,孤鸟消失在天际;碧海无波,像磨得很光亮的青铜镜面一样。用绮丽的词语来写新诗又有什么用,海市和海上吹来的东风一起消失了。这几句写海市消失,幻影不再的景象。

新评

苏轼赴任登州,到官五日而去,得见海市蜃楼奇观,留下这传世诗篇。诗写海市蜃楼从无到有,从有到无,层次清楚,想象丰富,议论恰切。清代查慎行《初白庵诗评》云:"只'重楼翠阜出霜晓'一句着题,此外全用议论。"指出了这首诗的特色,即以议论入诗。苏轼以议论入诗,拓展了诗的题材、内容与境界,是对中国古代诗歌的一大贡献。此诗即是显例。诗中的议论与抽象议论不同,是诗的议论,是与上下文及诗的意境密切结合的,因此不显得枯燥无味。

归宜兴,留题竹西寺三首

题解

元丰八年(1085)五月作。苏轼量移汝州,途中请求罢汝州职回宜兴休养,获准。这几首诗正是他回宜兴途中过扬州时所作。时宋神宗刚死不久。苏轼题诗,一为获准退休而高兴,二为淮浙间五谷丰熟而欢欣。竹西寺,在扬州。

其一

十年归梦寄西风,此去真为田舍翁。
剩觅蜀冈新井水,要携乡味过江东。

其二

道人劝饮鸡苏水,童子能煎莺粟汤。
暂借藤床与瓦枕,莫教辜负竹风凉。

其三

此生已觉都无事,今岁仍逢大有年。
山寺归来闻好语,野花啼鸟亦欣然。

新解

十年归梦寄西风,此去真为田舍翁。剩觅蜀冈新井水,要携乡味过江东——田舍翁,指以耕田为业的农民。当时诗人曾在常州宜兴买地,故云。剩,作"多"字讲。蜀冈,在扬州,有井水甚清洌,唐代陆羽评之为"天下第五泉"。乡味,指蜀冈新井水。因井水所在地名蜀冈,诗人之故乡在蜀地,故称乡味。这四句意为:十年来"我"把回乡休养的梦都寄托给西风了,这一次回去真要耕种乡里做农民了。

多找来些蜀冈的新井水,好把它带回宜兴去。

道人劝饮鸡苏水,童子能煎莺粟汤。暂借藤床与瓦枕,莫教辜负竹风凉——鸡苏,即水苏,草药名,可以用作饮料。莺粟,即莺子粟,药用植物,可煮粥。这四句意为:道人劝"我"喝鸡苏水,童子还在煎莺粟汤给"我"喝。"我"暂时向道人借一下藤床和瓦枕去睡觉,不要辜负凉爽的竹林之风。

此生已觉都无事,今岁仍逢大有年。山寺归来闻好语,野花啼鸟亦欣然——大有,大熟,丰收。《穀梁传》:"五谷大熟,为大有年。"闻好语,听到好话、好消息。其具体内容有二说:其一,据苏辙作子瞻墓志:"公至扬州,常州人为公买田,书至,公喜,作诗有'闻好语'之句。"其二,苏轼《辩诗札子》谓:"臣实喜闻百姓讴歌吾君之子。"这四句意为:"我"一生都一事无成,今年正遇上丰收年。从山寺回来听到好消息,看到盛开的野花和啼叫的鸟儿都感到高兴。

这三首小诗以一种轻松自在的笔调记叙了在竹西寺的所见所闻,表达了归隐夙愿终于实现的喜悦之情,同时也抒发了贬谪之身得以解脱的闲适、放达的情怀。

惠崇春江晚景二首(选一)

本诗为作者于元丰八年(1085)作于汴京(今河南开封)。一题作"惠崇春江晓景"。这是一首题画诗,从诗的内容看,这幅画是一幅以春天景物为背景的鸭戏图。惠崇,宋朝僧人,福建建阳人,著名画家,也是诗人。《春江晚景》是他的一幅画。

竹外桃花三两枝,春江水暖鸭先知。
蒌蒿满地芦芽短,正是河豚欲上时。

竹外桃花三两枝,春江水暖鸭先知。蒌蒿满地芦芽短,正是河豚欲上时——蒌蒿,生长在河滩上的一种草本植物,可以食用。芦芽,芦笋。河豚,鱼名。内脏有剧毒,经过加工后肉可以食用。河豚欲上时,河豚春天要从海里回游到江河,初春正是河豚将要逆流而上的时候。这四句意为:竹林外桃树上有几枝桃花已经盛开,鸭子在江上戏水,春天江水变暖它们最先察觉。蒌蒿布满河滩,芦笋也开始抽芽,这正是河豚鱼由海入江,逆流而上的早春时节。

这首题画诗依据画面内容生动地描绘了江南春色,竹子桃花,蒌蒿芦芽,一派早春欣欣向荣的景象。但诗人并不局限于画面的意境,而是运用联想从地面景写到江上景,再转到河滩景,从视觉写到触觉(江水暖),再到联想(河豚欲上),既再现了画面之景,又极大地扩展和深化了画的意境。特别是写出视觉之外所感觉到的春的气息,从鸭子在水上嬉戏感知春江水暖,又联想到画家画不出的暖流中"河豚欲上",把画写活了。诗人用他的想象,把江南初春特有的气氛表现得十分真切,真可谓"诗中有画,画中有诗"。

送贾讷倅眉

元祐元年(1086),苏轼知登州任,到官五日,调回京师。一年之间,三迁要职,任翰林学士。贾讷这时将到作者的故乡眉州做官,作者故而作诗相送。贾讷,时出任眉州通判。倅(cuì)眉,任眉州副知州。宋制,通判皆为副知州。倅,副职。

老翁山下玉渊回,手植青松三万栽。
父老得书知我在,小轩临水为君开。
试看一一龙蛇活,更听萧萧风雨哀。
便与甘棠同不剪,苍髯白甲待归来。

老翁山下玉渊回,手植青松三万栽。父老得书知我在,小轩临水为君开——老翁山,在今眉山市东坡区土地乡。苏轼父母和其妻王弗的坟墓皆在此山。其下有老翁井。玉渊,指"老翁井"泉。小轩,有窗的小屋。开,设置。一本作"蓬莱亲手为君开"。这四句意为:老翁山下清澈的泉流环绕,山上栽有青松三万多株。故乡的父老乡亲得到书信知道"我"还在,会在临水的地方为"我"设置有窗的小屋。

试看一一龙蛇活,更听萧萧风雨哀。便与甘棠同不剪,苍髯白甲待归来——龙蛇,形容枝干盘曲。风雨,想象中的松涛。甘棠同不剪,《诗经·召南》中有《甘棠》篇:"蔽芾甘棠,勿剪勿伐,召伯所茇。"说的是周代召伯下乡,曾憩息在一株棠树下。当地人民为纪念召伯,以后对这棵树便特意地加以保存、爱护。作者引用这个故事,说青松当和甘棠一样受到人民的保护。因为预想到贾讷要去那里,所以这样称誉他。苍髯白甲待归来,苏洵《老翁井铭》:"往岁十年,山空月明,常有老人苍颜白发，偃息于泉上。"苏轼自注："先君葬于蟆颐山之东二十馀里，地名老翁泉。"贾讷许诺前往看望，故有此语。这四句意为：老翁山上松树枝干盘曲，松涛阵阵。家乡父老要像当年百姓为纪念召伯而爱护他曾在下面休息过的棠树一样保护老翁山上的松树，并殷切盼望您的到来。此四句是诗人设想老翁山的情形。

这首诗写诗人委托贾讷看顾父母坟园和问候家乡父老。诗人离乡万里，久宦在外，故乡的一草一木不时牵动他的情怀。诗人印象中故乡的实景与设想之情景结合在一起，对故土的眷恋之情便跃然纸上，读来令人感叹不已。

书李世南所画秋景二首（选一）

这首诗作于哲宗元祐三年（1088）前后。当时苏轼做翰林学士，与李世南同在汴京（今河南开封）。李世南，字唐臣，时任宣德郎，工山水画，作《秋景平远图》，苏轼为其画题了二首七绝。这是第一首。

野水参差落涨痕，疏林欹倒出霜根。
扁舟一棹归何处？家在江南黄叶村。

野水参差落涨痕，疏林欹倒出霜根。扁舟一棹归何处？家在江南黄叶村——落涨痕，秋水下落后，往日涨水淹没的岸边床地又都显露出来了。欹（qī），倾斜。出霜根，露出经霜后枯萎的树根。这四句意为：深秋水落，岸边露出参差不齐的涨水时的痕迹，岸上稀疏的树林有的倾斜倒下，露出饱经风霜的树根。那艘小船要划向什么地方去呀？可能是划向江南的黄叶村吧。首二句给读者展示的是一幅萧疏的水乡深秋景物图。后二句诗人发挥想象，于景物中融入人情，赋予画面悠然无尽的情思。

这是一首题画诗，前两句着重以浓笔勾勒景物，给人以亲切的时节风物之感；后二句用淡墨略加点染，画景之外情调悠扬，耐人寻味，充分体现了苏轼题画诗善于驰骋神思，不滞于物象，常以想象来丰富画幅的意趣之特点。

书鄢陵王主簿所画折枝二首（选一）

这首诗作于哲宗元祐三年（1088）前后。鄢陵，即今河南鄢陵县。王主簿，生平不可考。主簿，官名。折枝，花卉画的一种表现手法，花卉不画全株，只画连枝折下来的部分。

　　　　论画以形似，见与儿童邻。
　　　　赋诗必此诗，定非知诗人。
　　　　诗画本一律，天工与清新。
　　　　边鸾雀写生，赵昌花传神。
　　　　何如此两幅，疏淡含精匀。
　　　　谁言一点红，解寄无边春。

论画以形似，见与儿童邻。赋诗必此诗，定非知诗人——见，见解。这四句意为：以形似作为论画的标准，这个见解与儿童的见解差不多。认为写诗只有写得形似才算是好诗的人，一定不是懂诗的人。这四句阐述论画、赋诗以形似为标准是肤浅的。

诗画本一律，天工与清新。边鸾雀写生，赵昌花传神——边鸾，唐代画家，工花鸟画。据说他画的孔雀跟活的一样，好像能鸣叫。赵昌，宋代画家，工折枝花卉，人谓他能与花传神。这四句意为：好诗、好画的标准是一样的，都要巧夺天工，清新自然，就像边鸾画的鸟好像活的、赵昌画的花能传神一样。这几句正面提出诗画标准，并举例证明。

何如此两幅，疏淡含精匀。谁言一点红，解寄无边春——疏淡，指画画用笔不多，清淡着色。精匀，指画面精巧匀称。这四句意为：王主簿这两幅画用笔不多，着色清淡，而且精巧匀称，只用了一点红，就寄托了无边的春意。这几句回到题画上来，通过类比，突出王主簿之画清新自然、形神兼备的特点。

这是一首题画诗。作者在诗中阐述了关于"形似"的见解，是苏轼用诗歌形式评论文艺作品的名篇。苏轼精通诗、画，他的关于"形似"的见解出于他多年的创作实践，在我国古代艺术理论中占有重要地位，很受后人瞩目。在写法上，通篇几乎全用议论，但能将哲理融于情景之中，避免了淡乎寡味的缺点，是苏轼"以议论为诗"的一篇代表作。

赠刘景文

【题解】

本篇作于元祐五年(1090)苏轼知杭州时。刘景文,名季孙,北宋开封祥符(今属河南开封)人,当时任两浙兵马都监,驻杭州。刘景文工诗文,苏轼很看重他,曾称他为"慷慨奇士",与他诗酒往还,交谊颇深。

荷尽已无擎雨盖,菊残犹有傲霜枝。
一年好景君须记,最是橙黄橘绿时。

荷尽已无擎雨盖,菊残犹有傲霜枝。一年好景君须记,最是橙黄橘绿时——盖,车盖,这里比喻荷叶。最,一本作"正"。这四句意为:初冬时节荷花已枯败,荷茎再也不能举起擎雨的荷叶,菊花枯萎,花、叶全无,只有枝干依然挺拔,斗风傲霜。你应记住,一年之中最好的风光是初冬橙黄橘绿之时。诗人先用高度概括的笔墨描绘了一幅残秋的图景,然后借对橙橘的歌颂,点明诗旨,语浅情遥,耐人寻味。

这首小诗通过荷、菊、橙、橘四种时物的变化特征,生动细腻地描写了深秋初冬的景色。最末两句是赞是惜,曲尽其妙。更可贵的是,这还不是一首单纯的写景诗,它融写景、咏物、赞人于一体,借物喻人,赞颂刘景文的品格与节操。

泛颍

【题解】

元祐六年(1091)八月,苏轼以翰林学士承旨兼侍读出知颍州(治所在今安徽阜阳)。此诗当是诗人到颍州后所作。颍,颍河。《清一统志》:"西湖在阜阳县西北三里,长十里,广二里。颍河合诸水汇流处也。"

我性喜临水,得颍意甚奇。
到官十日来,九日河之湄。

吏民相笑语，使君老而痴。
使君实不痴，流水有令姿。
绕郡十馀里，不驶亦不迟。
上流直而清，下流曲而漪。
画船俯明镜，笑问汝为谁？
忽然生鳞甲，乱我须与眉。
散为百东坡，顷刻复在兹。
此岂水薄相，与我相娱嬉。
声色与臭味，颠倒眩小儿。
等是儿戏物，水中少磷缁。
赵陈两欧阳，同参天人师。
观妙各有得，共赋泛颍诗。

新解

我性喜临水，得颍意甚奇。到官十日来，九日河之湄。吏民相笑语，使君老而痴。使君实不痴，流水有令姿——湄，水边。这八句意为："我"本性喜爱水，看到颍水觉得它很有奇特之处。"我"到任之后十天里，有九天来到河边。属下官吏和百姓相互笑着说，我们的长官老而犯傻了。"我"其实并不是犯傻，而是这流水实在有令人着迷之处。

绕郡十馀里，不驶亦不迟。上流直而清，下流曲而漪。画船俯明镜，笑问汝为谁？忽然生鳞甲，乱我须与眉。散为百东坡，顷刻复在兹。此岂水薄相，与我相娱嬉——不驶亦不迟，用陶潜《和胡西曹示顾贼曹》中"蕤宾五月中，清朝起南飔。不驶亦不迟，飘飘吹我衣"诗句，写水流不急也不缓。漪，微波。鳞甲，指水的波纹。薄相，游戏，今沪语写作"白相"。这十二句意为：河水绕着郡城十多里，流得不急也不缓。上游河道直而河水清澈，下游河道曲折而河水有波纹。风平浪静，画船在水面上如同在明镜上一样，自己的影子倒映在水中，"我"笑着问他你是谁。忽然微风吹来，河面生起波纹，打乱了水中"我"的影子。波纹散开，水中出现了许多"我"的形象。风停波静，顷刻之间又恢复成一个"我"了。这是水在和"我"开玩笑，与"我"一同嬉戏娱乐呢。这几句恣意挥斥而妙趣横生，笔力曲折而无不尽意。

声色与臭味，颠倒眩小儿。等是儿戏物，水中少磷缁——磷缁，出自《论语·阳货》："不曰坚乎？磨而不磷；不曰白乎？涅而不缁。"因打磨而变薄叫磷，因染色而变黑叫缁，用以比喻受环境影响而起变化。这四句意为：世人为荣华富贵、声色货利所迷惑，弄得七颠八倒。水同样是儿戏之物，但玩水不致染上不良习性。这几句写出了自己不会同流合污及淡泊超脱的个性。

赵陈两欧阳,同参天人师。观妙各有得,共赋泛颖诗——赵,赵令畴,字景贶,当时以承议郎为颖州签判。陈,陈师道,字履常,一字无己,当时任颖州教授。两欧阳,指欧阳修的两个儿子欧阳棐和欧阳辩,因母去世,居颖州。观妙,《老子》中说:"常无欲以观其妙。"这里用其意。这四句意为:同游的人有赵令畴、陈无己、欧阳棐和欧阳辩,他们与"我"共同参悟天地之道,各自从中悟出人生哲理,共赋《泛颖》诗。

这首诗记述了诗人泛舟颖河的过程,写出了诗人独特的感受和顿悟。在诗人笔下,一切景物皆充满哲理而又透出蓬勃的朝气。在这首诗中,诗人俯船下望,见水中影,生出不知是人是"我"的疑惑;转而水动波生,纹起影乱,"散为百东坡",而少顷复又聚为一影。这一现象给了诗人以很深的感悟。诗意是虚中见虚,虚而求实,而形象却是活泼的,于常景中写出新意,这表现出诗人很深的功力。从总体上看,这首诗清新俊逸,舒卷自如,是苏轼这一时期的代表作。

书丹元子所示李太白真

元祐八年(1093)九月,诗人以侍读学士出知定州(今河北定县),此诗是到定州后所作。这是苏轼题在李白画像上的一首诗。丹元子,一位姚姓道士的别号,作者曾称他"飘飘然有谪仙风气"。真,画像。

> 天人几何同一沤,谪仙非谪乃其游,
> 麾斥八极隘九州。化为两鸟鸣相酬,
> 一鸣一止三千秋。开元有道为少留,
> 縻之不可剡肯求。西望太白横峨岷,
> 眼高四海空无人。大儿汾阳中令君,
> 小儿天台坐忘身。平生不识高将军,
> 手污吾足乃敢嗔。作诗一笑君应闻。

天人几何同一沤,谪仙非谪乃其游,麾斥八极隘九州。化为两鸟鸣相酬,一鸣一止三千秋。开元有道为少留,縻之不可剡肯求——天人,指聪慧有才艺的人。用魏时邯郸淳称赞曹植的话(见《三国志·魏书·王粲传》裴注引《魏略》)。诗里借指古代才俊之士。沤(ōu),水泡。佛教认为天(宇宙)、人(人生)都很短暂,像个水泡,旋生旋灭。谪仙,指李白。《新唐书·李白传》载,贺知章读了李白的文章,赞叹说:"子,谪仙人也!"麾斥,放纵。八极,指极远的地方。《淮南子·地形训》:"九州之外有八寅,八寅之外有八纮,八纮之外有八极。"隘,狭小。此处作动词用。九州,原指上古时代中国的行政区划,后泛指中华大地。双鸟,指李白和杜甫两大诗人。开元,唐玄宗的年号(713—741)。此时玄宗治国有道,社会繁荣,史称盛世。縻(mí),笼络。矧(shěn),况,况且。这七句意为:古来多少才俊之士都已湮没无闻了,像李白这样的仙人出现在人间并不是有罪被贬,不过是其高兴下凡来游历罢了。他放纵八极,畅游天地,那个小小的九州在他的眼里就显得十分狭小了。李白和杜甫同时,他们以诗歌互相酬答,很难再得,有如天外双鸟,一唱一停要经过三千年。李白因为开元年间政治清明,才肯在长安短暂停留。像这种人皇帝都没法笼络他,难道他还会去乞求什么吗?这七句用幻境写李白的精神境界,比喻奇特。

西望太白横峨岷,眼高四海空无人。大儿汾阳中令君,小儿天台坐忘身。平生不识高将军,手污吾足乃敢嗔。作诗一笑君应闻——太白,秦岭主峰,在陕西省武功县南。峨,峨眉山。岷,岷山,在今四川境内。大儿、小儿,东汉末年祢衡蔑视权贵,只称赞孔融和杨修,曾说:"大儿孔文举,小儿杨祖德。馀子碌碌,莫足数也。"(见《后汉书·祢衡传》)汾阳中令君,指郭子仪,曾被封为汾阳王,任中书令。天台坐忘身,指司马承祯。他曾写过一篇《坐忘论》。高将军,高力士,唐玄宗最宠信的宦官,曾任右监门卫将军、骠骑大将军。相传李白在宫中陪玄宗喝酒,醉后令高力士脱靴。嗔,生气。君,指李白。这七句意为:西望秦、蜀之间,太白山、峨眉山、岷山高耸入天,隔断道路,李白也是眼高绝顶,雄视四海,只看得起郭子仪和司马承祯。我李白一生也不认识高力士,他给我脱靴要是弄脏我的脚,我就生气地斥责他。我苏轼作诗已毕,付之一笑,你李白应该是听到了吧。此七句是全诗的主旨,着重写李白对权贵的蔑视。

这首诗以近乎戏谑的语言表达了苏轼对李白这位伟大前辈独特而深刻的理解。诗人运用一连串的比喻和典故将李白视王侯如粪土的精神面貌非常准确而丰满地反映出来,同时也反映出诗人自己的思想情操。全诗句句用韵,七句换韵,这在古体诗中是少见的章法。

八月七日初入赣,过惶恐滩

题解

绍圣元年(1094),诗人赴惠州(今广东惠州)贬所,路经惶恐滩时所作。此年"新党"再度执政,苏轼被政敌迫害,不断贬官,最后以宁远军节度副使的名义,安置在惠州。从江西万安到赣州,赣江北流,沿途有十八个滩,其中以黄公滩最险,南方人读"黄公"如"惶恐",后讹变为惶恐滩。

> 七千里外二毛人,十八滩头一叶身。
> 山忆喜欢劳远梦,地名惶恐泣孤臣。
> 长风送客添帆腹,积雨扶舟减石鳞。
> 便合与官充水手,此生何止略知津。

七千里外二毛人,十八滩头一叶身。山忆喜欢劳远梦,地名惶恐泣孤臣——七千里,当指作者家乡距离赣江里程的约数。二毛人,垂老的人。老年人头发兼有黑白二色,故称。一叶身,乘坐一叶扁舟的人,与上句"二毛人"均指老而被贬,冒险远行的自己。喜欢,作者自注:"蜀道有错喜欢铺,在大散关上。"孤臣,遭冷遇被贬谪的臣子。这四句意为:"我"这个从七千里外被谪贬来的头发斑白的老人,只身乘坐一叶小船在十八里滩上漂泊。因思念故乡山水而忧思成梦,看到这叫惶恐滩的滩头就更让"我"愁极而泣了。

长风送客添帆腹,积雨扶舟减石鳞。便合与官充水手,此生何止略知津——石鳞,水流过江底石上所形成如鱼鳞的波纹。与,为、替的意思。知津,知道渡口所在。《论语·微子》载:孔子曾在途中向隐士长沮、桀溺问津。他们因为不同意孔子那种急于用世的主张,避免作正面答复,只说:"是知津矣。"(他是知道渡口的,何必问我们。)这里是反用其意。这四句意为:顺风行船,风将船帆吹得鼓了起来,送"我"远行;久雨过后,江水新涨,船行江上,水深看不到那么多石鳞了。"我"正应当为官府充当水手,因为"我"一生经历的风浪多的是,岂止是知道几个渡口而已。格调由凄苦转向豪放,结尾更作达观语。

诗上半首气势显得低沉,当他过那十分险恶令人惶恐的险滩时,忽然回想到四十年前,初从四川取道陕西入京赶考,经过错喜欢铺的情景。年轻时功名顺遂,原以为致君泽民,大有可为,然而四十年的经历却告诉自己,那些想法只不过是错喜欢,而今所有的,则是垂泪孤臣的无限惶恐而已。这是对自己一生的高度概括,却以唱叹出之,令人凄然欲绝。而下半首的第五、六句则忽然转入开朗,以行船遇到顺风涨水,来暗示自己面对种种逆境不屈不挠,终能战胜它们,所以也没有什么值得顾虑的。结尾以水手自喻,是对前第二、第四两句的否定。如此旷达语,将前面低沉的情绪一扫而空,充分显示了诗人开阔的胸襟,也显示了苏诗"清雄"的特色。如此用意用笔,大阖大开,妙不可言。

荔支叹

【题解】

这首七言古诗作于哲宗绍圣二年(1095),当时作者正被贬谪在惠州(治所在今广东惠阳)。荔支,即荔枝。本篇是为历代进贡荔枝这类弊政而发出的嗟叹,故名。这首诗将对历史的批判和对现实的揭露结合起来,历来被誉为"史诗"。作者虽在政治上屡遭打击,但他仍然关心现实,常常在诗中提出自己的政见,指陈得失,一颗赤子之心,是经常和人民的疾苦联系在一起的。无论从思想上还是艺术上,都深得老杜之精髓。

十里一置飞尘灰,五里一堠兵火催。
颠坑仆谷相枕藉,知是荔支龙眼来。
飞车跨山鹘横海,风枝露叶如新采。
宫中美人一破颜,惊尘溅血流千载。
永元荔支来交州,天宝岁贡取之涪。
至今欲食林甫肉,无人举觞酹伯游。
我愿天公怜赤子,莫生尤物为疮痏。
雨顺风调百谷登,民不饥寒为上瑞。
君不见武夷溪边粟粒芽,前丁后蔡相笼加。
争新买宠各出意,今年斗品充官茶。
吾君所乏岂此物?致养口体何陋耶!
洛阳相君忠孝家,可怜亦进姚黄花。

十里一置飞尘灰,五里一堠兵火催。颠坑仆谷相枕藉,知是荔支龙眼来——

置,驿站,差官歇脚换马的设施。堠(hòu),大路旁记里程的土堆,这里也借指驿站。飞尘灰,指人马奔驰,尘土远扬。兵火催,形容赶路紧迫,有如兵火。颠、仆,摔倒。枕藉,死伤的人相枕而卧,倒在一起。龙眼,桂圆。历朝进贡,主要是荔枝,但汉代曾两物同贡。这四句意为:皇帝叫差官运送荔枝十里换一次马,五里设一个亭站,快马疾驰,尘土飞扬,就像传送军事情报一样。由于奔跑得太快,有的跌入坑里,有的摔进山谷,尸体散乱地堆在一起。看到这些,人们就知道是进贡的荔枝和龙眼到了。这是描写汉代急如星火运送进贡荔枝的情形。

飞车跨山鹘横海,风枝露叶如新采。宫中美人一破颜,惊尘溅血流千载——飞车,古代神话中能在天空飞行的车子。鹘,这里指一种快船。进贡荔枝,都用快马驿递。飞车既非世间所有,进贡也不用水运,所以这句只是说明为了早日送到荔枝,不惜想尽一切办法。宫中美人,指杨贵妃。破颜,一笑。这四句意为:皇帝为了加快运送速度,用飞车跃过山冈,用快船穿过海道,使荔枝的风枝露叶就像新采的一样。皇帝为了博得美人因吃上鲜荔枝而一笑,情愿让人民遭殃。多年以来,莫不如此。这是描写唐代传送进贡荔枝的情景。

永元荔支来交州,天宝岁贡取之涪。至今欲食林甫肉,无人举觞酹伯游。我愿天公怜赤子,莫生尤物为疮痏。雨顺风调百谷登,民不饥寒为上瑞——永元,东汉和帝的年号(89—104)。交州,今广东、广西南部。天宝,唐玄宗的年号(742—755)。涪,涪州(今重庆市涪陵区)。林甫,李林甫,唐玄宗天宝年间的宰相。他口蜜腹剑,一意逢迎,对进贡荔枝的事毫不劝阻,所以人民恨不得吃他的肉。觞,一种酒器。酹,将酒倒在地上,古代的一种祭仪。伯游,即唐羌。东汉和帝时,交州进贡荔枝、龙眼,十里一置,五里一堠,差人或因奔命致死,或被猛兽伤害。临武(今属湖南)长唐羌,字伯游,据实呈报,和帝便取消了这一弊政。赤子,初生婴儿皮肤呈红色,故称。这里代指老百姓。尤物,特别美好的东西,如荔枝、龙眼及下文提到的斗茶、牡丹等。疮痏(wěi),疮疤,这里代指祸害。登,丰收。上瑞,最大的祥瑞。这八句意为:东汉和帝永元年间进贡的荔枝来自交州,唐天宝年间进贡的荔枝来自涪州。直到今天,人们都痛恨李林甫对进贡荔枝的事不加劝阻,恨不得吃他的肉,却未见后人纪念东汉和帝时对进贡荔枝之事进行劝阻的唐羌。"我"祝愿上天能够悯恤天下百姓,不要生出像荔枝那样特别美好的东西,给人民带来灾祸。只要风调雨顺,百谷丰收,人民没有饥寒之忧,那就是国家最大的祥瑞。这八句总结汉唐以来进贡荔枝的弊政,表达了深沉的感慨和虔诚的祝愿。

君不见武夷溪边粟粒芽,前丁后蔡相笼加。争新买宠各出意,今年斗品充官茶。吾君所乏岂此物?致养口体何陋耶!洛阳相君忠孝家,可怜亦进姚黄花——武夷,山名,在福建,著名的产茶区。粟粒芽,初春的芽茶,小如粟粒,是茶之极品,极珍贵。丁,丁谓,宋真宗时曾任宰相,以谄媚著称,封晋国公。蔡,蔡襄,字君谟,以有风节著称,官至端明殿学士,曾著《茶录》。作者自注云:"大小龙茶,始于丁晋公,而成于蔡君谟。欧阳永叔闻君谟进小龙团,惊叹曰:'君谟,士人也。何至作此事?'"笼加,笼装加封,进贡朝廷。斗品,可供比赛的精品茶。宋代士大夫有斗茶的风俗。各出所得名茶,共同品尝,较其高下。官茶,向官家进贡的茶。致养口体,奉养皇帝的口腹和身体,指物质享受。《孟子·离娄》中曾说,奉养父母应当养志(随顺其心意)而不应只注意养口体(供应丰富的物质享受)。何陋耶,多么庸俗啊。洛阳相君,指钱惟演。他晚年以使相留守西京(洛阳),故称。忠孝家,钱惟演的父亲吴越王钱俶主动归降宋朝,被太宗称赞为"以忠孝而保社稷",所以说他出自"忠孝家"。可怜,可惜。姚黄,牡丹中的珍品,黄色,最初由姓姚的培养出来,故称。钱惟演晚年留守洛阳时,曾将此花进贡仁宗。这八句意为:君不见武夷溪边的粟粒芽,先后被丁谓和蔡襄笼装加封进贡给皇帝。他们各出主意,借以争新讨好。今年还借斗茶为名,将所得名茶作为进贡皇家的官茶。难道我们的君王所缺乏的就是这些东西吗? 进贡这些满足君王口腹之欲的东西真是太庸俗了。可惜现在被称为忠孝之家的洛阳钱惟演也开始给皇帝进贡叫姚黄的牡丹花了。这八句由感叹汉唐进贡荔枝的弊政,联系到当今贡茶、贡花之事,批判当时的弊政。

这首诗由汉唐时代进贡荔枝给人民造成的灾难落笔,揭示了由于皇家的穷奢极欲、官吏的媚上取宠,各地名产都得进贡的弊政,对宋代的茶贡、花贡,也作了深刻的讽刺。诗中首十二句写汉唐贡荔枝之扰民,继以四句作议论,贯通前后。然后由古及今,感叹不但前代弊政未革,又复花样翻新,虽以忠孝闻名的贤王、以有风节著称的文士也有贡茶、贡花之事,可见这项弊政,有增无减。诗篇虽若叹古,实则讽今。不及贡茶、贡花之扰民,而其扰民与进贡荔枝无异,自在言外。本诗写得跌宕起伏,沉郁顿挫,这种大阖大开、似断实连的结构,奔腾磅礴的笔势,造就了强烈的艺术效果。

食荔支二首(选一)

绍圣三年(1096)苏轼谪居惠州时作。荔支,即荔枝。作者对岭南的荔枝,具有特别的爱好,故借以表达一种放达自适的人生态度。

罗浮山下四时春,卢橘杨梅次第新。
日啖荔支三百颗,不辞长作岭南人。

罗浮山下四时春,卢橘杨梅次第新。日啖荔支三百颗,不辞长作岭南人——罗浮山,在广东东江北岸的增城、博罗、河源等县之间,长达百馀公里。卢橘,即枇杷。次第,依次。啖(dàn),吃。岭南,大庾岭等五岭以南地区。惠州在大庾岭南,故云。这四句意为:罗浮山下一年四季都是春天,枇杷和杨梅依次成熟。每天能吃上三百颗荔枝,"我"宁愿长作岭南地区的居民。

具有开阔胸襟和乐观精神的人能在生活中处处发现生活的乐趣,苏轼就是如此。苏轼在诗中巧用戏语,夸张风趣、生动传神地表现了他对荔枝的由衷赞美和触处生春的生活情趣,令人读后有轻松愉悦之感。

纵 笔

本诗系诗人于绍圣四年(1097)作于惠州。据《艇斋诗话》说此诗传至京师,宰相章惇看见了,说:"苏轼在惠州还这般快活吗?"怒而再予谪贬。不久苏轼即被再贬儋(dān)耳(今海南省儋州市。在当时是最边远、最荒凉的军州)。

白发萧散满霜风,小阁藤床寄病容。
报道先生春睡美,道人轻打五更钟。

白发萧散满霜风,小阁藤床寄病容。报道先生春睡美,道人轻打五更钟——萧散,萧疏冷落的样子。这里形容头发稀少。报道,报告说。先生,作者自指。这四句意为:"我"白发稀疏满面苍老之色,躺在小阁楼的藤床上休养有病之身。下人报说"先生睡得很甜美",道士就轻轻敲钟报时,以免惊醒"我"。

诗人以白描手法,寥寥几笔就勾画出一位饱经风霜、老病缠身而又安闲自适、淡然处之的自我形象,表现出自己达观知命、积极乐观的精神风貌。

被酒独行,遍至子云、威、徽、先觉四黎之舍三首(选一)

本诗作于元符二年(1099)春,共三首,此选一首。时苏轼六十四岁,已被贬谪儋州(州治在今海南省儋州市)两年。他身为"罪人",初期居官舍,后被逐出。幸得王介石等人的帮助,在城南"污池之侧桃榔树下",筑了五间泥房居住。被酒,带醉,刚喝过酒。子云、威、徽、先觉,当地四个姓黎的村民,是苏轼的好友。

半醒半醉问诸黎,竹刺藤梢步步迷。
但寻牛矢觅归路,家在牛栏西复西。

半醒半醉问诸黎,竹刺藤梢步步迷。但寻牛矢觅归路,家在牛栏西复西——问,访问,拜访。诸黎,诸位黎姓人家。牛矢,牛粪。这四句意为:"我"半醒半醉之中访问诸位黎姓农家,地面竹刺藤梢丛生,路径不明。"我"回家找不着路,只得沿着有牛粪的路径走,因为"我"家就在牛栏之西,大致不会走错的。

这首诗以浅易如话的语言表现了生活的真实,毫不雕琢,虽写了"牛矢"之类粗俗的东西,但因作者从真情实感出发,读起来使人感受的不是"浅俗"而是雅,不是"粗丑"而是美。于毫不经意间呈现出行云流水般的活泼姿态,确是大家气格。

汲江煎茶

元符三年(1100)在儋州作。这首诗描写了汲江水煎茶的过程,清新活泼,从一个侧面反映了诗人谪居僻乡的生活情况和精神状态。

活水还须活火煮,自临钓石取深清。
大瓢贮月归春瓮,小杓分江入夜瓶。
雪乳已翻煎处脚,松风忽作泻时声。
枯肠未易禁三碗,坐听荒城长短更。

活水还须活火煮,自临钓石取深清。大瓢贮月归春瓮,小杓分江入夜瓶——活水,流动的水。活火,谓猛火。深清,指既深又清的江水。瓮,一种盛东西的陶器,腹部较大。这四句描写了煎茶取水的过程:煎茶水要用流动的水,火要用猛火,"我"亲自到钓鱼石上取江深处的清水。月下用大瓢向瓮里舀水,月映在水中,好像把月也舀在瓢中,用小勺将江水注入瓶中。

雪乳已翻煎处脚,松风忽作海时声。枯肠未易禁三碗,坐听荒城长短更——处脚,指茶脚。松风,喻汤沸声。三碗,反引唐·卢仝《谢孟谏议新茶》"三碗搜枯肠"诗意。长短更,指报更敲鼓之数。敲少者为短,多者为长。这四句意为:乳白色的茶汤翻滚着煎着茶脚,茶汤沸腾之声听起来仿佛海潮声。枯肠难禁三碗茶水,坐听荒城长短报更之鼓声。此四句写出了谪居心情,有弦外之音。

这首诗描绘汲水煎茶之过程,比喻生动形象,生活情景信手拈来,风格清新活泼,非东坡之大手笔,不能道此。南宋诗人杨万里对这首诗十分赞赏,称其"一篇之中句句皆奇,一句之中字字皆奇"。

儋　耳

绍圣四年(1097)苏轼贬儋耳。元符三年(1100)正月哲宗去世,徽宗继位,诏元祐中谪官都迁回内郡居住,这首诗即作于此时。诗中表现了作者初得诏书时的欣喜之情。儋耳,即今海南省儋州市。

> 霹雳收威暮雨开,独凭栏槛倚崔嵬。
> 垂天雌霓云端下,快意雄风海上来。
> 野老已歌丰岁语,除书欲放逐臣回。
> 残年饱饭东坡老,一壑能专万事灰。

霹雳收威暮雨开,独凭栏槛倚崔嵬。垂天雌霓云端下,快意雄风海上来——霹雳,疾猛之雷。崔嵬,山高貌。霓,彩虹。《埤雅》:"虹常双见,鲜盛者为雄,其暗者雌。"此处以雌喻小人。雄风,帝王之风。战国楚·宋玉《风赋》:"此大王之雄风也。"这四句既写眼前实景,又是象征时局。首句象征朝政更新,第三句象征政敌的失势,此时迫害元祐党人的蔡京等人已受到台谏的排挤。第四句既写海风之快意,又暗喻内移诏书的降临。四句意为:在雷雨停住的黄昏时刻,"我"独自登高,凭栏远望。云端下彩虹横跨天际,海面吹来的风令人心怡气爽。

野老已歌丰岁语,除书欲放逐臣回。残年饱饭东坡老,一壑能专万事灰——除书,拜官之诏书。除去旧官,改授新官曰除。一壑能专,意为有栖身之地。《庄子·秋水》载坎井之蛙语:"擅一壑之水而夸坎井之乐,此亦至矣。"庄子是讥坎井之蛙的浅薄,后人却以"专一丘之欢,擅一壑之美"表现"轻天一,细万物"的隐逸思想(晋·陆云《逸民赋序》)。苏轼的用法与此相同。前两句一写农民丰收之喜,一写自己被召回之喜;后两句写自己今后的打算,略显消沉。四句意为:农民们唱着欢庆丰收的歌,拜官的诏书要把被放逐的人召回。"我"已是风烛残年,只要能吃饱饭,有栖身之地,就别无奢求了。

全诗由景入手,起笔雄劲,中间联系时局,属对精警,结尾袒露心声,虽然被召还内地,但已风烛残年,万念俱灰,不能有什么作为了。

澄迈驿通潮阁二首(选一)

元符三年(1100)五月,苏轼受命移廉州(今广西合浦县)安置。六月赴廉州途中作此诗。原共二首,此处选第二首。澄迈驿,设在澄迈县(今海南省北部)的驿站。通潮阁,一名通明阁,在澄迈西,是驿站的建筑。

> 馀生欲老海南村,帝遣巫阳招我魂。
> 杳杳天低鹘没处,青山一发是中原。

馀生欲老海南村,帝遣巫阳招我魂。杳杳天低鹘没处,青山一发是中原——帝,天帝。巫阳,古代女巫名。《楚辞·招魂》:"帝告巫阳曰:'有人在下,我欲辅之。魂魄离散,汝筮予之。'(巫阳)乃下招曰:'魂兮归来!'"此处诗人化用《招魂》之意,借天帝以指朝廷,借招魂以指奉旨内迁。杳杳,形容极远。这四句意为:"我"要在这海南荒村度过"我"的残生了,"我"盼望着天帝能派人招回"我"的游魂。在遥远的鹘鸟飞没的尽头,连绵横亘的青山细如发丝,那里就是中原大地。后二句以远景抒写对故乡的怀念之情,情感炽热绵长,动人心魄。

这首诗着意抒发思乡盼归的心情,却不直抒胸臆,而是以景写情。黄庭坚曾称赞苏轼的诗"气吞五湖三江",而"杳杳天低鹘没处,青山一发是中原"正显示了苏诗特有的磅礴气势。诗虽写悲伤之怀,却不流于颓唐委顿,画面疏朗,笔力雄放。前人称苏诗有"清雄"之特色,这首堪称代表作。

六月二十日夜渡海

这首诗是元符三年(1100)六月诗人自海南岛北归时所作。绍圣元年(1094),哲宗亲政,蔡京、章惇之流用事,专整元祐旧臣,苏轼被一贬再贬,由英州(今广东英德)至惠州,最后远放儋州,前后七年。直到元符三年(1100)五月,才获赦北归。这时,他已六十五岁了。此诗是他北归渡琼州海峡时所作。

参横斗转欲三更,苦雨终风也解晴。
云散月明谁点缀,天容海色本澄清。
空馀鲁叟乘桴意,粗识轩辕奏乐声。
九死南荒吾不恨,兹游奇绝冠平生。

参横斗转欲三更,苦雨终风也解晴。云散月明谁点缀,天容海色本澄清——参、斗,二十八宿中的两宿。横、转,指星座位置的移动。三更,半夜。一夜分为五更。苦雨,下个不停的雨。终风,吹个不停的风。点缀,加以衬托或装饰,使原有的事物变得更为美好。《晋书·谢重传》载,谢重在会稽王司马道子家里做客,正值月色明净。司马道子认为极好,谢重却认为不如有点云彩点缀的好。司马道子开玩笑说:你自己心地不干净,还想将天空也弄得污秽吗?此处用这个典故比喻自己被政敌诬陷,但本来清白,终获昭雪。这四句意为:参宿和斗宿移动位置,天色已快到半夜了。本来凄风苦雨不停,此时人要渡海,似乎风雨也知道,因而放晴了。天空云散月明,没有任何点缀,海天之间现出原本的澄清景象。这四句写渡海时所见,以写景为主,但景中含情,情景交融。

空馀鲁叟乘桴意,粗识轩辕奏乐声。九死南荒吾不恨,兹游奇绝冠平生——鲁叟,指孔子。乘桴(fú),坐木筏。《论语·公冶长》云:"道不行,乘桴浮于海。"(孔子曾慨叹自己的主张无法实现,想坐木筏到海外去。)轩辕,即黄帝。《庄子·天地》:"(黄)帝张(演奏)咸池之乐于洞庭之野。"这句是以轩辕古乐比大海涛声。九死,多次几乎送命。冠,居第一位。这四句意为:我如今渡海北归,只不过空有孔子乘桴行道的想法还留在胸中,领会到大海波涛之声如黄帝演奏的咸池之音乐。尽管被贬南荒之地九死一生,但我并不以此为恨,因为这番游历中我所见到的奇绝景色是我一生中最多的。这四句用典巧妙。末二句既含蓄,又幽默。读至此,诗人的旷达襟怀和豪放性格也就跃然纸上了。

　　苏轼在其政敌的残酷迫害之下,被贬谪南方达七年之久,经受了无穷无尽的物质上的困苦与精神上的折磨,但他始终是乐观和豁达的。

　　前四句纯用比体,融情于景。"云散"一联,看似写景,而诗人意在抒情,用晋人典故来阐述自己虽然长期被人诬蔑和陷害,但本来是清白纯洁的,所以现在终于真相大白,极为精切。第五句言迁流海外有年,愧未能在其地化民成俗,所以只能说有乘桴之事,而未能符孔子之心,因此不免遗憾。但就个人而言,却已饱览奇景,虽死无恨了。诗中没有怨,没有悔,而只是感到祸中得福,真是胸襟阔大,宠辱不惊。苏轼的作品何以成为中国人民抵抗庸俗风习和黑暗势力的精神支柱,也可以从这些地方找到一些原因。

◎词

水调歌头

【题解】

今人龙榆生《唐宋词格律》：唐大曲有《水调歌》，据《隋唐嘉话》，为隋炀帝凿汴河时所作。宋乐入"中吕调"，见《碧鸡漫志》卷四。凡大曲有"歌头"，此殆裁截其首段为之。九十五字，前后片各四平韵。亦有前后片两六言句夹叶仄韵者，有平仄互叶几于句句用韵者。

苏轼此词作于宋神宗熙宁九年(1076)，即丙辰年的中秋节，为作者醉后抒情，怀念弟弟苏辙之作。

丙辰中秋，欢饮达旦，大醉，作此篇，兼怀子由。

明月几时有？把酒问青天。不知天上宫阙，今夕是何年？我欲乘风归去，又恐琼楼玉宇，高处不胜寒。起舞弄清影，何似在人间？　转朱阁，低绮户，照无眠。不应有恨，何事长向别时圆？人有悲欢离合，月有阴晴圆缺，此事古难全。但愿人长久，千里共婵娟。

小序意为：丙辰年中秋节，"我"痛痛快快地饮酒，一直喝到次日天亮，大醉之后创作此词，并且怀念子由。

明月几时有，把酒问青天——"我"手持酒杯向青天发问，明亮的月亮几时才有？借用李白"青天有月来几时？我今停杯一问之"诗意，向青天发问。

不知天上宫阙，今夕是何年——不知道天上的宫阙中，今天晚上是何年何月。表明作者在"出世"与"入世"之间，亦即在"退"与"进"、"隐"与"仕"之间深自徘徊的困惑心态。

我欲乘风归去，又恐琼楼玉宇，高处不胜寒——"我"本想乘着清风回归天上，又担心琼楼玉宇地处高端，不胜寒冷。写词人对月宫仙境产生的向往和疑虑。其实仍是徘徊于"仕"与"隐"之间的矛盾心理的表现。

起舞弄清影，何似在人间——月光之下翩翩起舞，欣赏清丽的身影，天上比不上人间。暗示词人的"入世"思想战胜了"出世"思想,表现了词人执着于人生、热爱人间的思想感情。

转朱阁,低绮户,照无眠——月光转过朱阁,低射绮户,照着不眠之人。实写月光照人间的景象,并由月引出人事。

不应有恨,何事长向别时圆——"我"与月亮无冤无恨,为何总是在"我"与家人分别之时,它就团圆呢?以设问的方式表达恼月照人,增加"月圆人不圆"的怅恨。

人有悲欢离合,月有阴晴圆缺,此事古难全——人世间有悲欢离合,天上月有阴晴圆缺,这样的事古来如此,难以兼美。写词人对人世间悲欢离合的解释,也表明作者洒脱、旷达的襟怀。

但愿人长久,千里共婵娟——但愿人间的亲情、友情长久,千里之外的兄弟美好如愿。转出更高的思想境界,向世间所有离别的亲人,送出深挚的慰问和祝福。

这首词是苏轼词作中的代表作。词中充分体现了作者对永恒的宇宙和复杂多变的人类社会两者的综合理解与认识,是作者的世界观通过对月和对人的观察所作的一个以局部概括整体的小小总结。作者俯仰古今变迁,感慨宇宙流转,厌恶宦海浮沉,在皓月当空、孤高旷远的意境中,渗入浓厚的哲学意味,揭示睿智的人生理念,达到了人与宇宙、自然与社会的高度契合。

水调歌头
快哉亭作

本词作于东坡贬居黄州的第四年,是苏轼豪放词的代表作之一。全词通过描绘快哉亭周围壮阔的水光山色,抒发了作者旷达豪迈的人生态度。

落日绣帘卷,亭下水连空。知君为我,新作窗户湿青红。长记平山堂上,欹枕江南烟雨,渺渺没孤鸿。认得醉翁语,山色有无中。

一千顷,都镜净,倒碧峰。忽然浪起,掀舞一叶白头翁。堪笑兰台公子,未解庄生天籁,刚道有雌雄。一点浩然气,千里快哉风。

【新解】

落日绣帘卷,亭下水连空——落日之后卷起绣帘,快哉亭下水天相连。交代创作此词的时间及地点,描绘出一幅"水连空"的壮阔景象。

知君为我,新作窗户湿青红——"我"很感谢您为"我"建造了如此华美的亭子。君,指张偓佺,快哉亭的建造者。"窗户湿青红",形容窗户色彩犹新,如油漆未干。

长记平山堂上,欹枕江南烟雨,渺渺没孤鸿。认得醉翁语,山色有无中——常常回忆自己在扬州平山堂所领略的江南山色,欣赏孤鸿的出没。也记得醉翁欧阳修公的名言"山色有无中"。此为以忆景写景。醉翁,即欧阳修。

一千顷,都镜净,倒碧峰——快哉亭前的都镜峰倒映在千顷碧波之上,山水融为一体。此三句写眼前景,由近及远。

忽然浪起,掀舞一叶白头翁——此二句为特写,描述碧波之中忽显露白发渔翁,似乎正是苏轼自身的写照。

堪笑兰台公子,未解庄生天籁,刚道有雌雄。一点浩然气,千里快哉风——可笑战国楚宋玉未解庄子有关天籁的见解,只知道风有雌雄之分。其实,江上吹拂的风,不正是充荡着浩然之气的快哉之风吗?兰台公子,指宋玉,他在《风赋》中,将风分为"大王之雄风"和"庶人之雌风"。"天籁"语出《庄子》,"浩然气"语出《孟子》。

【简评】

全词熔写景、抒情、议论于一炉,既描写了浩阔雄壮、水天一色的自然风光,又于其中贯注了一种坦荡旷达的浩然之气,展现出词人身困逆境却泰然处之、浩气凛然的精神风貌,充分体现了苏词雄奇奔放的特色。

水调歌头

【题解】

此词是根据唐朝诗人韩愈写音乐的名作《听颖师弹琴》改写的,大约作于元祐二年(1087)苏轼在京师任翰林学士、知制诰时。

欧阳文忠公尝问余:"琴诗何者最善?"答以退之听颖师琴诗最善。公曰:"此诗最奇丽,然非听琴,乃听琵琶也。"余深然之。建安章质夫家善琵琶者,乞为歌词。余久不作,特取退之词,稍加檃括,使就声律,以遗之云。

昵昵儿女语,灯火夜微明。恩怨尔汝来去,弹指泪和声。忽变轩昂勇士,一鼓填然作气,千里不留行。回首暮云远,飞絮搅青冥。　　众禽里,真彩凤,独不鸣。跻攀寸步千险,一落百寻轻。烦子指间风雨,置我肠中冰炭,起坐不能平。推手从归去,无泪与君倾。

小序意为:欧阳文忠公曾经问"我":"描写琴声的诗哪一首最好?""我"回答说,唐代韩退之《听颖师弹琴》这首诗最好。欧阳文忠公又说:"这一首诗最为奇丽,但描写的不是听琴,而是听琵琶。""我"十分同意这一观点。建安章质夫家一位擅长弹琵琶的人,请"我"作一首歌词。"我"久久未能写出,于是特地将韩退之的《听颖师弹琴》诗稍稍改写,使之符合声律,送给他。欧阳文忠公,即欧阳修。栝櫽(yǐn)括,依某种文体原有的内容、词句改写成另一种体裁。

昵昵儿女语,灯火夜微明。恩怨尔汝来去,弹指泪和声——乐声初发,仿佛静夜微弱的灯光下,一对青年男女谈爱说恨,卿卿我我,往复不已。"弹指泪和声",见出弹奏开始,音调既轻柔又低抑。

忽变轩昂勇士,一鼓填然作气,千里不留行——曲调由低抑到高昂,犹如气宇轩昂的勇士,在骤响的鼓声中,跃马驰骋,不可阻挡。

回首暮云远,飞絮搅青冥——乐声又犹如远天的暮云,高空的飞絮。以景物形容声情,把音乐形象化为远天的暮云,高空的飞絮,极尽缥缈幽远之致。

众禽里,真彩凤,独不鸣。跻攀寸步千险,一落百寻轻——百鸟争喧,唯独彩凤不鸣。瞬息间高音突起,曲折而上,好像走在悬崖峭壁之上,步履维艰。乐声又陡然下降,恍如一落千丈,飘然坠入深渊,弦音戛然而止。

烦子指间风雨,置我肠中冰炭,起坐不能平——弹者技艺很高,能兴风作雨。使听者感受颇深,肠中忽而高寒、忽而酷热,时起时坐,不能平静。

推手从归去,无泪与君倾——音乐具有震撼人心的力量,不仅使人坐立不宁,而且简直让人难以禁受,推手止弹,愿随之归去。由于连连泣下,再也没有泪水可以倾洒了。

苏词从开头到下片的"一落百寻轻"均写音乐,写音乐的部分比韩诗增加了十个字,占了全词百分之七十多的篇幅,使得整个作品更为集中、凝练、主次分明,同时又保留了韩诗的妙趣和神韵。在改写的过程中,苏轼显示了自己的创造性,从而使此词获得了新的艺术生命和独特的审美价值。

附：韩愈《听颖师弹琴》

昵昵儿女语，恩怨相尔汝。划然变轩昂，勇士赴敌场。浮云柳絮无根蒂，天地阔远随飞扬。喧啾百鸟群，忽见孤凤凰。跻攀分寸不可上，失势一落千丈强。嗟余有两耳，未省听丝篁。自闻颖师弹，起坐在一旁。推手遽止之，湿衣泪滂滂。颖乎尔诚能，无以冰炭置我肠。

念奴娇
赤壁怀古

【题解】

今人龙榆生《唐宋词格律》：又名〔百字令〕、〔酹江月〕、〔大江东去〕、〔壶中天〕、〔湘月〕。唐·元稹《连昌宫词》自注："念奴，天宝中名倡，善歌。每岁楼下酺宴，累日之后，万众喧隘，严安之、韦黄裳辈辟易而不能禁，众乐为之罢奏。玄宗遣高力士大呼于楼上曰：'欲遣念奴唱歌，邠王二十五郎吹小管逐，看人能听否？'未尝不悄然奉诏。"（见《元氏长庆集》卷二十四）王灼《碧鸡漫志》卷五又引《开元天宝遗事》："念奴每执板当席，声出朝霞之上。"曲名本此。宋曲入"大石调"，复转入"道调宫"，又转入"高宫大石调"。"此调音节高亢，英雄豪杰之士多喜用之……一百字，前后片各四仄韵。其用以抒写豪壮感情者，宜用入声韵部。另有平韵一格"。

这首词写于神宗元丰五年（1082）七月，是苏轼贬居黄州期间游黄州城外的赤壁矶时所作。

大江东去，浪淘尽、千古风流人物。故垒西边，人道是、三国周郎赤壁。乱石崩云，惊涛裂岸，卷起千堆雪。江山如画，一时多少豪杰。　　遥想公瑾当年，小乔初嫁了，雄姿英发，羽扇纶巾。谈笑间、强虏灰飞烟灭。故国神游，多情应笑我，早生华发。人生如梦，一樽还酹江月。

大江东去，浪淘尽、千古风流人物——滚滚江水向东流去，大浪淘沙，千古以来的风流人物全都呈现出来。开篇把倾注不尽的大江与名高累世的历史人物联系起来，设置了一个极为广阔而悠久的空间、时间背景。

故垒西边，人道是、三国周郎赤壁——人们都说那故垒的西边，就是当年三国时周瑜打败曹操的赤壁。周郎,周瑜,字公瑾。这两句既是拍合词题,又是下阕缅怀公瑾的伏笔。

乱石崩云,惊涛裂岸,卷起千堆雪。江山如画,一时多少豪杰——赤壁之地,乱石如崩裂的云彩,惊涛骇浪拥向江岸,一如卷起千万堆雪。江山如画,一时豪杰纷纷。这五句集中描写赤壁雄奇壮阔的景物。

遥想公瑾当年,小乔初嫁了,雄姿英发,羽扇纶巾——遥想当年的周公瑾,绝代美人小乔刚刚嫁给他,雄姿英发,手持羽扇,头戴纶巾。以美人烘托英雄,更见出周瑜的风姿潇洒、韶华似锦、年轻有为。"雄姿英发,羽扇纶巾",是从肖像仪态上描写周瑜装束儒雅,风度翩翩。纶(guān)巾,古代配有青丝带的头巾。"葛巾毛扇",是三国以来儒将常用的打扮,着力刻画其仪容装束,正反映出作为指挥官的周瑜临战时的潇洒从容。

谈笑间,强虏灰飞烟灭——谈笑之间,强敌就被消灭,化为灰尘烟雾。虏,是对敌军的憎恨称呼。

故国神游,多情应笑我,早生华发——神游故国,应笑我多情善感,早早就生出花白的头发。感慨身世,言生命短促,人生无常,深沉、痛切地发出了年华虚掷的悲叹。

人生如梦,一樽还酹江月——人生世间如同做梦,"我"还是用一杯酒洒地,祭祀清江明月吧。结句抑郁沉挫地表达了词人对坎坷身世的无限感慨。"一樽还酹江月",借酒抒情,思接古今。酹(lèi),祭祀的一种方式,以酒洒地。

这首词感慨古今,雄浑苍凉,大气磅礴,昂扬郁勃,把人们带入江山如画、奇伟雄壮的景色和深邃无比的历史沉思中,唤起读者对人生的无限感慨和思索,融景物、人事感叹、哲理于一体,给人以撼魂荡魄的艺术力量。此词对于一度盛行缠绵悱恻之风的北宋词坛,具有振聋发聩的作用,是豪放词最杰出的代表。

醉翁操

龙榆生《唐宋词格律》:琴曲,属"正宫"。沈遵创作,苏轼始创为填词……九十一字,前片十平韵,后片七平韵,一仄韵。康熙《御定词谱》:"此本琴曲,所以苏词(按:指《东坡词》)不载。自辛稼轩编入词中,复遂沿为词调。"在宋人中亦只有辛词一首可校。

此作是为琴曲〔醉翁操〕所谱写的一首词。醉翁,即欧阳修。

琅琊幽谷，山水奇丽，泉鸣空涧，若中音会。醉翁喜之，把酒临听，辄欣然忘归。既去十馀年，而好奇之士沈遵闻之往游，以琴写其声，曰〔醉翁操〕。节奏疏宕，而音指华畅，知琴者以为绝伦。然有其声而无其辞。翁虽为作歌，而与琴声不合。又依《楚辞》作〔醉翁引〕，好事者亦倚其辞以制曲。虽粗合韵度，而琴声为词所绳约，非天成也。后三十馀年，翁既捐馆舍，遵亦没久矣。有庐山玉涧道人崔闲，特妙于琴，恨此曲之无词，乃谱其声，而请于东坡居士以补之云。

琅然，清圆，谁弹，响空山。无言，惟翁醉中知其天。月明风露娟娟，人未眠。荷蒉过山前，曰有心也哉此贤。　　醉翁啸咏，声和流泉。醉翁去后，空有朝吟夜怨。山有时而童颠，水有时而回川。思翁无岁年，翁今为飞仙。此意人间，试听徽外三两弦。

序言意为：琅琊幽谷，山水奇丽，泉水鸣于空涧，犹如弹奏音乐。醉翁欧阳修公喜欢此处，常常把酒临听，欣然忘归。欧阳公离开此地十馀年之后，有好奇之士沈遵听说此景，便去游赏，同时用琴曲谱写其声，名叫〔醉翁操〕。此曲节奏疏宕，乐音华丽而畅达，懂得琴曲的内行认为乃绝伦之作。可是只有琴曲而没有歌辞。醉翁虽然曾经为此创作歌辞，可惜与琴声不合。又曾依据《楚辞》创作〔醉翁引〕，好事者又凭借此辞谱写乐曲。虽说粗合韵度，但琴声终被词所制约，达不到妙然天成的境界。此后三十多年，醉翁已经下世，沈遵也去世许久。庐山的玉涧道人崔闲，对琴特别精通，遗憾此曲没有歌词，于是谱写其声，请东坡居士来补足。

琅然，清圆，谁弹，响空山——如此琅然，如此清圆，像是谁在弹琴，响彻空山。形容鸣泉飞瀑之声，有如弹琴。

无言，惟翁醉中知其天——这是天地间自然生成的绝妙乐曲。这一绝妙的乐曲，很少有人能得其妙趣，只有醉翁欧阳修能于醉中理解其天然妙趣。

月明风露娟娟，人未眠——鸣泉之声犹如明月之下的和风微露那般美好，让听者无心入眠。从声响所产生的巨大感人效果来写流泉之美妙。

荷蒉过山前，曰有心也哉此贤——此流泉之声响犹如孔子之击磬声，荷蒉者对击磬声评价说：这个击磬的人内心贤明啊！用此典故，颂扬流泉之自然声响。蒉(kuì)，用草编的筐子。

醉翁啸咏，声和流泉。醉翁去后，空有朝吟夜怨——醉翁于此啸咏，其声音与流泉相和；醉翁离开滁州，流泉失去知音，声响似带有怨恨情绪。

山有时而童颠,水有时而回川。思翁无岁年,翁今为飞仙——山头按时节而逢春,河水按时节而洄流。然而,思念醉翁,没有年岁之限,他却早已化为飞仙。

此意人间,试听徽外三两弦——鸣泉虽不复存,醉翁也已化为飞仙,但鸣泉之美妙乐曲,醉翁所追求之绝妙意境,却仍然留存人间。徽,系弦之绳。

苏轼此词,写鸣泉及其和声,能将无形之声写得真实可感,足见词人对于大自然造化之工的深切体验。清·郑文焯曰:"读此词,髯苏之深于律可知。"下片对醉翁欧阳修的深切缅怀,无处不在。醉翁泉下有知,当欣喜于当年的慧眼识珠。

水龙吟
次韵章质夫杨花词

龙榆生《唐宋词格律》:又名〔龙吟曲〕、〔庄椿岁〕、〔小楼连苑〕。《清真集》入"越调"。各家格式出入颇多,兹以历来传诵苏、辛两家之作为准。一百零二字,前后片各四仄韵。又第九句第一字并是领格,宜用去声。结句宜用一字领下三字,收得较为有力。

苏词向以豪放著称,但也有婉约之作,这首〔水龙吟〕即为其中之一。

章质夫即章楶(jié)(1027—1102),浦城人。治平二年(1065)进士。哲宗朝,历集贤殿修撰,知渭州,进端明殿学士。徽宗建中靖国元年(1101),除同知枢密院事。杨花词即其以〔水龙吟〕为词牌咏杨花的词。词如下:"燕忙莺懒花残,正堤上、柳花飘坠。轻飞点画青林,谁道全无才思。闲趁游丝,静临深院,日长门闭。傍珠帘散漫。垂垂欲下,依前被,风扶起。兰帐玉人睡觉,怪春衣、雪沾琼缀。绣床旋满,香球无数,才圆却碎。时见蜂儿,仰粘轻粉,鱼吹池水。望章台路杳,金鞍游荡,有盈盈泪。"

似花还似非花,也无人惜从教坠。抛家傍路,思量却是,无情有思。萦损柔肠,困酣娇眼,欲开还闭。梦随风万里,寻郎去处,又还被莺呼起。　　不恨此花飞尽,恨西园、落红难缀。晓来雨过,遗踪何在?一池萍碎。春色三分,二分尘土,一分流水。细看来,不是杨花,点点是离人泪。

似花还似非花,也无人惜从教坠。抛家傍路,思量却是,无情有思——杨花看似花又不是花,没有人怜惜它的坠落。它离开杨树,抛掷路旁,也有无限情思。这几句既吟咏物象,又写人言情,准确地把握住了杨花那"似花非花"的独特"风流标格"。

萦损柔肠,困酣娇眼,欲开还闭——柔肠因萦绕牵挂而受损,娇眼因乏困而欲睡又闭。形象地比喻少女初醒时的慵懒之态。

梦随风万里,寻郎去处,又还被莺呼起——这三句化用唐人金昌绪(一说为盖嘉运)《春怨》诗意:"打起黄莺儿,莫教枝上啼。啼时惊妾梦,不得到辽西。"借杨花之飘舞以写思妇由怀人不至引发的恼人春梦。

不恨此花飞尽,恨西园、落红难缀——不怨恨杨花飞尽,只怨恨西园中的落花飘尽,难以缀起。点出写杨花的真意,在于惜春。由惜到恨,情思深切。

晓来雨过,遗踪何在?一池萍碎——拂晓一阵雨过,落花的遗踪在哪里呢?只见一池萍碎。这几句交代恨的具体原因:不仅落红难缀,而且池萍破碎,犹如心碎。

春色三分,二分尘土,一分流水——春色逝去的结果是,落花已化为尘土,随流水逝去。"三分"之述极形象,分明是心碎的具化。

细看来,不是杨花,点点是离人泪——仔细看来,那不是杨花,而是点点思念离人之泪。此述惜春之恨,直至落泪,为何而落?乃是由于"离人"。于结尾处点出真正原因。

此词藉暮春之际"抛家傍路"的杨花,化"无情"之花为"有思"之人,"直是言情,非复赋物",幽怨缠绵而又空灵飞动地抒写了带有普遍性的离愁。篇末"细看来,不是杨花,点点是离人泪",实为显志之笔,千百年来为人们反复吟诵、玩味,堪称神来之笔。与章质夫原词相比,苏轼的次韵之章更显柔美,人花合一更为自然。

满庭芳

龙榆生《唐宋词格律》:又名〔锁阳台〕,《清真集》入"中吕调"。九十五字,前片四平韵,后片五平韵。过片二字,亦有不叶韵连下为五言句者。康熙《御定词谱》:"仄韵者,《乐府雅词》名〔转调满庭芳〕。"

这首词是苏轼发配黄州时的作品。其时同乡陈慥与苏轼过从甚密,五年中七次来访。元丰六年(1083)五月,"弃官黄州三十三年"的王长官因送陈慥到荆南某地访东坡,得以与东坡会晤,苏乃作此词。

有王长官者,弃官黄州三十三年,黄人谓之王先生。因送陈慥来过余,因为赋此。

三十三年,今谁存者?算只君与长江。凛然苍桧,霜干苦难双。闻道司州古县,云溪上、竹坞松窗。江南岸,不因送子,宁肯过吾邦? 拟拟,疏雨过,风林舞破,烟盖云幢。愿持此邀君,一饮空缸。居士先生老矣,真梦里、相对残釭。歌声断,行人未起,船鼓已逄逄。

小序意为:有个叫王长官的人,弃官黄州三十三年,黄州人叫他王先生。他因送"我"的朋友陈慥来荆南,得以与"我"会晤,于是"我"赋此词。

三十三年,今谁存者?算只君与长江——三十三年过去了,如今谁还存在?算来只有您与长江。将长江拟人化的同时,以比拟的方式将王长官高洁的人品与长江共论,予以高度评价。

凛然苍桧,霜干苦难双——犹如凛然屹立的苍桧,经历风霜苦雨,更见挺拔。喻王长官品格之高。

闻道司州古县,云溪上、竹坞松窗——听说王长官居住在司州古县,竹坞松窗,云溪潺潺。司州古县,指王长官当时居住的地方——黄陂,唐代武德初以黄陂置南司州。这两句记述王长官所居之处甚为古朴宁静。

江南岸,不因送子,宁肯过吾邦——王长官居住在长江南岸,若不是因为送人,哪肯来我们这一带。言王长官因为有宁静的居处,故不肯轻易外出。

拟拟,疏雨过,风林舞破,烟盖云幢。愿持此邀君,一饮空缸——只听拟拟之声,疏雨过后,狂风在林中舞毕,云烟升腾。面对此景,愿持此杯邀君共饮,一口气喝完一缸酒。这几句既写当日气候景色,又通过自然景象的不凡,暗示作者与贵客的遇合之脱俗。拟拟(chuāng chuāng),拟雨声,其韵铿然,有风雨骤至之感。

居士先生老矣,真梦里、相对残釭——"我"已经老了,与你彻夜畅谈,而不是在梦中。此为对王长官倾诉人生如梦的感受,极形象,以灯下对诉,"真梦里,相对残釭",写主客通宵达旦畅饮欢谈,彼此情投意合。

歌声断,行人未起,船鼓已逄逄——拂晓船行,而醉酒者尚未醒。逄逄(péng péng),鼓声。

全词语言干净简练之极,而内容、含义隐括极多,融叙事、写人、状景、抒情于一炉,既写一方奇人之品格,又抒旷达豪放之情感,实远出于一般描写离合情怀的诗词之上。词中凛然如苍桧的王先生这一形象,可谓东坡理想人格追求的绝妙写照。

满庭芳

这首词以议论为主,具有浓厚的哲理意味,同时也有强烈的抒情色彩。从词中所表现的内容来看,它的写作年代当为苏轼贬谪黄州之后。

蜗角虚名,蝇头微利,算来着甚干忙。事皆前定,谁弱又谁强。且趁闲身未老,须放我、些子疏狂。百年里,浑教是醉,三万六千场。　　思量,能几许?忧愁风雨,一半相妨。又何须抵死,说短论长。幸对清风皓月,苔茵展、云幕高张。江南好,千钟美酒,一曲满庭芳。

蜗角虚名,蝇头微利,算来着甚干忙——虚名如同蜗角,微利如同蝇头,为此干忙乎什么呢?借用《庄子》中蜗角争利的寓言,揭示了功名利禄的虚幻。

事皆前定,谁弱又谁强——事事自有因缘,不可与争,得者未必强,而失者也未必弱。事,指名利得失之事。

且趁闲身未老,须放我、些子疏狂。百年里,浑教是醉,三万六千场——且趁着闲身尚未老朽,让"我"疏狂一些吧。在百年的生命中,让"我"天天大醉,共计三万六千场。词人试图醉中不问世事,以全身远祸。人生几何,命运多舛,但词人终究以无际的绿茵、高张的云幕,与浩大无穷的宇宙合而为一,求得了内心的宁静。

思量,能几许?忧愁风雨,一半相妨。又何须抵死,说短论长——仔细思量,人生能有多长?这其中的忧愁和各种风风雨雨又占去一半。所以不必说短论长,事情本来就是曲折起伏的。

幸对清风皓月,苔茵展、云幕高张——所幸"我"能面对清风皓月,欣赏无际的绿茵、高张的云幕。此为自慰之语,有在"清风皓月"中淡忘名利之意。

江南好,千钟美酒,一曲满庭芳——置身风景美好的江南,"我"将饮千钟美酒,歌一曲满庭芳。结尾三句情绪乐观开朗,充满了飘逸旷达、超凡脱俗的闲适至乐之情,表明作者终于摆脱了世俗功名的羁绊,获得了精神的超脱与解放。

此词情理交融,奔放舒卷,尽情地展示了词人人生道路上受到重大挫折之后既愤世嫉俗又飘逸旷达的内心世界,表现了他宠辱皆忘、超然物外的人生态度。这首词是一通极具抒情性的人生哲理议论,全篇援情入理,情理交融,现身说法,直抒胸臆,既充满饱经沧桑、愤世嫉俗的沉重哀伤,又洋溢着对于精神解脱和圣洁理想的追求与向往,表达了词人于人生的种种困惑中寻求超脱的出世思想。

满庭芳

宋神宗元丰七年(1084),谪居黄州达五年之久的苏轼,奉命由黄州移汝州(今属河南)。当他即将离开黄州赴汝州时,他的心情是矛盾而又复杂的:既有人生失意、宦海浮沉的哀愁和依依难舍的别情,又有久惯世路、洞悉人生的旷达之怀。这种心情,十分真实而又生动地反映在此词中。

> 元丰七年四月一日,余将去黄移汝,留别雪堂邻里二三君子。会李仲览自江东来别,遂书以遗之。

> 归去来兮,吾归何处?万里家在岷峨。百年强半,来日苦无多。坐见黄州再闰,儿童尽、楚语吴歌。山中友,鸡豚社酒,相劝老东坡。　云何,当此去,人生底事,来往如梭。待闲看,秋风洛水清波。好在堂前细柳,应念我、莫剪柔柯。仍传语,江南父老,时与晒渔蓑。

小序意为:元丰七年(1084)四月一日,"我"即将离开黄州移任汝州,于是与雪堂的诸位邻里分别,创作此词。正好李仲览从江东过来与"我"话别,遂将此词书写下来送给他。

归去来兮,吾归何处?万里家在岷峨——归去吧,"我"回归到哪里去呢?"我"的家乡在万里之外的岷山与峨眉山。借用陶渊明《归去来兮辞》首句,非常贴切地表达了自己思归故里的强烈愿望。岷峨,岷山与峨眉山,代指作者的故乡。

百年强半,来日苦无多——在百年的人生旅途中,"我"已年过大半,可叹所剩时日无多。以时光易逝、人空老大的感叹,映衬出失意思乡的感情十分浓烈。

坐见黄州再闰,儿童尽、楚语吴歌——在黄州徒然见证两个闰年,儿童们尽是楚语吴歌。坐,徒然,空。见到两个闰年,恰好是五年。

山中友,鸡豚社酒,相劝老东坡——"我"在黄州山中的老朋友,每逢社日都请"我"喝酒吃肉,劝"我"老死于东坡之地。这几句细致地表现了作者与黄州百姓之间纯真质朴的情谊。

云何,当此去,人生底事,来往如梭——"我"向黄州父老解释说自己不得不到汝州,并叹息人生无定,来往如梭。

待闲看,秋风洛水清波——"我"到汝州之后,将用闲适的心情,欣赏河南的秋风,洛水的清波。

好在堂前细柳,应念我、莫剪柔柯。仍传语,江南父老,时与晒渔蓑——好在雪堂前的细柳是"我"亲手所栽,看在这一点上,请不要剪伐其柔嫩的枝柯。再恳请父老时时为"我"晒渔蓑,自己有朝一日还要重返故地,重温这段难忘的生活。以对黄州雪堂的留恋再次表达了与邻里父老之间的深厚感情。

这首词于平直中见含蓄婉曲,于温厚中透出激愤不平,于依依惜别的深情中表达出苏轼与黄州父老之间珍贵的情谊,抒发了作者坎坷不幸的人生历程中,既满怀悲苦又寻求解脱的双重心理。

满江红
寄鄂州朱使君寿昌

龙榆生《唐宋词格律》:《乐章集》、《清真集》入"仙吕调"。宋以来作者多以柳永词为准。九十三字,前片四仄韵,后片五仄韵,一般例用入声韵。声情激越,宜抒豪壮情感和恢宏襟抱,亦可酌增衬字。姜夔改作平韵……则情调俱变。

此词是作者贬居黄州期间寄给时任鄂州太守的友人朱寿昌的。

江汉西来,高楼下、蒲萄深碧。犹自带,岷峨雪浪,锦江春色。君是南山遗爱守,我为剑外思归客。对此间、风物岂无情,殷勤说。 《江表传》,君休读;狂处士,真堪惜。空洲对鹦鹉,苇花萧瑟。独笑书生争底事,曹公黄祖俱飘忽。愿使君、还赋谪仙诗,追黄鹤。

江汉西来,高楼下、蒲萄深碧。犹自带,岷峨雪浪,锦江春色——长江、汉水滚滚从西而来,黄鹤楼下的江水呈现出葡萄美酒一样的深碧之色。而在"我"看来,这江水还带有"我"家乡岷山、峨眉山的雪浪,以及锦江之春色。江汉,即长江、汉水。"蒲萄深碧",化用李白的诗句"遥看汉水鸭头绿,恰似蒲萄初酦醅",形容流经黄鹤楼前的长江水呈现出一派葡萄美酒般的深碧之色。蒲萄,即葡萄。岷峨、锦江,皆为四川山水,代指作者的家乡。

君是南山遗爱守,我为剑外思归客。对此间、风物岂无情,殷勤说——您是受人爱戴、受人尊敬的太守,"我"是思归家乡剑外的客居之人。面对此地的风土人情,岂能无动于衷,故而殷勤细说。此四句由景到人,上接岷江锦水,引动思归之情;又将黄鹤楼与赤壁矶一线相连,触发怀友之思。

《江表传》,君休读;狂处士,真堪惜——《江表传》,您就别再读了;狂处士祢衡才真正可惜啊。《江表传》,三国江左史乘。该书多记三国吴事迹,原书今已不传,散见于晋·裴松之《三国志》注中。狂处士,指恃才傲物、招致杀身之祸的祢衡。言外之意是,书生何苦与残害人才的曹操、黄祖辈纠缠,以惹祸招灾,他们虽能称雄一时,不也归于泯灭了吗?

空洲对鹦鹉,苇花萧瑟——空对鹦鹉洲,只见秋苇萧瑟,而昔人何在?鹦鹉洲,在今武汉长江之中。传说英祖之子英射在洲上大宴,祢衡在宴上献赋。

独笑书生争底事,曹公黄祖俱飘忽——可笑书生能成什么大事,连汉末曹操、黄祖那样狡诈的奸雄也都如烟尘飘忽远去了。

愿使君、还赋谪仙诗,追黄鹤——希望您超然于风高浪急的政治漩涡之外,寄意于历久不朽的文章事业,像李白那样,撰写出色的作品来追蹑前贤。

词中既景中寓情,关照友我双方,又开怀倾诉,谈古论今。作者用直抒胸臆的方式表情达意,既表现出朋友间的深厚情谊,又于发自肺腑的议论中袒露自己的内心世界。词中寓情于景,寓情于事,言直意纤,表达出苍凉悲慨、郁勃难平的激情。全词大开大阖,境界豪放,议论纵横,显示出豪迈雄放的风格与严密的章法结构的统一。

归朝欢
和苏坚伯固

康熙《御定词谱》:《乐章集》注:夹钟商。辛弃疾词有"菖蒲自照清溪绿"句,名《菖蒲绿》。

此词作于绍圣元年(1094)七月,是作者为酬赠阔别多年后又不期而遇的老友苏坚(字伯固)而作。

我梦扁舟浮震泽,雪浪摇空千顷白。觉来满眼是庐山,倚天无数开青壁。此生长接淅,与君同是江南客。梦中游、觉来清赏,同作飞梭掷。　　明日西风还挂席,唱我新词泪沾臆。灵均去后楚山空,澧阳兰芷无颜色。君才如梦得,武陵更在西南极。《竹枝词》、莫徭新唱,谁谓古今隔。

我梦扁舟浮震泽,雪浪摇空千顷白。觉来满眼是庐山,倚天无数开青壁——"我"曾梦见与你共同乘舟于太湖,雪白的浪花一望无际。梦醒之后满眼是庐山的倚天之峰。写作者与伯固同游庐山的所见所感。震泽,即太湖。

此生长接淅,与君同是江南客——咱俩一生行色匆匆,都是江南的过客。这是作者宦海浮沉的生动概括。接淅,本于《孟子·万章下》:"孔子之去齐,接淅而行。"后指行色匆匆。

梦中游、觉来清赏,同作飞梭掷——迷离幻象、湖山清景,俱如飞梭过眼,转瞬即逝了。

明日西风还挂席,唱我新词泪沾臆。灵均去后楚山空,澧阳兰芷无颜色——这四句是对伯固的勉励。意思是随着西去的征帆,作者心随帆驶,由地及人,联想到在澧阳行吟漂泊过的屈原,那里的香草也因为伟人的逝去而憔悴无华了,隐约地流露出希望苏坚追踵前贤,能写出使山川增色的作品来。灵均,即屈原。屈原《离骚》:"名余曰正则兮,字余曰灵均。"

君才如梦得,武陵更在西南极。《竹枝词》、莫徭新唱,谁谓古今隔——这四句是正面提出期望:你的才华不比梦得逊色,他谪居的武陵在离这里很远的西南方,又和你所要去的澧阳同是莫徭聚居之地,到了那边便可接续刘梦得的馀风,创作出可与刘禹锡的《竹枝词》相媲美的"莫徭新唱"来,让这个寂寞已久的澧浦夷山,能重新奏响诗的合唱,与千古名贤相互辉映。"谁谓古今隔",语出东晋·谢灵运《七里濑》诗:"谁谓古今殊,异代可同调。"梦得,指唐代诗人刘禹锡。

　　此词以雄健的笔调,营造出纯真爽朗、境界阔大、气度昂扬的词境,抒写了作者的浩逸襟怀。全词气象宏阔,情致高健,堪称苏词中抒写离别的代表之作。这首词横放而不失空灵,直抒胸臆而又不流于平直,是一篇独具匠心的佳作。

木兰花令
次欧公西湖韵

　　龙榆生《唐宋词格律》:其名《木兰花令》者,《乐章集》入"仙吕调",前后片各三仄韵(平仄句式与《玉楼春》全同,但《乐章集》以《玉楼春》入"大石调",似又有区别)。
　　这首词是苏轼五十六岁时为怀念恩师欧阳修而作。

　　　　霜馀已失长淮阔,空听潺潺清颍咽。佳人犹唱醉翁词,四十三年如电抹。　　草头秋露流珠滑,三五盈盈还二八。与余同是识翁人,惟有西湖波底月!

　　霜馀已失长淮阔,空听潺潺清颍咽——淮河已失去盛水季节那种宏阔的气势,颍水潺潺,如泣如诉。霜馀,指深秋。
　　佳人犹唱醉翁词,四十三年如电抹——"醉翁词"是指欧阳修从知颍州到晚年退休居颍时所作词(如组词〔采桑子〕等),当时以其疏隽雅丽的独特风格盛传于世。数十年之后,歌女们仍在传唱,足见"颍人思公"。苏轼这次来颍州(今属河南),上距欧公知颍州已四十三年了,岁月流逝,真如电光一闪而过。
　　草头秋露流珠滑,三五盈盈还二八——草上的秋露像流动的珠子一样一滑而过,岁月也如此,昨天还是十五月圆(三五),今天就是十六(二八)。"三五盈盈还二八",借用谢灵运《怨晓月赋》"昨三五兮既满,今二八兮将缺",喻生命短促,人生无常。
　　与余同是识翁人,惟有西湖波底月——自欧公知颍州以后四十三年,不特欧公早逝,即使当年识翁之人,今存者亦已无多,眼前者,只有"我"和西湖波底之月而已。

这首词委婉深沉,清丽凄恻,情深意长,空灵飘逸,语出凄婉,幽深的秋景与心境浑然一体。结尾写波底之月,以景结情,传达出因月光之清冷孤寂而生的悲凉伤感。全词于一派淡泊、凄清的秋水月色中化出淡淡的思念和叹惋,因景而生怀人之情,悲叹人生无常,令人感慨万千,怅然若失。

临江仙
送钱穆父

龙榆生《唐宋词格律》:双调小令,唐教坊曲。《乐章集》入"仙吕调"。《张子野词》入"高平调"。五十八字,上下片各三平韵。约有三格,第三格增二字。柳永演为慢曲,九十三字,前片五平韵,后片六平韵。

这首词是宋哲宗元祐六年(1091)春苏轼知杭州时,为送别自越州(今浙江绍兴)北徙途经杭州的老友钱穆父(名勰)而作。

　　一别都门三改火,天涯踏尽红尘。依然一笑作春温。无波真古井,有节是秋筠。　　惆怅孤帆连夜发,送行淡月微云。樽前不用翠眉颦。人生如逆旅,我亦是行人。

一别都门三改火,天涯踏尽红尘。依然一笑作春温——岁月如流,钱穆父与"我"此次杭州重聚,已是别后的第三个年头了。三年来,穆父奔走天涯,踏尽红尘。分别虽久,可情谊弥坚,相见欢笑,犹如春天般温暖。改火,古代钻木取火,四季所用树木种类不同,故名。此处用以比喻时节改易。

无波真古井,有节是秋筠——更为可喜的是友人与"我"都能以道自守,保持耿介风节。白居易《赠元稹》诗云:"无波古井水,有节秋竹竿。"

惆怅孤帆连夜发,送行淡月微云。樽前不用翠眉颦——"我"与友人分别时虽然抑郁无欢,但哀愁很快转为旷达豪迈,送行之时,但见淡月微云,不见离愁别恨。劝告离宴中歌舞相伴的歌妓用不着为离别而哀怨。

人生如逆旅,我亦是行人——其实人生如寄,人人都是天地间的过客,"我"

也如此,又何必计较眼前聚散和江南江北呢?

本词一改以往送别诗词缠绵感伤、哀怨愁苦或慷慨悲凉的格调,创新意于法度之中,寄妙理于豪放之外,议论风生,直抒性情,写得既有情韵,又富理趣,充分体现了作者旷达洒脱的个性风貌。词人对老友的眷眷惜别之情,写得深沉细腻,婉转回环,一波三折,动人心弦。

苏轼一生虽积极入世,具有鲜明的政治理想和政治主张,但另一方面又受老庄及佛家思想影响颇深,每当官场失意、处境艰难时,他总能"游于物之外","无所往而不乐",以一种恬淡自安、娴雅自适的态度来应对外界的纷纷扰扰,表现出超然物外、随遇而安的旷达、洒脱情怀。

临江仙
送王缄

治平二年(1065),苏轼的妻子王弗染病身亡。归葬眉山十年后,妻弟王缄到钱塘看望苏轼。百感交集之下,苏轼写下了这首词。

忘却成都来十载,因君未免思量。凭将清泪洒江阳。故山知好,孤客自悲凉。　　坐上别愁君未见,归来欲断无肠。殷勤且更尽离觞。此身如传舍,何处是吾乡。

忘却成都来十载,因君未免思量。凭将清泪洒江阳——"忘却"不过是为了摆脱悲痛的缠绕,但是王缄的到来,一下子勾起了"我"往日的回忆;日渐平复的感情创伤重又陷入了极度的痛楚之中。

故山知好,孤客自悲凉——这两句是作者嘱托妻弟:今日送别,请你将"我"的伤心之泪带回家乡,洒向江头一吊。

坐上别愁君未见,归来欲断无肠。殷勤且更尽离觞——这次相见之前及相见之后,愁肠皆已断尽,以后虽再遇伤心之事,亦已无肠可断了。借酒浇愁,排遣离怀,只是无可奈何。

此身如传舍,何处是吾乡——身如传舍,归乡无望。看似彻悟,实则悲痛已极。传舍,古时供来往行人休止住宿的处所。

此词将送别的惆怅、悼亡的悲痛、政治的失意、乡思的愁闷交织于一起，表达了词人极度伤感悲苦的心绪。苏轼当时因为与变法派政见不合而被迫到杭州任通判，内心本来就有一种压抑、孤独之感，眼下与乡愁、旅思及丧妻之痛搅混一起，其心情之坏，更是莫可名状了。

临江仙

这首词作于神宗元丰五年(1082)，即东坡黄州之贬的第三年。全词风格清旷而飘逸，写作者深秋之夜于东坡雪堂开怀畅饮，醉后返归临皋住所的情景，表现了词人退避社会、厌弃尘世的人生态度和要求彻底解脱的出世思想。

夜饮东坡醒复醉，归来仿佛三更。家童鼻息已雷鸣。敲门都不应，倚杖听江声。　　长恨此身非我有，何时忘却营营？夜阑风静縠纹平。小舟从此逝，江海寄馀生。

夜饮东坡醒复醉，归来仿佛三更。家童鼻息已雷鸣。敲门都不应，倚杖听江声——在东坡彻夜欢饮，醉而复醒，醒而复醉，当回临皋寓所时，自然很晚了。家童鼻息如雷，作者则谛听江声。描绘出夜静人寂的境界。

长恨此身非我有，何时忘却营营——经常遗憾身非已有，到何时才能忘却纷纷扰扰的俗世？以一种透彻了悟的哲理思辨，发出了对整个宇宙、人生、社会的怀疑、厌倦、无所希冀、无所寄托的深沉喟叹。

夜阑风静縠纹平。小舟从此逝，江海寄馀生——面对此景，词人心与景会，神与物游，情不自禁地产生脱离现实社会的浪漫主义的遐想，要趁此良辰美景，驾一叶扁舟，随波流逝，任意东西，他要将自己有限的生命融化于无限的大自然之中。縠(hú)纹，指江水平静，波纹如縠(有绉纹的纱)。

苏东坡政治上受到沉重打击之后，思想几度变化，由入世转向出世，追求一种精神自由、合乎自然的人生理想。他复杂的人生观中，由于杂有某些老庄思想，因而于痛苦的逆境中形成了旷达不羁的性格。"小舟从此逝，江海寄馀生"，这馀韵深长的歇拍，表达出词人潇洒如仙的旷达襟怀，是他不满世俗、向往自由的心声。

宋代叶梦得《避暑录话》中记载，苏轼作了此词之后，人们传说他"挂冠服江边，乘舟长啸去矣。郡守徐君猷闻之惊且惧，以为州失罪人，急命驾往谒，则子瞻鼻鼾如雷，犹未醒也"。这则传说，生动地反映了苏轼追求超脱而未能的人生遭际。

西江月

龙榆生《唐宋词格律》：又名〔步虚词〕、〔江月令〕。唐教坊曲，《乐章集》《张子野词》并入"中吕宫"。清季敦煌发现唐琵琶谱，犹存此调，但虚谱无词。兹以柳永词为准。五十字，上下片各两平韵，结句各叶一仄韵。沈义父《乐府指迷》："〔西江月〕起头押平声韵，第二、第四句就平声切去，押侧声韵，如平韵押'东'字，侧声须押'董'、'冻'字方可。"

这首词反映了作者谪居后的苦闷心情，词调较为低沉、哀婉，充满了人生空幻的深沉喟叹。具体写作年代，大概是在元丰三年(1080)。

世事一场大梦，人生几度新凉。夜来风叶已鸣廊，看取眉头鬓上。　　酒贱常愁客少，月明多被云妨。中秋谁与共孤光，把盏凄然北望。

世事一场大梦，人生几度新凉——世事如同一场大梦，人的一生中经历过几次春暖秋凉，便届年迈。包含了不堪回首的辛酸往事，还概括了对整个人生纷纷扰扰究竟有何目的和意义这一问题的怀疑、厌倦和企求解脱与舍弃的思想。

夜来风叶已鸣廊，看取眉头鬓上——昨天晚上风吹树叶之声响于长廊，对此岂不愁上眉头？进一步写出了因时令风物而引起的人生惆怅。

酒贱常愁客少，月明多被云妨——酒肆中酒价本来就低，常常发愁客人稀少；而明亮的月亮则大多被乌云笼罩。前句委婉地点出作者遭贬斥后势利小人避之如水火的情形；"月明多被云妨"，隐喻奸人当道，排斥善类，忠而被谤，因谗遭贬。

中秋谁与共孤光，把盏凄然北望——中秋之夜谁与"我"一同面对孤独的月光？"我"只好手持酒杯，凄然北望故乡的亲人。这两句所包含的情感非常丰富：有对故乡亲人的无限思念，有对国事的忧虑和对群小当道的愤懑，有渴望朝廷理解、重用的深意，也有难耐的孤寂落寞和不被世人理解的苦痛凄凉。

新评

以景寓情，情景交融，是这首中秋词的艺术特色。全词通过对新凉风叶、孤光明月等景物的描写，将吟咏节序与感慨身世、抒发悲情紧密地结合起来，由秋思及人生，触景生情，感慨悲歌，情真意切，令人回味无穷。

西江月

题解

这首寄情山水的词，作于苏轼贬谪黄州期间。作者在词中描绘出一个物我两忘、超然物外的境界，把自然风光和自己的感受融为一体，诗情画意中表现了其心境的淡泊、快适，抒发了他乐观、豁达、以顺处逆的襟怀。

　　春夜行蕲水中，过酒家饮，酒醉，乘月至一溪桥上，解鞍，曲肱醉卧少休。及觉已晓，乱山攒拥，流水锵然，疑非尘世也。书此语桥柱上。

　　照野弥弥浅浪，横空暧暧层霄。障泥未解玉骢骄，我欲醉眠芳草。可惜一溪风月，莫教踏碎琼瑶。解鞍欹枕绿杨桥，杜宇数声春晓。

新解

　　小序意为：春日之夜行于蕲春，路过酒家欢饮，酒醉。乘着月色到了一座溪桥之上，解开鞍辔，弯曲胳膊醉卧，稍事休息。等到醒来天已大亮，只见乱山攒拥，只听流水锵然，怀疑不是尘世。于是将此词写在桥柱之上。蕲(qí)，地名。今湖北蕲春。

　　照野弥弥浅浪，横空暧暧层霄——放眼望去，弥漫的都是浅浅的浪花；天空中层云横陈。作者这两句意在铺叙其所处的时地环境。弥弥，水盛的样子；层霄，即层云。

　　障泥未解玉骢骄，我欲醉眠芳草——这两句写作者因景生情，欲野游，醉眠芳草，放松身心。障泥，是用锦或布制作的马荐，垫于马鞍之下，一直垂到马腹两边，以遮尘土。《世说新语·术解》：王武子善解马性，尝乘一马，着连钱障泥，前有水，终日不肯渡。王云："此必是惜障泥。"使人解去，便径渡。

　　可惜一溪风月，莫教踏碎琼瑶——这两句写作者爱惜夜月水色的心情，以至又生不忍打扰之情。可惜，可爱的意思。琼瑶，指美玉，这里比喻皎洁的水上月色。

　　解鞍欹枕绿杨桥，杜宇数声春晓——这两句写词人用马鞍作枕，倚靠着它斜卧绿杨桥上小憩。此时,杜宇声声传来,作者睁眼一看,天竟然大亮了。

作者以空山明月般澄澈空灵的心境,描绘出一幅富有诗情画意的月夜人间仙境图,把自己的身心完全融化到大自然中,忘却了世俗的荣辱得失和纷纷扰扰,表现了自己与造化神游的畅适愉悦,读来回味无穷,令人神往。

鹧鸪天

龙榆生《唐宋词格律》:又名〔思佳客〕。五十五字,前后片各三平韵,前片第三、四句与过片三言两句多作对偶。

此词为东坡贬谪黄州时所作,是他当时乡间幽居生活的写照。词中所表现的,是作者雨后游赏的欢快与闲适的心境。

> 林断山明竹隐墙,乱蝉衰草小池塘。翻空白鸟时时见,照水红蕖细细香。　村舍外,古城旁,杖藜徐步转斜阳。殷勤昨夜三更雨,又得浮生一日凉。

林断山明竹隐墙,乱蝉衰草小池塘——远处郁郁葱葱的树林尽头,有高山耸入云端,清晰可见;近处丛生的翠竹,像绿色的屏障,围护墙院。小小一方池塘周围,是衰败的草丛中乱叫的蝉虫。

翻空白鸟时时见,照水红蕖细细香——辽阔的天空,不时地能看到白鸟飞上飞下,自由翱翔。满池荷花,映照绿水,散发出柔和的芳香。

村舍外,古城旁,杖藜徐步转斜阳。殷勤昨夜三更雨,又得浮生一日凉——"我"于太阳西下时手拄藜杖在古城旁缓步游赏,恰好昨夜三更时分,天公饶有情意似的下了一场好雨,使得"我"又度过了凉爽的一天。"浮生"二字表明作者对人生如梦的感悟。

这首词先写作者游赏时所见村景,接着才点明词中所写之游赏和游赏所见均因昨夜之雨而引起,抒发自己雨后得新凉的喜悦。这种写法,避免了平铺直叙,读来婉转蕴藉,回味无穷。

定风波

龙榆生《唐宋词格律》：一作〔定风波令〕。唐教坊曲。《张子野词》入"双调"，六十二字，上片三平韵，错叶二仄韵，下片二平韵，错叶四仄韵。《乐章集》演为慢词，一入"双调"，一入"林钟商"，并全用仄韵。兹附九十九字一种，前片六仄韵，后片七仄韵。

此词作于苏轼黄州之贬后的第三个春天。它通过野外途中偶遇风雨这一生活中的小事，于简朴中见深意，于寻常处生奇警，表现出旷达超脱的胸襟，寄寓着超凡超俗的人生理想。

三月七日，沙湖道中遇雨。雨具先去，同行皆狼狈，余独不觉。已而遂晴，故作此。

莫听穿林打叶声，何妨吟啸且徐行。竹杖芒鞋轻胜马，谁怕？一蓑烟雨任平生。　料峭春风吹酒醒，微冷，山头斜照却相迎。回首向来萧瑟处，归去，也无风雨也无晴。

小序意为：三月七日，在沙湖道中遇到风雨。雨具先人而去，同行的人都觉得狼狈不堪，只有"我"不以为然。不久即晴朗，所以创作此词。

莫听穿林打叶声，何妨吟啸且徐行——不要一听到雨水穿林打叶的声音就害怕，不妨欣赏一下雨景，边走边吟啸。一方面渲染出雨骤风狂，另一方面又以"莫听"二字点明外物不足萦怀之意。作者雨中照常舒徐行步，表现出一丝挑战色彩，呼应小序"同行皆狼狈，余独不觉"。

竹杖芒鞋轻胜马，谁怕？一蓑烟雨任平生——"我"手拄竹杖，脚穿芒鞋，轻快胜过骑马，有谁使"我"害怕呢？一蓑烟雨，度过此生。词人竹杖芒鞋，顶风冲雨，从容前行，以"轻胜马"的自我感受，传达出一种搏击风雨、笑傲人生的轻松、喜悦和豪迈之情。"一蓑烟雨任平生"，则由眼前风雨推及整个人生，有力地强化了作者面对人生的风风雨雨而我行我素、不畏坎坷的超然情怀。

料峭春风吹酒醒，微冷，山头斜照却相迎。回首向来萧瑟处，归去，也无风雨也无晴——雨过天晴后，"我"被山风吹醒了酒，浑身一抖，恰好望见山头斜照。回头再看先前的风雨萧瑟处，十分坦然。面对归途，管它是风雨还是晴朗呢！篇末吟出饱含人生哲理意味的"回首向来萧瑟处,归去,也无风雨也无晴"的名句来,自然界的雨晴既属寻常,社会人生中的政治风云、荣辱得失又何足挂齿?

纵观全词,一种醒醉全无、无喜无悲、宠辱皆忘的人生哲学和处世态度呈现在读者面前。读罢此词,对于人生的沉浮、情感的忧乐,我们自会有一番全新的体悟。

定风波

苏轼的好友王巩(字定国)因受"乌台诗案"牵连,被贬谪到地处岭南荒僻之地的宾州。王定国受贬时,其歌女柔奴毅然随行到岭南。元丰六年(1083)王巩北归,出柔奴为苏轼劝酒。苏问及广南风土,柔奴答以"此心安处,便是吾乡"。苏轼听后,大受感动,作此词以赞。词中以简洁流畅的语言,凝练而又传神地刻画了柔奴外表与内心相统一的美好品性,也抒发了作者政治逆境中随遇而安、无往不快的旷达襟怀。

  王定国歌儿曰柔奴,姓宇文氏,眉目娟丽,善应对,家世住京师。定国南迁归,余问柔:"广南风土,应是不好?"柔对曰:"此心安处,便是吾乡。"因为缀词云。

  常羡人间琢玉郎,天应乞与点酥娘。自作清歌传皓齿,风起,雪飞炎海变清凉。 万里归来年愈少,微笑,笑时犹带岭梅香。试问岭南应不好?却道,此心安处是吾乡。

小序意为:王定国的歌女叫柔奴,姓宇文,长得眉目娟丽,善于应对,全家世居京城。王定国从南方贬所回归,"我"问随他前行的柔奴:广南一带的风土人情好不好呢?"柔奴回答道:"此心安处,便是我的家乡。""我"于是有感而发,创作此词。

  常羡人间琢玉郎,天应乞与点酥娘——这两句描绘柔奴的天生丽质、晶莹俊秀。

  自作清歌传皓齿,风起,雪飞炎海变清凉——柔奴能自作歌曲,清亮悦耳的歌声从她芳洁的口中传出,令人感到如同风起雪飞,使炎暑之地一变而为清凉之乡,使政治上失意的主人变忧郁苦闷、浮躁不宁而为超然旷放、恬静安详。

万里归来年愈少，微笑，笑时犹带岭梅香——岭南艰苦的生活她甘之如饴，心情舒畅，归来后容光焕发，更显年轻，微笑之时如同带有岭南之梅的芳香。岭梅，指大庾岭(今属广东)上的梅花。

试问岭南应不好？却道，此心安处是吾乡——"我"问她岭南好不好，她却答道："此心安处，便是吾乡。"最后写到词人和她的问答。白居易《初出城留别》中有"我生本无乡，心安是归处"，《种桃杏》中有"无论海角与天涯，大抵心安即是家"等语。

这首词不仅刻画了歌女柔奴的姿容和才艺，而且着重歌颂了她的美好情操和高洁人品。柔中带刚，情理交融，空灵清旷，细腻柔婉，是这首词的风格所在。"此心安处，便是吾乡"，有着词人的个性特征，完全是苏东坡式的警语。它歌颂柔奴随缘自适的旷达与乐观，同时也寄寓着作者自己的人生态度和处世哲学。

少年游
润州作，代人寄远

【题解】

龙榆生《唐宋词格律》：《乐章集》、《张子野词》入"林钟商"，《清真集》分入"黄钟"、"商调"，后片有出入，兹以柳永词为定格。五十字，前片三平韵，后片二平韵。苏轼、周邦彦、姜夔三家又各为别格，五十一字，前后片各两平韵。

宋神宗熙宁七年(1074)三月底、四月初，任杭州通判的苏轼因赈济灾民而远至润州(今江苏镇江)时，为寄托自己对妻子的思念之情，写下了这首词。此词是作者假托妻子居杭思己之作，含蓄婉转地表现了夫妻双方的一往情深。

去年相送，馀杭门外，飞雪似杨花。今年春尽，杨花似雪，犹不见还家。　　对酒卷帘邀明月，风露透窗纱。恰似姮娥怜双燕，分明照、画梁斜。

去年相送，馀杭门外，飞雪似杨花。今年春尽，杨花似雪，犹不见还家——《诗经·采薇》："昔我往矣，杨柳依依；今我来思，雨雪霏霏。"此处化用其意，意谓去年冬天相送时，原以为此次行役的时间不长，可如今春天已尽，杨花飘絮，仍不见人归来。

对酒卷帘邀明月,风露透窗纱。恰似姮娥怜双燕,分明照、画梁斜——卷起帘子引明月做伴,可是风露又乘隙而入,透过窗纱,扑入襟怀。妻子孤寂地思念丈夫,恰似月宫孤寂的姮娥一样,怜爱双栖的燕子,把她的光辉与柔情斜斜地洒向那画梁上的燕巢。姮(héng)娥,即嫦娥。

"雪似杨花"、"杨花似雪"两句,比拟既工,语亦精巧,可谓推陈出新的绝妙好辞。将"姮娥"与思妇类比,以虚衬实,以虚证实,衬托女主人公的孤寂无伴;又以对比衬托法,通过描写双燕相伴的画面,反衬出天上孤寂无伴的姮娥和梁下孤寂无伴的思妇之孤苦凄冷,也是相当高超的艺术手法。

南歌子
游　赏

龙榆生《唐宋词格律》:又名〔南柯子〕、〔风蝶令〕。唐教坊曲,《金奁集》入"仙吕宫",廿六字,三平韵。例以对句起。宋人多用同一格式重填一片,谓之"双调"。这首词写的是杭州的游赏之乐,但并非写全杭州或全西湖,而是写宋时杭州名胜十三楼。

　　山与歌眉敛,波同醉眼流。游人都上十三楼,不羡竹西歌吹古扬州。　　菰黍连昌歜,琼彝倒玉舟。谁家水调唱歌头。声绕碧山飞去晚云留。

山与歌眉敛,波同醉眼流——歌女眉头黛色浓聚,就像远处苍翠的山峦;醉后眼波流动,就像湖中的潋滟水波。

游人都上十三楼,不羡竹西歌吹古扬州——凡是来游西湖的人,没有不上十三楼的;只要一上十三楼,就不会再羡慕古代扬州的竹西亭了,也就是说,十三楼并不比竹西亭逊色。

菰黍连昌歜,琼彝倒玉舟——宴会上的糕点和美酒数不胜数。前句指宴会上用的糕点,"彝"为贮酒器,"玉舟"即酒杯,意为漂亮的酒壶,不断地往杯中倒酒。

谁家水调唱歌头。声绕碧山飞去晚云留——不知谁家唱起了水调一曲,歌喉婉转,音调悠扬,情满湖山,最后飘绕着近处的碧山而去,而傍晚的云彩却不肯流动,仿佛是被歌声所吸引而留步。

此词以写十三楼为中心,但并没有将这一名胜的风物作细致的刻画,而是用写意的笔法,着意描绘听歌、饮酒等雅兴豪举,烘托出一种与大自然同化的精神境界,给人一种飘然欲仙的愉悦之感;同时,对比手法的运用也为此词增色不少,十三楼的美景就是通过与竹西亭的对比而凸显出来的,省了很多笔墨,却增添了强烈的艺术效果。此外,移情的作用也不可小看。作者利用歌眉与远山、目光与水波的相似,赋予远山和水波以人的感情,创出"山与歌眉敛,波同醉眼流"这一极为迷人的艺术佳境。晚云为歌声而留步,自然也是一种移情,耐人品味。

南乡子
梅花词和杨元素

龙榆生《唐宋词格律》:唐教坊曲。《金奁集》入"黄钟宫"。二十七字,两平韵,三仄韵。五代人词略有增减字数者。南唐改作平韵体,《张子野词》入"中吕宫",重填一片,五十六字,上下片各四平韵。宋以后多遵用之。

本词写于苏轼任杭州通判的第四年即熙宁七年(1074)初春,是作者与时任杭州知州的杨元素相唱和的作品。

寒雀满疏篱,争抱寒柯看玉蕤。忽见客来花下坐,惊飞,踏散芳英落酒卮。　痛饮又能诗,坐客无毡醉不知。花尽酒阑春到也,离离,一点微酸已著枝。

寒雀满疏篱,争抱寒柯看玉蕤——冰雪中熬了一冬的寒雀,翔集梅花周围,瞅准空档,便争相飞上枝头,好像要细细观赏花朵似的。

忽见客来花下坐,惊飞,踏散芳英落酒卮——它们迷花恋枝,不忍离去,客来花下,尚未觉察,直至客人坐定酌酒,方始觉之,而惊飞之际,不慎踏散芳英,又恰恰落入酒杯之中。卮(zhī),酒杯。

痛饮又能诗,坐客无毡醉不知——杨元素才调不凡,门下自无俗客。诗、酒二事,此中人原是人人来得,不过这次有梅花助兴,饮兴、诗情便不同于往常。坐客无毡则寒,而主人如今饮兴正酣,故不复知。

花尽酒阑春到也——这句非指一次宴集时间如许之长,而是指自梅花开后,此等聚会,殆无虚日。

离离,一点微酸已著枝——这两句重新归结到梅,但寒柯玉蕤,已为满枝青梅所取代。

此词既不句句粘着梅花上,也未尝有一笔不写梅花,可谓不即不离,妙合无垠。词中未正面描写梅花的姿态、神韵与品格,而采用了侧面烘托的办法来加以表现,显示了词人高超的艺术表现技巧。

南乡子
送述古

熙宁七年(1074)七月,苏轼任杭州通判时的同僚与好友陈襄(字述古)移守南都(今河南商丘),苏轼追送其至临平(今馀杭),写下了这首情真意切的送别词。

回首乱山横,不见居人只见城。谁似临平山上塔,亭亭,迎客西来送客行。 归路晚风清,一枕初寒梦不成。今夜残灯斜照处,荧荧,秋雨晴时泪不晴。

回首乱山横,不见居人只见城——回头眺望,只见乱山横陈,看不到人,只能看到城。起首两句写词人对陈襄的离去特别恋恋不舍,一送再送,直到回头不见城中的人影。

谁似临平山上塔,亭亭,迎客西来送客行——谁能像临平山上的塔一般,亭亭玉立,木然地迎来西方的客,又送走东行之人。写临平山上的塔,意喻词人不像亭亭耸立的塔,能目送友人远去,所以深感遗憾,又反映了词人不像塔那样无动于衷地迎客西来复送客远去。

归路晚风清,一枕初寒梦不成——归途中晚风凄清,枕上初寒,"我"因思念友人而夜不成眠。

今夜残灯斜照处,荧荧,秋雨晴时泪不晴——残灯斜照,微光闪烁,秋雨之后是天晴,而"我"的念友之泪却流个不停。这些意象的组合拼接,营造出一种清冷孤寂的氛围,更加烘托出作者凄凉孤寂的心境。

这首词艺术上的特色主要是将山塔、秋雨拟人化,赋予作者自身的感情和心绪,将无生命的景物写活。这种手法,表现出词人不凡的功力。末句"秋雨晴时泪不晴",用两个"晴"字把雨和泪联系起来,比喻贴切而新颖,加强了作者思念之苦的表达效果,读来扣人心扉,令人叹惋不已。

南乡子
集　句

选取前人成句合为一篇叫集句。这本是诗之一体,始见于西晋·傅咸《七经诗》。宋代自石延年、王安石到文天祥,都喜为集句诗,而以文天祥《集杜诗》二百篇最为著名。王安石以集句为词,开词中集句一体。苏轼作有〔南乡子〕《集句》三首,这是其中的第二首,词中所集皆唐人诗句。详审词意,当作于贬谪黄州时期。

　　怅望送春杯(杜牧),渐老逢春能几回(杜甫)。花满楚城愁远别(许浑),伤怀。何况清丝急管催(刘禹锡)。　　吟断望乡台(李商隐),万里归心独上来(许浑)。景物登临闲始见(杜牧),徘徊。一寸相思一寸灰(李商隐)。

　　怅望送春杯,渐老逢春能几回——怅望着送春之酒,撩起了比酒更浓的伤春之情。

　　花满楚城愁远别,伤怀。何况清丝急管催——落花满城,离愁满怀,伤心人别有怀抱,更何况酒筵上清丝急管之音乐,只能加重难以为怀之悲哀。

　　吟断望乡台,万里归心独上来——登临高台,一抒望乡之情。此为吟诗所不能表达的,故而"吟断"。人穷则思返本,何况南迁愈远离故国。

　　景物登临闲始见,徘徊。一寸相思一寸灰——徘徊于台上,春景如画。然而,君门不可通,故国不可还,两般相思,一样成灰。

　　词中所取唐人诗句无一不切合词人当下之情境、命运、心态,既经其灵气融通,遂焕然而为一新篇章,具一新生命。集句为词,信手拈来,浑然天成,如自己出,是此词又一特色。东坡这首集句词之成功,足见其博学强识,更足见其思想之自由灵活。

南乡子
重九涵辉楼呈徐君猷

这首词是苏轼贬谪黄州期间,于元丰五年(1082)重阳日,在郡中涵辉楼宴席上为黄州知州徐君猷而作。

霜降水痕收,浅碧鳞鳞露远洲。酒力渐消风力软,飕飕,破帽多情却恋头。　佳节若为酬?但把清樽断送秋。万事到头都是梦,休休,明日黄花蝶也愁。

霜降水痕收,浅碧鳞鳞露远洲——霜降之后的深秋时节,水浅而明,江心之沙洲都露出来了。此为创作这首词的背景。"鳞鳞",水泛微波,似鱼鳞状;"露远洲",水位下降,露出江心的沙洲。

酒力渐消风力软,飕飕,破帽多情却恋头——站在亭台之上,于微风中酒醒,感受到自己被贬的处境,却泰然处之。"酒力渐消",皮肤敏感,故觉有"风力"。而风本甚微,故觉其"力软"。风力虽软,却仍觉有"飕飕"凉意。也正因为风力很软,所以才不至于落帽。此处反用晋代名士孟嘉落帽之典故,说破帽对他的头很有感情,不管风怎样吹,抵死不肯离开。

佳节若为酬?但把清樽断送秋——适逢佳节,何以为酬?只好举杯打发走秋天。化用杜牧《重九齐山登高》诗"但将酩酊酬佳节,不用登临怨落晖"句意。"断送",此即打发走之意。

万事到头都是梦,休休,明日黄花蝶也愁——世上万事到头来都是一场梦,算了吧,到明日黄花满地,蝴蝶也生惆怅。首句化用唐·潘阆"万事到头都是梦,休嗟百计不如人"句意。第三句反用唐·郑谷咏《十日菊》中"节去蜂愁蝶不知,晓庭还绕折残枝"句意。

"万事到头都是梦,休休",这与苏轼别的词中所发出的"人间如梦"、"世事一场大梦"、"未转头时皆梦"、"古今如梦,何曾梦觉"、"君臣一梦,古今虚名"等慨叹异曲同工,表现了苏轼后半生的生活态度。在他看来,世间万事,皆是梦境,转眼成空;荣辱得失、富贵贫贱,都是过眼云烟;世事的纷纷扰扰,不必耿耿于怀。如果命运不允许自己有为,就饮酒作乐,终老馀生;如有机会一展抱负,就努力为之。这种进取与退隐、积极与消极的矛盾心理,在词中得到了集中体现。

望江南
超然台作

【题解】

龙榆生《唐宋词格律》:〔忆江南〕,又名〔望江南〕、〔梦江南〕、〔江南好〕。《金奁集》入"南吕宫"。段安节《乐府杂录》:"〔望江南〕始自朱崖李太尉(德裕)镇浙日,为亡妓谢秋娘所撰。本名〔谢秋娘〕,后改此名。"廿七字,三平韵。中间七言二句宜对偶。第二句亦有添一衬字者。宋人多用双调。

宋神宗熙宁七年(1074)秋,苏轼由杭州移守密州(今山东诸城)。次年八月,他命人修葺城北旧台,并由其弟苏辙题名"超然",取《老子》"虽有荣观,燕处超然"之义。熙宁九年(1076)暮春,苏轼登超然台,眺望春色烟雨,触动乡思,写下此作。

春未老,风细柳斜斜。试上超然台上看,半壕春水一城花。烟雨暗千家。　　寒食后,酒醒却咨嗟。休对故人思故国,且将新火试新茶。诗酒趁年华。

春未老,风细柳斜斜——春天尚未到头,微微春风中,柳条斜斜。以春柳在春风中的姿态——"风细柳斜斜",点明当时的季节特征:春已暮而未老。

试上超然台上看,半壕春水一城花——试着登上超然台眺望,只见春水半壕,满城皆花。这两句直说登临远眺,而"半壕春水一城花",句中设对,以春水、春花,将眼前图景铺排开来。

烟雨暗千家——上片以"烟雨暗千家"作结,居高临下,说烟雨笼罩着千家万户。

寒食后,酒醒却咨嗟——这两句触景生情,意为:寒食过后,正是清明节,应当返乡扫墓。

休对故人思故国,且将新火试新茶——但是,此时却欲归而归不得,为摆脱思乡之苦,只能借煮茶来自我排遣对故国的思念之情。

诗酒趁年华——进一步申明：必须超然物外，忘却尘世间的一切，抓紧时机，借诗酒以自娱。

这首豪迈与婉约相兼的词，通过春日景象和作者感情、神态的复杂变化，表达了词人豁达超脱的襟怀和"用之则行，舍之则藏"的人生态度。这首词情由景发，情景交融。词中浑然一体的斜柳、楼台、春水、城花、烟雨等暮春景象，以及烧新火、试新茶的细节，细腻、生动地表现了作者细微而复杂的内心活动，表达了游子炽烈的思乡之情。将写异乡之景与抒思乡之情结合得如此天衣无缝，足见作者艺术功力之深。

贺新郎
夏　景

龙榆生《唐宋词格律》：又名〔金缕曲〕、〔乳燕飞〕、〔貂裘换酒〕。传以《东坡乐府》所收为最早，惟句逗平仄，与诸家颇多不合。因以《稼轩长短句》为准。一百十六字，前后片各六仄韵。大抵用入声部韵者较激壮，用上、去声部韵者较凄郁，贵能各适物宜耳。

这是一首抒写闺怨的双调词。

乳燕飞华屋，悄无人、桐阴转午，晚凉新浴。手弄生绡白团扇，扇手一时似玉。渐困倚、孤眠清熟。帘外谁来推绣户？枉教人梦断瑶台曲。又却是、风敲竹。　　石榴半吐红巾蹙，待浮花浪蕊都尽，伴君幽独。秾艳一枝细看取，芳心千重似束。又恐被、秋风惊绿。若待得君来向此，花前对酒不忍触。共粉泪、两簌簌。

乳燕飞华屋，悄无人、桐阴转午，晚凉新浴——乳燕飞过华丽的房屋，静悄悄的，不见人影。梧桐树阴转过中午，渐渐凉爽了，美人新浴初出。点出初夏季节、过午时分环境之幽静。"晚凉新浴"，推出傍晚新凉和出浴美人。

手弄生绡白团扇，扇手一时似玉——这两句进而工笔描绘美人"晚凉新浴"之后的娴雅风姿。作者写团扇之白，不只衬托美人的肌肤洁白和品质高洁，而且象征美人的命运、身世。自从汉代班婕妤作团扇歌后，白团扇常常是红颜薄命、佳人失时的象征。

渐困倚、孤眠清熟。帘外谁来推绣户？枉教人梦断瑶台曲。又却是、风敲竹——美人入梦后，蒙眬中仿佛有人掀开珠帘，敲打门窗，不由得引起她的一阵兴奋和一种期待。可是从梦中惊醒，却只听到那风吹翠竹的萧萧声，等待她的仍旧是一片寂寞。

石榴半吐红巾蹙——化用白居易诗"山榴花似结红巾"（《题孤山寺山石榴花示诸僧众》）句意，形象地描绘出了榴花的外貌特征。

待浮花浪蕊都尽，伴君幽独——这是美人观花引起的感触和情思。此二句既表明榴花开放的季节，又用拟人手法写出了它不与桃李争艳、独立于群芳之外的品格。

秾艳一枝细看取，芳心千重似束——前句刻画出花色的明丽动人；后句不仅捕捉住了榴花外形的特征，并再次托喻美人那颗坚贞不渝的芳心，写出了她似若有情、愁心难展的情态。

又恐被、秋风惊绿——此句由花及人，油然而生美人迟暮之感。

若待得君来向此，花前对酒不忍触。共粉泪、两簌簌——写怀抱迟暮之感的美人与榴花两相怜思，共花落簌簌而泪落簌簌。

上片写美人，下片掉转笔锋，专咏榴花，借花取喻，时而花人并列，时而花人合一。作者赋予词中的美人、榴花以孤芳高洁、自伤迟暮的品格和情感，在这两个美好的意象中渗透进自己的人格和感情。词中写失时之佳人，托失意之情怀；以婉曲缠绵的儿女情思，寄慷慨郁愤的身世之感。

卜算子
黄州定慧院寓居作

龙榆生《唐宋词格律》：北宋时盛行此曲。万树《词律》以为取义于"卖卜算命之人"。双调，四十四字，上下片各两仄韵。两结亦可酌增衬字，化五言句为六言句，于第三字逗。宋教坊复演为慢曲，《乐章集》入"歇指调"。八十九字，前片四仄韵，后片五仄韵。

这首词是元丰五年（1082）十二月苏轼初贬黄州寓居定慧院时所作。词中借月夜孤鸿这一形象托物寓怀，表达了词人孤高自许、蔑视流俗的心境。

缺月挂疏桐,漏断人初静。时见幽人独往来,缥缈孤鸿影。惊起却回头,有恨无人省。拣尽寒枝不肯栖,寂寞沙洲冷。

缺月挂疏桐,漏断人初静。时见幽人独往来,缥缈孤鸿影——前两句营造出一个夜深人静、月挂疏桐的孤寂氛围,为幽人、孤鸿的出场作铺垫。"漏"指古人计时用的漏壶。"漏断"即指深夜。接下来的两句,先是点出一位独来独往、心事浩茫的"幽人"形象,随即轻灵飞动地由"幽人"而引出孤鸿,使这两个意象产生对应和契合。

惊起却回头,有恨无人省。拣尽寒枝不肯栖,寂寞沙洲冷——专写孤鸿遭遇不幸,心怀幽恨,惊恐不已。"拣尽寒枝不肯栖",只好落宿于寂寞荒冷的沙洲。这里,词人以象征手法,匠心独运地通过鸿的孤独缥缈、惊起回头、怀抱幽恨和选求宿处,表达了作者贬谪黄州时期的孤寂处境和高洁自许、不愿随波逐流的心境。

这首词的境界,确如宋·黄庭坚所说:"语意高妙,似非吃烟火食人语,非胸中有万卷书,笔下无一点尘俗气,孰能至此!"这种高旷洒脱、绝去尘俗的境界,得益于高妙的艺术技巧。作者"以性灵咏物语",取神题外,意中设境,托物寓人;在对孤鸿和月夜环境背景的描写中,选景叙事均简约凝练,空灵飞动,含蓄蕴藉,生动传神,具有高度的典型性。

洞仙歌

龙榆生《唐宋词格律》:唐教坊曲。《乐章集》兼入"中吕"、"仙吕"、"般涉"三调,句逗亦参差不一。兹以《东坡乐府》之〔洞仙歌令〕为准。音节舒徐,极殆宕摇曳之致。八十三字,前后片各三仄韵。前片第二句是上一、下四句法,后片收尾八言句是以一去声字领下七言,紧接又以一去声字领下四言两句作结。前片第二句亦有用上二、下三句法,并于全阕增一、二衬字,句逗平仄略异者。

这首词描述了五代时后蜀国君孟昶与其妃花蕊夫人夏夜在摩诃池上纳凉的情景。

余七岁时,见眉山老尼,姓朱,忘其名,年九十岁。自言尝随其师入蜀主孟昶宫中。一日,大热,蜀主与花蕊夫人夜纳凉摩诃池上,作一词,朱具能记之。今四十年,朱已死久矣!人无知此词者,独记其首两句。暇日寻味,岂《洞仙歌令》乎?乃为足之。

冰肌玉骨,自清凉无汗。水殿风来暗香满。绣帘开,一点明月窥人,人未寝,欹枕钗横鬓乱。　起来携素手,庭户无声,时见疏星渡河汉。试问夜如何?夜已三更,金波淡,玉绳低转。但屈指西风几时来,又不道流年暗中偷换。

新解

小序意为:"我"七岁之时,曾见过一位眉山老尼,姓朱,名字叫什么却忘记了,当时已九十多岁。此尼自言曾随其师到过蜀主孟昶的宫中。一天,天气很热,蜀主孟昶与其妃子花蕊夫人于夜间在摩诃池上纳凉,曾创作一首词,朱尼都能记得。如今四十年过去了,朱尼已死去很久了!无人能知此词,而"我"也只记得开头两句。闲暇之日探寻体味这两句,难道不是〔洞仙歌令〕吗?于是将后面的补齐。

冰肌玉骨,自清凉无汗——这两句写女主人公的绰约风姿:丽质天生,有冰之肌、玉之骨,本自清凉无汗。

水殿风来暗香满。绣帘开,一点明月窥人,人未寝,欹枕钗横鬓乱——词人用水、风、香、月等清澈的环境要素烘托女主人公的冰清玉润,再借月之眼以窥美人欹枕的情景,以美人不加修饰的残妆——"钗横鬓乱",来反衬她姿质的美好。

起来携素手,庭户无声,时见疏星渡河汉——女主人公已由室内独自倚枕,起而与爱侣户外携手纳凉闲行。夜深人静,时光于不知不觉中流逝。二人静夜望星,只见疏朗的星星正渡银河。

试问夜如何?夜已三更,金波淡,玉绳低转——女主人公与爱侣相互问答,问:这是夜里什么时辰了?答:夜已三更。但见月光淡淡,玉绳星已转低,表明已入深夜。

但屈指西风几时来,又不道流年暗中偷换——但是屈指算来,西风何时能吹来?在这企盼中岁月便偷偷地流逝了。写月下徘徊的情意,为纳凉人的细语温存进行气氛上的渲染。

张邦基《墨庄漫录》:"……予友陈兴祖德昭云:顷见一诗话,亦题云李季成作。乃全载孟蜀主一诗:'冰肌玉骨清无汗,水殿风来暗香满。帘间明月独窥人,欹枕钗横云鬓乱。三更庭院悄无声,时见疏星度河汉。屈指西风几时来,只恐流年暗中换。'云东坡少年遇美人，喜《洞仙歌》，又邂逅处景色暗相似，故檃括稍协律以赠之也。予以谓此说近之。据此，乃诗耳。而东坡自叙乃云'是《洞仙歌令》'，盖公以此叙自晦耳。《洞仙歌》腔出近世，五代及国初未之有也。"

此说属实，则东坡原序不免有英雄欺人之嫌，但即使是檃括，也不影响其价值。

八声甘州
寄参寥子

龙榆生《唐宋词格律》：简称〔甘州〕。唐边塞曲。据王灼《碧鸡漫志》卷三："〔甘州〕世不见，今'仙吕调'有曲破，有八声慢，有令，而'中吕调'有〔象八声甘州〕，他宫调不见也。凡大曲就本宫调制引、序、慢、近、令，盖度曲者常态。若〔象八声甘州〕，即是用其法于'中吕调'。"今所传〔八声甘州〕，〔乐章集〕入"仙吕调"。因全词共八韵，故称"八声"。九十七字，前后片各四平韵。亦有首句增一韵者。

此词作于元祐六年(1091)苏轼由杭州太守任上被召为翰林学士承旨时，是作者离杭时送给参寥的。参寥是僧道潜的字，以精深的道义和清新的文笔为苏轼所推崇，与苏轼过从甚密，结为莫逆之交。苏轼贬谪黄州时，参寥不远两千里赶去，追随他数年。这首赠给参寥的词，表现了二人深厚的友情，同时也抒写出世的玄想，表现出巨大的人生空漠之感。

> 有情风万里卷潮来，无情送潮归。问钱塘江上，西兴浦口，几度斜晖？不用思量今古，俯仰昔人非。谁似东坡老，白首忘机。　　记取西湖西畔，正春山好处，空翠烟霏。算诗人相得，如我与君稀。约他年、东还海道，愿谢公雅志莫相违。西州路，不应回首，为我沾衣。

有情风万里卷潮来，无情送潮归——有情之风从万里之外将潮水卷来，无情之风却又将潮水送归大海。表面上是写钱塘江潮水一涨一落，但一说"有情"，一说"无情"，此"无情"，不是指自然之风本乃无情之物，而是指已被人格化的有情之风，却绝情地送潮归去，毫不依恋。

问钱塘江上，西兴浦口，几度斜晖——在钱塘江畔，在西兴浦口，我们俩曾多次同观海潮。西兴,钱塘江南,今杭州市对岸,萧山县治之西。"几度斜晖",指与参寥多次同观潮景,颇堪纪念。

不用思量今古,俯仰昔人非。谁似东坡老,白首忘机——面对社会人生的无情,不必替古人伤心,也不必为现实忧虑,必须超凡脱俗,"白首忘机",泯灭机心,无意功名,达到达观超旷、淡泊宁静的心境。

记取西湖西畔,正春山好处,空翠烟霏——西湖西畔,"我"曾与你共赏春天里的美景。写西湖湖景,也是记述他与参寥在杭的游赏活动。

算诗人相得,如我与君稀——细算一下诗人中与"我"相知的人,像咱俩这么深的交情还真稀少。写与参寥的相知之深。

约他年、东还海道,愿谢公雅志莫相违。西州路,不应回首,为我沾衣——"我"与你相约,将来像谢公那样东还海道,归隐起来。结尾表现了词人超然物外、归隐山水的志趣,进一步抒写二人的友情。谢公,指东晋名臣谢安。

此词以平实的语言,抒写深厚的情意,气势雄放,意境浑然。郑文焯《手批东坡乐府》说,此词"云锦成章,天衣无缝","从至情中流出,不假熨帖之工",这一评语正道出了本词的特色。词人那超旷的心态,那交织着人生矛盾的悲慨和发扬蹈厉的豪情,给读者以强烈的震撼和深刻的启迪。

江城子

龙榆生《唐宋词格律》:一作〔江神子〕。《金奁集》入"双调"。三十五字,五平韵。结尾有增一字,变三言两句作七言一句的。宋人多依原曲重增一片。

这首词作于苏轼贬谪黄州期间。他以自己"躬耕于东坡,筑雪堂居之"自比于晋代诗人陶渊明的斜川之游,融说理、写景和言志于一炉,词中表达了对陶渊明的深深仰慕之意,抒发了词人随遇而安、乐而忘忧的旷达襟怀。

陶渊明以正月五日游斜川,临流班坐,顾瞻南阜,爱曾城之独秀,乃作《斜川诗》,至今使人想见其处。元丰壬戌之春,余躬耕于东坡,筑雪堂居之,南挹四望亭之后丘,西控北山之微泉,慨然而叹,此亦斜川之游也。乃作长短句,以〔江城子〕歌之。

梦中了了醉中醒。只渊明,是前生。走遍人间,依旧却躬耕。昨夜东坡春雨足,乌鹊喜,报新晴。　　雪堂西畔暗泉鸣。北山倾,小溪横。南望亭丘,孤秀耸曾城。都是斜川当日景,吾老矣,寄馀龄。

小序意为:晋代陶渊明于正月五日游赏斜川,面对河水而坐,欣赏南面的山峦,喜欢秀美的曾城,于是创作《斜川诗》,至今仍使人想见其情其景。元丰壬戌年(1082)之春,"我"在黄州东坡躬耕,建筑雪堂居住,此处向南可看到四望亭的后山,向西可监控北山的微泉,于是慨然而叹,这也如同陶渊明的斜川之游啊!于是创作长短句,用〔江城子〕词牌歌唱。

梦中了了醉中醒。只渊明,是前生。走遍人间,依旧却躬耕——梦中了然,醉中清醒,晋代的陶渊明就是"我"的前生。走遍人间,仍亲自耕种。苏轼能理解渊明饮酒的心情,深知他梦中或醉中实际上都是清醒的,这是他们的共同之处。充满了辛酸的情感,这种情况又与渊明偶合,两人的命运何其相似。

昨夜东坡春雨足,乌鹊喜,报新晴——昨天晚上东坡下了一场充足的春雨,乌鹊叽喳,喜报新晴。通过对春雨过后乌鹊报晴这一富有生机的情景的描写,隐隐表达出词人欢欣、愉悦的心情和对大自然的热爱。

雪堂西畔暗泉鸣。北山倾,小溪横。南望亭丘,孤秀耸曾城——雪堂西畔有暗泉鸣响,北山之下,横着一条小溪。向南眺望亭子山丘,一如陶渊明当日秀丽的曾城。写鸣泉、小溪、山亭、远峰,日与耳目相接,表现出田园生活恬静清幽的境界,给人以超世遗物之感,作者因心慕渊明,向往其斜川当日之游,遂觉所见亦斜川当日之景。

都是斜川当日景,吾老矣,寄馀龄——这一切都是陶公当年斜川之游的情景,"我"已年迈,就像陶公那样寄情山水,打发剩下的光阴吧。自己是否会与陶渊明的命运完全相同?一思及此,作者不禁产生迟暮之感,有于此终焉之意。

作品平淡中见豪放,充满恬静闲适而又粗犷的田园趣味。这首词的结构颇具匠心。

首句突兀而起,议论中饱含深情。其后写景,环环相扣,层次分明,紧扣首句的议论,景中寓情,情中见理。结拍与首句议论及过片后的写景相呼应,总括全词,以东坡雪堂今日春景似渊明当日斜川之景,引出对斜川当日之游的向往和逆境中淡泊自守、怡然自足的心境。"都是斜川当日景",这看似平淡的词句,是作者面对远去的历史背影所吐露的心声。

江城子

湖上与张先同赋,时闻弹筝

【题解】

此词为苏轼于熙宁五年(1072)至七年(1074)在杭州通判任上与当时已八十馀岁的词人张先(990—1078)同游西湖时所作。

凤凰山下雨初晴,水风清,晚霞明。一朵芙蕖,开过尚盈盈。何处飞来双白鹭,如有意,慕娉婷。 忽闻江上弄哀筝,苦含情,遣谁听。烟敛云收,依约是湘灵。欲待曲终寻问取,人不见,数峰青。

【新解】

凤凰山下雨初晴,水风清,晚霞明。一朵芙蕖,开过尚盈盈——凤凰山下雨后初晴,水面上的微风清凉,晚霞明丽。一朵朵荷花,虽已开过,仍盈盈可喜。这五句写山色湖光。"一朵芙蕖"两句既实写水面荷花,又是以出水芙蓉比喻弹筝的美人,下面接着便从白鹭似也有意倾慕来烘托弹筝人的美丽。

何处飞来双白鹭,如有意,慕娉婷——不知从何处飞来一双白鹭,落到水面上,围着那芙蕖,似乎是有意羡慕芙蕖那娉婷的姿态。

忽闻江上弄哀筝,苦含情,遣谁听——江上忽然传来弹奏筝的声音,曲子哀伤,谁忍心听。这三句是对音乐的描写:从乐曲总的旋律来写,则曰"哀筝",从乐曲传达的情感来写,则言"苦含情";谓"遣谁听",是说乐曲哀伤,谁忍聆听,是从听者的角度来写的。

烟敛云收,依约是湘灵——这两句进一步渲染乐曲的哀伤,谓无知的大自然也为之感动:烟霭为之敛容,云彩为之收色,似乎这样哀怨动人的乐曲非人间所有,只能是出自像湘水女神那样的神灵之手。

欲待曲终寻问取,人不见,数峰青——一曲过后,弹筝人已飘然远逝,只见青翠的山峰仍然静静地立于湖边,仿佛那哀怨的乐曲仍然荡漾在山间水际。化用唐·钱起《省试湘灵鼓瑟》诗:"曲终人不见,江上数峰青。"有言尽意不尽之韵。

【新评】

作者富有情趣地紧扣"闻弹筝"这一词题,从多方面描写弹筝者的美丽与音乐的动人。词中将弹筝人置于雨后初晴、晚霞明丽的湖光山色中,使人物与景色相映成趣,音乐与山水相得益彰,在人物的描写上,作者运用了比喻和衬托的手法。

江城子
孤山竹阁送述古

这首词作于宋神宗熙宁七年(1074),是苏轼早期送别词中的佳作。词中传神地描摹歌妓的口气,代她向即将由杭州调知应天府(今河南商丘南)的僚友陈襄(字述古)表示惜别之意。

翠蛾羞黛怯人看。掩霜纨,泪偷弹。且尽一尊,收泪唱《阳关》。漫道帝城天样远,天易见,见君难。　　画堂新构近孤山。曲栏干,为谁安?飞絮落花,春色属明年。欲棹小舟寻旧事,无处问,水连天。

翠蛾羞黛怯人看。掩霜纨,泪偷弹。且尽一尊,收泪唱《阳关》——害羞的歌女蹙眉弹泪,执扇而歌,思念远方的心上人。"翠蛾"即蛾眉,借指妇女。"黛"本是一种青色颜料,古代女子用来画眉,这里借指眉。"羞黛"为眉目含羞之态。"霜纨"指洁白如霜的纨扇。《阳光》,《阳关曲》。即唐代诗人王维《送元二使安西》诗谱入乐府后所称,亦名《渭城曲》,用于送别场合。

漫道帝城天样远,天易见,见君难——此为女子自言,意思是不要说你所在的帝城如天一样遥远,天易见,见君难,极言相思之苦。

画堂新构近孤山。曲栏干,为谁安——画堂(女子居所)近于孤山,女子凭栏而望,一山遮目,心存希望而又失望。

飞絮落花,春色属明年——远远望去,只见春色已尽,下一个春天只属明年了。她回忆起去年暮春时节与太守游湖的一些难忘情景,叹息"春色属明年",明年将不会欢聚在一起了。

欲棹小舟寻旧事,无处问,水连天——想要驾上小舟寻访旧迹,却只见碧水连天,无处访问了。言外之意,流露出一片茫然的心情。

此词上片写人,下片写景,两片之间看似无甚联系,其实上片由人及情,下片借景寓情,人与景都服从于离愁、别情的抒发,语似脱而意实联。从风格上看,此词近于婉约,感情细腻,但"天易见,见君难"、"无处问,水连天"等句,于委婉中仍透粗犷。柔婉却又哀而不伤,艳而不俗。作者对于歌妓的情态和心理描摹得细腻入微,生动传神,读来令人感叹不已。

江城子
密州出猎

宋神宗熙宁八年(1075),东坡任密州知州,曾因旱去常山祈雨,归途中与同官梅户曹会猎于铁沟,写了这首出猎词。作者于词中抒发了为国效力疆场、抗击侵略的雄心壮志和豪迈气概。

　　老夫聊发少年狂,左牵黄,右擎苍。锦帽貂裘,千骑卷平冈。为报倾城随太守,亲射虎,看孙郎。　　酒酣胸胆尚开张,鬓微霜,又何妨。持节云中,何日遣冯唐?会挽雕弓如满月,西北望,射天狼。

老夫聊发少年狂,左牵黄,右擎苍。锦帽貂裘,千骑卷平冈——老夫"我"偶尔学一下少年时的狂妄,左手牵黄犬,右臂架苍鹰,一副出猎的雄姿。随从武士个个也是"锦帽貂裘",打猎装束。千骑奔驰,腾空越野。

为报倾城随太守,亲射虎,看孙郎——为报全城士民的盛意,"我"也要像当年孙权射虎一样,大显身手。

酒酣胸胆尚开张,鬓微霜,又何妨。持节云中,何日遣冯唐——酒酣之后,胸胆更豪,兴致益浓,"我"年事虽高,鬓发虽白,却仍希望朝廷能像汉文帝派遣冯唐持节赦免魏尚一样,对自己委以重任,让"我"赴边疆抗敌。

会挽雕弓如满月,西北望,射天狼——如有机会参战,"我"将挽弓如满月,抗击西夏和辽的侵扰。

此作是千古传诵的东坡豪放词的代表作之一。词中写出猎之行,抒兴国安邦之志,拓展了词境,提高了词品,扩大了词的题材范围,为词的创作开创了崭新的道路。作品融叙事、言志、用典为一体,调动各种艺术手段形成豪放风格,多角度、多层次地从行动和心理上表现了作者宝刀不老、志在千里的英姿与豪气。

江城子
乙卯正月二十日夜记梦

题记中"乙卯"年指的是宋神宗熙宁八年(1075),其时苏东坡任密州(今山东诸城)知州,年已四十。正月二十日这天夜里,他梦见十年前去世的爱妻王弗,便写下了这首"有声当彻天,有泪当彻泉"(宋·陈师道语)的悼亡词。

  十年生死两茫茫。不思量,自难忘。千里孤坟,无处话凄凉。纵使相逢应不识,尘满面,鬓如霜。 夜来幽梦忽还乡,小轩窗,正梳妆。相顾无言,惟有泪千行。料得年年肠断处:明月夜,短松冈。

  十年生死两茫茫。不思量,自难忘。千里孤坟,无处话凄凉——生死相隔,死者对人世是茫然无知了,而活着的人对逝者呢,不也同样吗?人虽云亡,而过去美好的情景却殊难忘怀。想到爱妻华年早逝,远隔千里,无处可以话凄凉,说沉痛,她辞别人世已经十年了。

  纵使相逢应不识,尘满面,鬓如霜——纵然相逢恐怕她也认不出"我"了,因为这十年中,"我"饱经忧患,苍老衰败,才四十岁,已经"鬓如霜"了。

  夜来幽梦忽还乡,小轩窗,正梳妆——昨晚梦中忽然回到了思念中的故乡,她情态容貌,依稀当年,正打扮梳妆。

  相顾无言,惟有泪千行——二人梦里相见,相顾无言,惟有不停地流泪。"无言",包括了千言万语,表现了"此时无声胜有声"的沉痛。

  料得年年肠断处:明月夜,短松冈——"我"梦醒之后断想:年年伤逝的这个日子,泉下人与世间人,该是同样柔肠寸断吧?

  苏东坡的这首词是"记梦",而且明确写了做梦的日子。但实际上,词中记梦境的只有下片的五句,其他都是真挚朴素、沉痛感人的抒情文字。作者以抹杀了生死界线的痴语、情语,把现实与梦幻混同了起来,把死别后的个人忧愤包括其中,感情深沉悲痛,表现了对爱侣的深切怀念,也寄寓了自己的身世之感。

蝶恋花

题解

龙榆生《唐宋词格律》：又名〔鹊踏枝〕、〔凤栖梧〕。唐教坊曲。《乐章集》、《张子野词》并入"小石调"，《清真集》入"商调"。赵令畤有〔商调蝶恋花〕，联章作《鼓子词》，咏《会真记》事。双调，六十字，上下片各四仄韵。

花褪残红青杏小。燕子飞时，绿水人家绕。枝上柳绵吹又少，天涯何处无芳草。　墙里秋千墙外道。墙外行人，墙里佳人笑。笑渐不闻声渐悄，多情却被无情恼。

花褪残红青杏小。燕子飞时，绿水人家绕——残红褪尽，青杏初生，燕子飞舞，绿水环抱着村上人家。

枝上柳绵吹又少，天涯何处无芳草——柳上絮已吹尽，春已渐深，春草遍地，直至天涯海角。"天涯何处无芳草"极广泛，蕴含深深的惜春之情。

墙里秋千墙外道。墙外行人，墙里佳人笑——人家于绿水之内，环以高墙，所以墙外行人只能听到墙内荡秋千人的笑声，却见不到芳踪。

笑渐不闻声渐悄，多情却被无情恼——笑声渐渐听不到了，声息悄然，而墙外的行人怅然伫立，空自多情。词人虽然写的是情，但其中也渗透着人生哲理。

按词律，〔蝶恋花〕本为双迭，上下阕各四仄韵，字数相同，节奏相等。东坡此词，前后感情色彩不同，节奏有异，实是作者文思畅达，信笔直书，突破了词律。这首词上下句之间、上下阕之间，往往体现出种种错综复杂的矛盾。例如上片结尾二句，"枝上柳绵吹又少"，感情低沉；"天涯何处无芳草"，强自振奋。这情与情的矛盾是因现实中词人屡遭迁谪，这里反映出思想与现实的矛盾。上片侧重哀情，下片侧重欢乐，这也是情与情的矛盾。而"多情却被无情恼"，不仅写出了情与情的矛盾，也写出了情与理的矛盾。江南暮春的景色中，作者借墙里、墙外，佳人、行人一个无情，一个多情的故事，寄寓了他的忧愤之情，也蕴含了他对充满矛盾的人生悖论的思索。

蝶恋花
暮春别李公择

李公择是苏轼的老友,两人都因反对新法遭贬,交情甚笃。这是一首送别词。

　　簌簌无风花自䃊。寂寞园林,柳老樱桃过。落日多情还照坐,山青一点横云破。　　路尽河回人转舵。系缆渔村,月暗孤灯火。凭仗飞魂招楚些,我思君处君思我。

　　簌簌无风花自䃊。寂寞园林,柳老樱桃过——暮春时节,虽然无风,但花落簌簌。寂寞的园林中,柳树老了,樱桃的繁盛也已成为过去。簌簌(sùsù),花谢花落之声。䃊(duǒ),下垂貌。第一句写暮春花谢,点出送公择的时节。第二、三句点出园林寂寞,人亦寂寞。

　　落日多情还照坐,山青一点横云破——两人于"寂寞园林"之中话别,"相对无言"时,却见落日照坐之有情,青山横云之变态。此时彼此都是满怀心事,可是又不忍打破这份静默。

　　路尽河回人转舵——送者岸上已走到"路尽"处;行者舟中却见舵已转。舵,控制行船方向的器具,装在船尾。

　　系缆渔村,月暗孤灯火——想象朋友今夜泊于冷落的渔村,中宵不寐,独对孤灯,惟有暗月相伴。

　　凭仗飞魂招楚些,我思君处君思我——上句用《楚辞·招魂》典故,表示未别先思;下句采用回文手法,有恳切深浓的情思。些,楚辞中句尾语气词。

　　从景物入手,委曲地写二人遭遇相似,友情深厚。在描写上别出心裁,如暮春落花是古诗词常写之景,但东坡却又翻出新意:花落声簌簌却不是被风所吹,而是悠悠然自坠自落,多了一份安闲自在的情态。

永遇乐

【题解】

龙榆生《唐宋词格律》:《乐章集》入"歇指调"。晁补之《琴趣外篇》卷一于"消息"之下注:"自过腔,即〔越调永遇乐〕。"兹以苏、辛词为准。一百四字,前后片各四仄韵。

这首词写于元丰元年(1078)苏轼任徐州知州时。

彭城夜宿燕子楼,梦盼盼,因作此词。

明月如霜,好风如水,清景无限。曲港跳鱼,圆荷泻露,寂寞无人见。紞如三鼓,铿然一叶,黯黯梦云惊断。夜茫茫、重寻无处,觉来小园行遍。　　天涯倦客,山中归路,望断故园心眼。燕子楼空,佳人何在,空锁楼中燕。古今如梦,何曾梦觉,但有旧欢新怨。异时对、黄楼夜景,为余浩叹。

小序意为:在彭城夜宿于燕子楼,梦见盼盼,于是创作此词。盼盼,乃唐代张尚书(愔)之爱妾,能歌善舞,风情万种。张氏死后,盼盼念旧情不嫁,在张尚书为其所建的燕子楼独居了十多年。

明月如霜,好风如水,清景无限。曲港跳鱼,圆荷泻露,寂寞无人见——总述夜宿燕子楼的四周景物和梦。首句写月色明亮,皎洁如霜;接着景由大入小,由静变动:曲港跳鱼,圆荷泻露。

紞如三鼓,铿然一叶,黯黯梦云惊断——转从听觉写夜之幽深、梦之惊断:三更鼓响,秋夜深沉;一片叶落,铿然作声。梦被鼓声叶声惊醒,更觉黯然伤心。紞(dǎn),击鼓声。

夜茫茫、重寻无处,觉来小园行遍——写梦断后之茫然心情:词人梦醒后,尽管想重新寻梦,却无处重睹芳华了。

天涯倦客,山中归路,望断故园心眼——写天涯漂泊感到厌倦的游子,想念山中的归路,心中眼中想望故园一直到望断,极言思乡之切。

燕子楼空,佳人何在,空锁楼中燕——由人亡楼空悟得万物本体的瞬息生灭,然后以空灵超宕出之,直抒感慨:人生之梦未醒,只因欢怨之情未断。

古今如梦,何曾梦觉,但有旧欢新怨——由古时的盼盼联系到现今的自己,发出了人生如梦的慨叹。

异时对、黄楼夜景,为余浩叹——从燕子楼想到黄楼,从今日又思及未来。

这首词深沉的人生感慨中包含了古与今、倦客与佳人、梦幻与佳人的绵绵情事,传达出一种携带某种禅意玄思的人生空幻感、淡漠感,隐藏着某种要求彻底解脱的出世意念。词中"燕子楼空"三句,千古传诵,深得后人赞赏。

永遇乐

这是一首怀人词,是为寄托对好友孙巨源的思念而作。当时,东坡已至海州,想起与巨源润州相遇、楚州分手的往事,不由得心有所动,遂作此词。

　　孙巨源以八月十五日离海州,坐别于景疏楼上。既而与余会于润州,至楚州乃别。余以十一月十五日至海州,与太守会于景疏楼上,作此词以寄巨源。

　　长忆别时,景疏楼上,明月如水。美酒清歌,留连不住,月随人千里。别来三度,孤光又满,冷落共谁同醉?卷珠帘、凄然顾影,共伊到明无寐。　　今朝有客,来从淮上,能道使君深意。凭仗清淮,分明到海,中有相思泪。而今何在,西垣清禁,夜永露华侵被。此时看、回廊晓月,也应暗记。

小序意为:孙巨源于八月十五日离开海州,我们俩话别于景疏楼上。之后他又与"我"相会于润州,到楚州分别。"我"于十一月十五日到海州,与太守相会于景疏楼上,于是创作此词寄给孙巨源。

长忆别时,景疏楼上,明月如水——常常忆起在景疏楼上饯别时,明月如水。
美酒清歌,留连不住,月随人千里——美酒清歌也不能使皓月留连于此,巨源起行后,明月有情,随人千里。
别来三度,孤光又满,冷落共谁同醉——别来三度月圆,而旅途孤单,无人同醉。
卷珠帘、凄然顾影,共伊到明无寐——卷起珠帘,凄然孤独,顾影自怜,惟有明月相共,照影无眠。

今朝有客,来从淮上,能道使君深意——有客从淮上来,捎带来巨源"深意",遂使"我"更加痴情怀念。点破引发词人遥思之因。

凭仗清淮,分明到海,中有相思泪——此时,又发奇想:友人泪洒清淮,东流到海,见出其念"我"之情深;自己看出淮水中有友人相思之泪,又说明怀友之意切。

而今何在,西垣清禁,夜永露华侵被。此时看、回廊晓月,也应暗记——设想巨源西垣(中书省)任起居舍人官中值宿时长夜无眠,"此时看、回廊晓月",当起怀"我"之情。最后"也应暗记",既写到了巨源的心理,又写出了自己的深意。

此词以离别时的明月为线索抒写友情,艺术上别具一格。全词五次写到月:有离别时刻之月,有随友人而去之月,有时光流逝之月,有陪伴词人孤独之月,有友人所望之月。词之上片以写月始,下片以写月终,月光映衬友情,使作品词清意达,格高情真。

行香子
述　怀

龙榆生《唐宋词格律》:双调小令,六十六字,上片五平韵,下片四平韵。音节流美,亦可略加衬字。

　　清夜无尘,月色如银。酒斟时、须满十分。浮名浮利,虚苦劳神。叹隙中驹,石中火,梦中身。　　虽抱文章,开口谁亲。且陶陶、乐尽天真。几时归去,作个闲人。对一张琴,一壶酒,一溪云。

清夜无尘,月色如银。酒斟时、须满十分——清爽之夜,略无埃尘,月光如银,洒满大地。此时对月把酒,须将酒杯斟满。月夜的空阔神秘,阒寂无人,正好冷静地来思索人生,以求解脱。作者这首词里把"人生如梦"的主题思想表达得更明白、更集中。

浮名浮利,虚苦劳神——浮华的名和利,都是虚的,为此只能痛苦劳神。

叹隙中驹,石中火,梦中身——人们追求名利是徒然劳神费力的,宇宙万物都是短暂的,人的一生只不过如"隙中驹,石中火,梦中身"一样,须臾即逝。

虽抱文章,开口谁亲——虽然怀抱锦绣文章,但又有谁赏识呢?是不被知遇的感慨。

且陶陶、乐尽天真——姑且陶然一乐,快乐天真地尽情生活吧。是其现实享乐的方式。"陶陶",欢乐的样子,语出《诗经·君子阳阳》。只有经常"陶陶",才似乎恢复与获得了人的本性,忘掉了人生的种种烦恼。

几时归去,作个闲人。对一张琴,一壶酒,一溪云——最好的解脱方法莫过于远离官场,归隐田园。弹琴,饮酒,赏玩山水,吟风弄月,这是我国文人理想的一种生活方式,东坡将此概括为"一张琴,一壶酒,一溪云",这就足够了。

词中抒写了作者把酒对月之时的襟怀意绪,流露出人生苦短、知音难觅的感慨,表达了作者渴望摆脱世俗困扰的退隐、出世之意。此词虽一定程度上流露出作者苦闷、消极的情绪,但"且陶陶乐尽天真"的主题、基调却是开朗明快的。而词中语言的畅达、音韵的和谐,正好与这一基调相一致,形式与内容完美地融合起来。

更漏子
送孙巨源

龙榆生《唐宋词格律》:《尊前集》入"大石调",又入"商调"。《金奁集》入"林钟商调"。四十六字,前片两仄韵,两平韵;后片三仄韵,两平韵。亦有过片不用韵者,平仄与上片全同。此为送别词,为宋神宗熙宁七年(1074)十月作者于楚州别孙洙(字巨源)时所作。

水涵空,山照市,西汉二疏乡里。新白发,旧黄金,故人恩义深。　　海东头,山尽处,自古客槎来去。槎有信,赴秋期,使君行不归。

水涵空,山照市,西汉二疏乡里——海州碧水连天,青山映帘,江山神秀所钟,古往今来出现了不少可景仰的人物。前有汉代隐士二疏(疏广、疏受),后有孙洙,都为此水色山光增添异彩。

新白发,旧黄金,故人恩义深——这三句以二疏事说孙洙。孙洙海州一任,白发新添,博得州人殷勤相送,这是老友于此邦留下深恩厚义所致。

海东头，山尽处，自古客槎来去——大海的东头，山的尽处，自古以来客人乘木筏来来往往。"海"与"山"照应上片之"水"与"山"，将乘槎浮海的故事与海州及孙洙联系起来。在作者的想象中，当时有人乘槎到天河，大概就是从这里出发的。但是，自古以来，客槎有来有往，每年秋八月一定准时来到海上，人(孙洙)则未有归期。

槎有信，赴秋期，使君行不归——客槎有定期，每年秋天必来，而孙巨源则未有归期。一方面用浮海通天河的故事说孙洙应召赴京之事，一方面以归期无定抒写不忍相别之情。其中"有信"、"不归"，就把着眼点集中于眼前人(孙洙)身上，突出送别的主题。

此词妙用典故，先以西汉二疏故事赞颂孙洙，又以乘槎故事叙说别情，既表达了对友人的赞美之情，又抒发了作者自身的复杂心绪和深沉感慨，可谓形散而神不散，浑然无迹，大开大阖，结构缜密。

阳关曲
中秋月

《山堂肆考》：唐王维《送元二使安西》诗："渭城朝雨浥轻尘，客舍青青柳色新。劝君更尽一杯酒，西出阳关无故人。"后人以为《阳关曲》三叠唱之。阳关在长安西，三叠者，以后三句重叠唱之也。一说，每曲先七言，中五言，后三言，故谓之三叠。

《四库全书总目·东坡词》：《阳关曲》三首已载入诗集之中，乃饯李公择绝句，其曰"以《小秦王》歌之"者，乃唐人歌诗之法，宋代失传，惟《小秦王》调近绝句，故借其声律以歌之，非别有词调，谓之《阳关曲》也。使当时有《阳关曲》一调，则必自有本调之宫律，何必更借《小秦王》乎？

　　暮云收尽溢清寒，银汉无声转玉盘。此生此夜不长好，明月明年何处看。

暮云收尽溢清寒，银汉无声转玉盘——月光先被云遮，一旦"暮云收尽"，转觉清光更多。月明星稀，银河也显得非常淡远。

此生此夜不长好，明月明年何处看——这两句大有佳会难得，当尽情游乐，不负今宵之意。说"明月明年何处看"，当然含有"未必明年此会同"的意思。

这首词从月色的美好写到"月圆人团圆"的愉快，又从今年此夜推想明年中秋，归结到别情。形象集中，境界高远，语言清丽，意味深长。

浣溪沙

龙榆生《唐宋词格律》：唐教坊曲，《金奁集》入"黄钟宫"，《张子野词》入"中吕宫"。四十二字，上片三平韵，下片两平韵，过片二句多用对偶。别有〔摊破浣溪沙〕，又名〔山花子〕，上下片各增三字，韵全同。

这首词从山川景物着笔，意旨却是探索人生的哲理，表达作者热爱生活、旷达乐观的人生态度。

　　游蕲水清泉寺，寺临兰溪，溪水西流。

　　山下兰芽短浸溪，松间沙路净无泥，萧萧暮雨子规啼。谁道人生无再少？门前流水尚能西，休将白发唱黄鸡。

小序意为：游赏蕲水的清泉寺，寺院临近兰溪，溪水向西流去。

山下兰芽短浸溪，松间沙路净无泥，萧萧暮雨子规啼——这三句写暮春三月兰溪幽雅的风光和环境：山下小溪潺潺，岸边的兰草刚刚萌生娇嫩的幼芽。松林间的沙路，仿佛经过清泉冲刷，一尘不染，异常洁净。傍晚细雨萧萧，寺外传来了杜鹃的啼声。

谁道人生无再少？门前流水尚能西，休将白发唱黄鸡——这三句迸发出使人感奋的议论。这种议论不是抽象的、概念化的，而是即景取喻，以富有情韵的语言，表达人生的哲理。"谁道"两句，以反诘唤起，以借喻回答。结尾两句以溪水西流的个别现象，即景生感，借端抒怀，自我勉励，表达出词人虽处困境而老当益壮、自强不息的精神。

新评

这首词,上片以疏淡的笔墨写景,景色自然明丽,雅淡凄美;下片既以形象的语言抒情,又于即景抒慨中融入人生哲理,启人心智,令人振奋。词人以顺处逆的豪迈情怀,政治上失意后积极、乐观的人生态度,催人奋进,激动人心。整首词如同一首意气风发的生命交响乐,一篇老骥伏枥、志在千里的宣言书,流露出对青春活力的召唤,对未来的向往和追求,读之令人奋发自强。

浣溪沙(五首)

题解

元丰元年(1078)徐州发生严重春旱,作者作为徐州太守,曾往石潭求雨,得雨后,又往石潭谢雨,沿途经过农村,这组〔浣溪沙〕词即记途中的观感。

徐州石潭谢雨道上作五首。潭城东二十里,常与泗水增减清浊相应。

一

照日深红暖见鱼,连溪绿暗晚藏乌,黄童白叟聚睢盱。
麋鹿逢人虽未惯,猿猱闻鼓不须呼,归家说与采桑姑。

二

旋抹红妆看使君,三三五五棘篱门,相挨踏破蒨罗裙。
老幼扶携收麦社,乌鸢翔舞赛神村,道逢醉叟卧黄昏。

三

麻叶层层苘叶光,谁家煮茧一村香?隔篱娇语络丝娘。
垂白杖藜抬醉眼,捋青捣麦软饥肠,问言豆叶几时黄?

四

簌簌衣巾落枣花,村南村北响缲车,牛衣古柳卖黄瓜。
酒困路长惟欲睡,日高人渴漫思茶,敲门试问野人家。

五

软草平莎过雨新,轻沙走马路无尘。何时收拾耦耕身?

日暖桑麻光似泼,风来蒿艾气如薰。使君元是此中人。

小序意为:在去往徐州石潭谢雨的路上创作此五首词。石潭位于城东二十里,常常随泗水的水量增减、水质清浊而发生相应的变化。

第一首写傍晚之景和老幼聚观太守的情形。

照日深红暖见鱼,连溪绿暗晚藏乌,黄童白叟聚睢盱——红日高照,温暖的溪水中游鱼可见,溪水两岸的树枝间晚上藏有乌鹊。老人和儿童张目仰视我这个太守。"黄童白叟"指老人和儿童,儿童黄发,老人白首,故称。这是聚观谢雨的人群中的一部分。"睢盱(huīxū)",张目仰视貌,兼有喜悦之义。

麋鹿逢人虽未惯,猿猱闻鼓不须呼,归家说与采桑姑——山村的老人淳朴木讷,初见知州,犹如麋鹿遇到人,不免有几分"未惯",孩童则活泼好动,听到祭神仪式开始的鼓声,就争先恐后,颇类猿猱之"不须呼"。他们回家必得要兴奋地把一天的见闻,说给那些未能目睹盛况的"采桑姑"们了。

第二首写谢雨途中的见闻。上片写自己进村之后出现的一个热闹场景。

旋抹红妆看使君,三三五五棘篱门,相挨踏破蒨罗裙——村姑匆忙地梳妆打扮一番去见太守。她们争看太守,连心爱的蒨罗裙被拥挤的人群踏破也顾不得了。"旋抹"刻画出少女第一次得见州官的急切、兴奋心情。

老幼扶携收麦社,乌鸢翔舞赛神村,道逢醉叟卧黄昏——下片写到田野、祠堂,村民们老幼相扶相携,来到打麦子的土地祠,他们为感谢上天降雨,备酒食以酬神,剩馀的祭品引来馋嘴的乌鸢,在村头盘旋不下。结句则是一个特写,黄昏时分,有个老头儿醉倒道边。

第三首写夏日田园风光、乡村风貌,表现了农民大旱得雨、幸免饥馁的喜悦心情以及词人与民同乐的博大胸怀。

麻叶层层檾叶光,谁家煮茧一村香?隔篱娇语络丝娘——麻叶层层,作物茂盛,叶片滋润有光泽。时值茧子丰收的时节,煮茧的气味在怀着丰收喜悦的人嗅来全然是一股清香。走进村来,隔着篱墙,就可以听到缫丝女郎娇媚悦耳的谈笑声了。檾(qǐng),麻类植物。

垂白杖藜抬醉眼,捋青捣麦𫗴饥肠,问言豆叶几时黄——须发将白的老翁拄着藜杖,老眼迷离似醉,捋下新麦("捋青")炒干后捣成粉末以果腹(故云"软饥肠"。这里的"软",本字为"𫗴",有"送食"之义)。"我"急迫地询问老人,豆叶何时就黄了？简单的一"问"，表达了作者的关切之情。

第四首写作者在乡间的见闻和感受。

簌簌衣巾落枣花，村南村北响缲车，牛衣古柳卖黄瓜——作者从枣树下走过，枣花簌簌地落了他一身，这时候，他耳边听到了村子里从南到北传来一片片缲丝车缲丝的声音，又看到古老的柳树底下有一个穿"牛衣"的农民正叫卖黄瓜。

酒困路长惟欲睡，日高人渴漫思茶，敲门试问野人家——骄阳之下，口干舌燥，路途漫长，昏昏欲睡，只好向村野百姓求茶。结尾一句，写作者以谦和的态度向村野百姓求茶，既显示出词人热爱乡村、平易朴实的情怀，也暗示了乡间民风的淳朴。

第五首写词人巡视归来时的感想。

软草平莎过雨新，轻沙走马路无尘。何时收拾耦耕身——软草平莎，雨过之后格外清新，骑马走在沙土路上，一点尘土都没有。"我"何时才能躬耕田园呢？"耦耕"，指二人并耜而耕，典出《论语·微子》。"收拾耦耕身"，不仅表现出苏轼对农村田园生活的热爱，同时也是他在政治上不得意的情况下，思想矛盾的一种反映。

日暖桑麻光似泼，风来蒿艾气如薰。使君元是此中人——晴日暖和，桑麻的叶子绿油油的，一如泼了油。微风吹来，蒿艾散发出来的气息如同熏蒸。使君"我"本来应该是这田园中的人啊！用"使君元是此中人"结句，画龙点睛，为升华之笔。它既道出了作者"收拾耦耕身"的思想本源，又将作者对农村田园生活的热爱之情更进一步深化。

这几首词带有鲜明的乡土色彩，充满浓郁的生活气息，风格自然清新，情调健康朴实。词人所描写的虽然只是农村仲夏场景的两三个侧面，但笔触始终围绕着农事和农民生活等，尤其是麻蚕麦豆等直接关系到农民生活的农作物，从中可见词人选择和提取题材的不凡功力。这五首诗词风朴实，格调清新，完全突破了"词为艳科"的藩篱，为有宋一代词风的变化和乡村词的发展作出了贡献。

减字木兰花

龙榆生《唐宋词格律》：别有〔减字木兰花〕，《张子野词》入"林钟商"，《乐章集》入"仙吕调"。四十四字，前后片第一、三句各减三字，改为平仄韵互换格，每片两仄韵，两平韵。

康熙《御定词谱》:《乐章集》注:仙吕调。梅苑李子正词名〔减兰〕,徐介轩词名〔木兰香〕,《高丽史·乐志》名〔天下乐令〕。

东坡爱和僧人交往,喜欢谈禅说法,这首词是应和尚的请求而作的,其中透露出一些禅机。词前的小序介绍了这种创作背景。

钱塘西湖有诗僧清顺,所居藏春坞,门前有二古松,各有凌霄花络其上,顺常昼卧其下。余为郡,一日屏骑从过之,松风骚然,顺指落花求韵,余为赋此。

双龙对起,白甲苍髯烟雨里。疏影微香,下有幽人昼梦长。湖风清软,双鹊飞来争噪晚。翠飐红轻,时下凌霄百尺英。

小序意为:钱塘西湖旁有一诗僧,名叫清顺,他所居住的藏春坞,门前有两棵古松树,树上有凌霄花攀援,清顺常常白天躺卧在松树下。"我"为郡守时,一天屏退随从去访他,松风骚然,清顺指着落花求"我"创作,"我"于是写下此词。

双龙对起,白甲苍髯烟雨里——两株古松冲天而起,铜枝铁干,屈伸偃仰,仿佛白甲苍髯的两条巨龙,张牙舞爪,在烟雨中飞腾。

疏影微香,下有幽人昼梦长——凌霄花的金红色花朵,掩映于一片墨绿苍翠之间,让人感到了一股淡淡的清香,一个和尚正躺在浓荫下的竹床上沉睡。

湖风清软,双鹊飞来争噪晚——从湖上吹来的风,又清又软;一对喜鹊飞来树上,叽叽喳喳。

翠飐红轻,时下凌霄百尺英——只见在微风的摩挲之下,青翠的松枝伸展摇动,金红色的凌霄花儿微微颤动。

这首词的突出特点是对立意象的互生共振。首先是古松和凌霄花。前者是阳刚之美,后者是阴柔之美。其次是动与静的对立,"对起"的飞腾激烈的动势和"疏影微香"、"幽人昼梦"的静态成对比。就是在这种对立的和谐之中,词人创造出了一种超然物外、虚静清空的艺术境界。

沁园春

龙榆生《唐宋词格律》:又名〔寿星明〕。格局开张,宜抒壮阔豪迈之情。苏辛一派最喜用之。一百十四字，前片四平韵，后片五平韵，亦有于过片处增一暗韵者。

这首词是苏轼于熙宁七年(1074)七月由杭州移守密州的早行途中寄给其弟苏辙的作品。词中由景入情，由今入昔，直抒胸臆，作者人生遭遇的不幸和壮志难酬的苦闷。

孤馆灯青，野店鸡号，旅枕梦残。渐月华收练，晨霜耿耿。云山摛锦，朝露漙漙。世路无穷，劳生有限，似此区区长鲜欢。微吟罢，凭征鞍无语，往事千端。　　当时共客长安，似二陆初来俱少年。有笔头千字，胸中万卷；致君尧舜，此事何难？用舍由时，行藏在我，袖手何妨闲处看。身长健，但优游卒岁，且斗尊前。

孤馆灯青，野店鸡号，旅枕梦残——"我"宿于灯青如豆的荒郊野店，被一声鸡鸣惊醒残梦。

渐月华收练，晨霜耿耿——起来一望，月亮渐渐失去光明，只见秋霜在晨色中闪耀。

云山摛锦，朝露漙漙——又渐次，但见山绕云锦，晨霜已变为朝露。漙漙(pǔpǔ)，散布貌；广大，浩渺。

世路无穷，劳生有限，似此区区长鲜欢——"我"由早起联想到人生，感到世路无穷，而人生有限，总是像这样长途劳顿，少有欢颜。

微吟罢，凭征鞍无语，往事千端——微吟之后，任凭征途默默无语，但从前的千百件往事却一一浮现于眼前。此时的作者正"凭征鞍无语"，进入沉思。

当时共客长安，似二陆初来俱少年。有笔头千字，胸中万卷；致君尧舜，此事何难——追忆咱们兄弟俩当年风华正茂，就像晋代的陆机、陆云兄弟，初到京都，笔下有千字，胸中有万卷，对于"致君尧舜"这一伟大功业，充满着信心和希望。长安，代指宋都汴京。二陆，指西晋诗人陆机、陆云兄弟。致君尧舜，出自杜甫诗："致君尧舜上，再使风俗淳。"

用舍由时，行藏在我，袖手何妨闲处看。身长健，但优游卒岁，且斗尊前——任用与不任用，取决于时势，出仕还是归隐，主动权在我们，我们何不袖手旁观，闲处偷看。只要身体一直康健，就在优游之中、在诗酒中度过一生。这几句是作者深感他们兄弟俩在现实社会中都碰了壁，为了相互宽慰，作者将《论语》"用之则行,舍之则藏,惟我与尔有是夫"等前人言论化入词中,并加以发挥,以自开解,奉劝弟弟也要以从容不迫的态度,姑且保全身体,饮酒作乐,悠闲度日。

  这首词的议论、抒怀部分,遣词命意无拘无束,经史子集信手拈来,汪洋恣肆,显示出作者横放杰出的才华。词中多处用典,且能灵活运用,推陈出新,生动地传达出自己的志向与情怀;词的脉络清晰,层次井然,回环往复,波澜起伏,上片的早行图与下片的议论浑然一体,贯穿一气,构成一个统一、和谐的整体。全词集写景、抒情、议论为一体,融诗、文、经、史于一炉,展现出作者卓绝的才情。

◎ 文

刑赏忠厚之至论

题解

这是苏轼应礼部考试的试文,作于宋仁宗嘉祐二年(1057)。《宋史·苏轼传》:"嘉祐二年,试礼部。方时磔裂诡异之弊胜,主司欧阳修思有以救之,得轼《刑赏忠厚论》,惊喜,欲擢冠多士,犹疑其客曾巩所为,但置第二;复以《春秋》对义居第一(即回答关于《春秋》一书的问题获第一),殿试中乙科。后以书见修,修语梅圣俞(尧臣)曰:'吾当避此人出一头地。'"苏轼此文的中心思想是以仁政治国,也就是"以君子长者之道待天下,使天下相率而归于君子长者之道",具体说来就是"立法贵严而责人贵宽","罪疑惟轻,功疑惟重","与其杀不辜,宁失不经",实际上就是要赏罚分明。苏轼的这种主张与欧阳修等人的政治主张一致。同时,北宋初文坛深受"五代文弊"的影响,"风俗靡靡,日以涂地";朝廷上的有识之士,虽然致力于矫正"五代文弊","罢去浮巧轻媚丛错采绣之文",恢复两汉三代的朴实文风,不过收效不大,"馀风未殄,新弊复作","求深者或至于迂,务奇者怪僻而不可读"(均见苏轼《谢欧阳修内翰书》)。在这种情况下,苏轼这篇"有孟轲之风"(梅尧臣语)的文章朴实畅达,有为而作,不同流俗,正好适合欧、梅的口味,所以受到称赏和奖拔便是情理之中的事情。

创作这篇文章时,苏轼年仅二十二岁,应礼部试,主考官是欧阳修,详定官是梅尧臣。批卷之时梅主张取为第一名,欧阳修虽然心中也很赏识苏轼,但是又怀疑可能是他的门生曾巩所作。此外,他又考虑到文中"皋陶曰'杀之'三,尧曰'宥之'三"这两句话没有注明出处,最后决定取为第二名。到了苏轼入谢的时候,欧阳修问到那两句话的出处,"东坡笑曰:'想当然耳!'"(龚颐正《芥隐笔记》)

尧、舜、禹、汤、文、武、成、康之际[1],何其爱民之深,忧民之切,而待天下之以君子长者之道也。有一善,从而赏之,又从而咏歌嗟叹之,所以乐其始而勉其终;有一不善,从而罚之,又从而哀矜惩创之[2],所以弃其旧而开其新[3]。故其呼俞之声[4],欢休惨戚[5],见于《虞》《夏》《商》《周》之书[6]。

成、康既没[7],穆王立,而周道始衰,然犹命其臣吕侯而告之以祥刑[8]。其言忧而不伤,威而不怒,慈爱而能断,恻然有哀怜无辜之心,故孔子犹有取焉[9]。《传》曰:"赏疑从与",所以广恩也;"罚疑从去",所以慎刑也[10]。当尧之时,皋陶为士[11],将杀人,皋陶曰"杀之"三,尧曰"宥之"三[12],故天下畏皋陶执法之坚,而乐尧用刑之宽。四岳曰:"鲧可用。"尧曰:"不可,鲧方命圮族。"既而曰:"试之。"[13]何尧之不听皋陶之杀人,而从四岳之用鲧也?然则圣人之意,盖亦可见矣。《书》曰:"罪疑惟轻,功疑惟重。与其杀不辜,宁失不经[14]。"呜呼!尽之矣!

可以赏,可以无赏,赏之过乎仁;可以罚,可以无罚,罚之过乎义[15]。过乎仁,不失为君子;过乎义,则流而入于忍人[16]。故仁可过也,义不可过也。

古者,赏不以爵禄,刑不以刀锯。赏以爵禄,是赏之道行于爵禄之所加[17],而不行于爵禄之所不加也。刑以刀锯,是刑之威施于刀锯之所及,而不施于刀锯之所不及也。先王知天下之善不胜赏,而爵禄不足以劝也[18];知天下之恶不胜刑,而刀锯不足以裁也[19]。是故疑则举而归之于仁。以君子长者之道待天下,使天下相率而归于君子长者之道,故曰忠厚之至也。《诗》曰:"君子如祉,乱庶遄已;君子如怒,乱庶遄沮[20]。"夫君子之已乱[21],岂有异术哉?制其喜怒而无失乎仁而已矣。《春秋》之义,立法贵严,而责人贵宽。因其褒贬之义,以制赏罚,亦忠厚之至也。

[1]尧、舜、禹、汤、文、武、成、康之际:即唐尧、虞舜,经夏(禹)、商(汤),到西周前期。
[2]惩创:惩戒、警戒之意。《尚书·益稷》:"予创若时。"孔安国传云:"创,惩也。"
[3]弃:抛弃。
[4]咈俞:咈,叹声,表示不同意。《尚书·尧典》:"帝曰:'吁!俞哉!'"俞,表示同意、应允的声音。同上书:"帝曰:'俞!'"
[5]欢休惨戚:欢喜与悲哀。休,喜乐。戚,忧愁、悲伤。《诗经·小雅·小明》:"自诒伊戚。"
[6]《虞》、《夏》、《商》、《周》之书:《尚书》的四个组成部分,这里总指《尚书》。
[7]"成、康既没"三句:《史记·周本纪》:"(周)康王卒……立昭王子满,是为穆王。穆王即位,春秋已五十年矣,王道衰微。"没,即"殁"。
[8]然犹命其臣吕侯而告之以祥刑:吕侯,甫侯,周穆王时的司寇(相)。《史记·周本纪》:"诸侯有不睦者,甫侯言于王,作修刑辟。王曰:'吁,来!有国有土,告汝祥刑。'"《集解》引《尚书》孔安国传解释说:"告汝善用刑之道也。"
[9]"其言忧而不伤"至"故孔子犹有取焉":指周穆王对吕侯有关"祥刑"一段话(见《尚书·吕刑》)的评价。 取:采取、采用。"孔子犹有取焉"说的是孔子删定六经时录入《尚书》之事。

〔10〕"《传》曰"至"所以慎刑也":传,解说经义的文字。此语出自《尚书·大禹谟》:"罪疑惟轻,功疑惟重。"孔安国传云:"刑疑附轻,赏疑从重,忠厚之至。"与,给。去,舍去。慎刑,谨慎用刑。

〔11〕皋陶:又作咎繇,被帝舜(作者误为尧)任为士,他是掌管刑罚的狱吏。《尚书·舜典》:"帝曰:'皋陶……汝作士,五刑有服。'"

〔12〕皋陶曰"杀之"三,尧曰"宥之"三:据杨万里《诚斋诗话》载,欧阳修问苏轼:"'皋陶曰杀之三,尧曰宥之三,此见何书?'坡曰:'事在《三国志·孔融传》注。'欧退而阅之无有。他日再问坡,坡云:'曹操灭袁绍,以袁熙妻赐其子丕,孔融曰:昔武王伐纣,以妲己赐周公。操惊问何经见?融曰:以今日之事观之,意其如此。尧、皋陶之事,某亦意其如此。'欧退而大惊曰:'此人可谓善读书,善用事,他日文章必独步天下。'"三,三次。宥,宽恕。

〔13〕"四岳曰"至"试之":《尚书·尧典》:"帝曰:'咨四岳,汤汤洪水方割(害),荡荡怀山襄陵,浩浩滔天。下民其咨(咨嗟忧愁),有能俾乂(使治)?'(四岳)佥(皆)曰:'於,鲧哉!'帝曰:'吁,咈(狠戾)哉,方命圮族。'"四岳,相传为尧舜时分管四方诸侯的部落首领。一说是羲和的四个儿子(皆为尧臣),一说为官名。鲧,相传为禹之父,受四岳推举,奉尧之命治水,但是费时九年,治水不成,被舜处死。方命,违命,又作"放命"。圮(pǐ)族,残害同族。

〔14〕"罪疑惟轻"四句:见《尚书·大禹谟》。参见本文注〔10〕。 经:常道,意思是应遵循的常规。

〔15〕义:《释名·释言语》:"义,宜也,裁制事物使合宜也。"

〔16〕忍人:凶残之人。

〔17〕加:施及。《左传·哀公十五年》:"吴人加敝邑以乱。"

〔18〕劝:倡导。《史记·循吏列传》:"秋冬则劝民山采。"

〔19〕裁:制裁。

〔20〕"君子如祉"四句:意为君子如果乐于招纳贤士,斥退小人,那自然就可以平息祸乱。语出《诗经·小雅·巧言》,但这里语序颠倒了。《毛传》:"祉,福(喜)也。""遄(chuán),疾。沮,止也。"《郑笺》:"福者,福贤者,谓爵禄之也如此,则乱亦庶几(差不多)可疾止也。"

〔21〕已乱:平息祸乱。已,制止。

本试题出自《尚书·大禹谟》:"罪疑惟轻,功疑惟重。"孔安国传注文:"刑疑附轻,赏疑从重,忠厚之至。"显然,苏轼把这句话误记为"赏疑从与,罚疑从去",并且紧扣这一题目,着力阐述古代的贤君赏善惩恶,都是本着忠厚宽大的原则,从而归结出"使天下相率而归于君子长者之道"这一结论。

留侯论

本文作于宋仁宗嘉祐六年(1061),是应制之作。留侯,指张良,字子房。他曾辅佐汉高祖刘邦统一天下,后来被刘邦封为留侯。作者根据《史记·留侯世家》评论张良,把张良的性格高度概括成"能忍"两个字,并且进一步推论出"能忍"是事业成功与否的关键。应该说这一结论并不符合张良的全部性格和全部活动,不免有些片面。

　　古之所谓豪杰之士者，必有过人之节[1]。人情有所不能忍者，匹夫见辱[2]，拔剑而起，挺身而斗，此不足为勇也。天下有大勇者，卒然临之而不惊[3]，无故加之而不怒。此其所挟持者甚大[4]，而其志甚远也。

　　夫子房受书于圯上之老人也[5]，其事甚怪；然亦安知其非秦之世有隐君子者[6]，出而试之？观其所以微见其意者[7]，皆圣贤相与警戒之义，而世不察，以为鬼物[8]，亦已过矣。且其意不在书[9]。当韩之亡，秦之方盛也，以刀锯鼎镬待天下之士，其平居无罪夷灭者[10]，不可胜数，虽有贲、育[11]，无所复施。夫持法太急者[12]，其锋不可犯，而其末可乘[13]。子房不忍忿忿之心，以匹夫之力，而逞于一击之间[14]。当此之时，子房之不死者，其间不能容发[15]，盖亦已危矣。千金之子，不死于盗贼，何者？其身之可爱，而盗贼之不足以死也。子房以盖世之才，不为伊尹、太公之谋[16]，而特出于荆轲、聂政之计[17]，以侥幸于不死，此固圯上之老人所为深惜者也。是故倨傲鲜腆而深折之[18]，彼其能有所忍也，然后可以就大事，故曰："孺子可教也。"

　　楚庄王伐郑，郑伯肉袒牵羊以逆[19]。庄王曰："其君能下人，必能信用其民矣。"遂舍之。勾践之困于会稽[20]，而归臣妾于吴者，三年而不倦。且夫有报人之志[21]，而不能下人者，是匹夫之刚也。夫老人者，以为子房才有馀而忧其度量之不足，故深折其少年刚锐之气，使之忍小忿而就大谋。何则？非有平生之素[22]，卒然相遇于草野之间，而命以仆妾之役，油然而不怪者[23]，此固秦皇帝之所不能惊，而项籍之所不能怒也。

　　观夫高祖之所以胜，而项籍之所以败者，在能忍与不能忍之间而已矣。项籍惟不能忍，是以百战百胜而轻用其锋；高祖忍之，养其全锋而待其弊，此子房教之也。当淮阴破齐，而欲自王，高祖发怒，见于词色，由此观之，犹有刚强不忍之气，非子房其谁全之[24]？

　　太史公疑子房以为魁梧奇伟，而其状貌乃如妇人女子，不称其志气。而愚以为此其所以为子房欤[25]！

〔1〕节：指节操。

〔2〕匹夫：平常人。　见辱：被侮辱。

〔3〕卒(cù)然：突然间。卒，通"猝"。　临：面对。

〔4〕挟持：抱负。

〔5〕"夫子房"句：据《史记·留侯世家》记载：当年张良派刺客在博浪沙锤击秦始皇，但事情没有成功，于是他便更改姓名逃到下邳，在圯(yí)上遇到一位老人。这位老人故意将鞋子丢到圯下，叫张良去捡，还要求他把鞋给穿好才行。张良忍气吞声地一一照办，经过多次考验，老人认为"孺子可教矣"，于是就给了他一部兵书，即《太公兵法》。并告张良："十三年，孺子见我，济北谷城山下黄石，即我矣。"圯，桥。

〔6〕隐君子：隐居的君子，这里指的是圯上老人。

〔7〕微：稍稍。　见：同"现"。

〔8〕以为鬼物：认为圯上老人是鬼物，这是古时人迷信所致。《史记·留侯世家》："学者多言无鬼神，然言有物。至如留侯所见老父予书，亦可怪矣。"《论衡·自然》："张良游泗水之上，遇黄石公，授太公书，盖天佐汉诛秦，故命令神石为鬼书授人。"

〔9〕其意：圯上老人的意思。

〔10〕"以刀锯鼎镬(huò)待天下之士"二句：意思是说秦王凶狠残暴，嗜杀成性。镬，无足的大鼎，形同大锅。　夷灭：灭族。

〔11〕贲(bēn)、育：孟贲和夏育。这两人是古代著名的勇士。

〔12〕持法：执法。

〔13〕乘：用。

〔14〕逞：称心快意。　一击之间：指张良派刺客在博浪沙锤击秦始皇的事情。《史记·留侯世家》记载：张良作为韩国贵族，对灭韩极度愤恨，下决心报仇，他找到一个大力士，作铁锤重百二十斤。"秦皇帝东游，良与客狙击秦皇帝博浪沙中，误中副车。秦皇帝大怒，大索天下，求贼甚急，为张良故也。"

〔15〕间不能发：形容形势危急到极点。

〔16〕伊尹：名挚，商汤臣，是汤妻陪嫁的奴隶。后辅佐汤伐夏桀，被尊为阿衡(宰相)。　太公：指姜太公，周初人，姜姓，吕氏，名尚。相传太公曾钓于渭水之滨。周文王出猎，与之相遇于水滨，经过交谈，大为称赏，引而为师。武王即位，尊为师尚父。在他的辅佐之下，武王灭掉商纣，建立周朝，他被封于齐地，是齐的始祖。

〔17〕荆轲、聂政之计：指两个刺客行刺之事，即荆轲刺秦王与聂政刺韩相侠累。

〔18〕鲜腆(xiǎntiǎn)：指的是没有礼貌。鲜，缺乏。腆，厚。

〔19〕"楚庄王伐郑"二句：郑伯，指郑襄公。事见《左传·宣公十二年》：楚庄王围郑，"克之，入自皇门，至于逵路。郑伯肉袒牵羊以逆，曰：'孤不天，不能事君，使君怀怒，以及敝邑，孤之罪也，敢不惟命是听！……'左右曰：'不可许也，得国无赦。'王曰：'其君能下人，必能信用其民矣，庸可几乎？'退三十里，而许之平。"逆，迎接。

〔20〕"勾践之困于会稽"三句：指越王勾践被吴国打败之后所处的窘境。《国语·越语下》载，勾践败后被困会稽，"令大夫种守于国，与范蠡入官于吴，三年而吴人遣之"。又《史记·越王勾践世家》载："越王乃以馀兵五千人，保栖于会稽，乃令大夫种行成于吴，膝行顿首曰：'勾践请为臣，妻为妾。'"

〔21〕报人：向人报仇。

〔22〕素:素交,指故交和深交。

〔23〕油然:舒迟的样子。

〔24〕"当淮阴"数句:淮阴,淮阴侯韩信。说的是张良劝刘邦隐忍之事,见《史记·淮阴侯列传》。当时刘邦被项羽围困在荥阳(今河南省荥泽市),形势危急,而韩信破齐之后,想自己在那里称王,于是派人向刘邦请求封他为"假王"。刘邦大怒,当时就骂道:"吾困于此,旦暮望若来佐我,乃欲自立为王。"此时张良知道时机不利,怕生变故,踏了一下刘邦的脚,并附耳语说:"汉方不利,宁能禁信之王乎?不如因而立,善遇之,使自为守,不然,变生。"刘邦马上省悟过来,于是又改口骂道:"大丈夫定诸侯,即为真王耳,何以假为?"接着又派张良到齐地,立韩信为齐王,向他征兵击楚。

〔25〕"太史公"以下数句:是作者对张良的评价,认为他虽然表面柔弱,而腹有良谋,胸怀大志,并以司马迁之言为据来证明自己的观点。《史记·留侯世家》:"太史公曰:余以为其人魁梧奇伟,至见其图,状貌如妇人女子,盖孔子曰:'以貌取人,失之子羽。'留侯亦云。"称(chèn),相称。

本文构思严密,议论畅达。全文紧扣"忍小忿而就大谋"这一中心论点展开论述,以"忍"字贯通全篇,又恰当地使用历史材料,或解说故事,或引证史迹,或正反对比,构思严谨巧妙,行文流利畅达,富有说服力。当然,作者晚年也认识到自己的局限,在《答李端叔书》中说:"轼少年时,读书作文,专为应举而已。……故每纷然诵说古今,考论是非。……妄论利害,搀说得失,此正制科人习气,譬之候虫时乌,自鸣自已,何足为损益?"

贾谊论

这是苏轼在嘉祐六年(1061)应制科试时所献二十五篇《进论》之一。文章着重论述贾谊的人生悲剧,并且指出其根源在于他"不能自用其才",又不能忍耐和等待,急于求成,一遇挫折便悲痛伤心,不能振作。此外,还不善于等待时机,不善于处穷。虽有大志而气量太小,才虽有馀而识见不足。这里,苏轼对贾谊性格悲剧及其形成原因的揭示不无道理,但把贾谊的失败完全归咎于他的性格,有失偏颇。从实而论,权豪势要的排挤与打击,对贾谊来说是最致命的,而这一点被作者忽略了。

非才之难,所以自用者实难[1]。惜乎!贾生王者之佐[2],而不能自用其才也。

夫君子之所取者远,则必有所待;所就者大,则必有所忍[3]。古之贤人,皆有可致之才[4],而卒不能行其万一者,未必皆其时君之罪,或者其自取也[5]。

愚观贾生之论,如其所言,虽三代何以远过[6]?得君如汉文[7],犹且以不用死。然则是天下无尧舜,终不可有所为耶?仲尼圣人,历试于天下[8],苟非大无道之国,皆欲勉强扶持,庶几一日得行其道。将之荆,先之以子夏,申之以冉有[9]。君子之欲得其君,如此其勤也。孟子去齐,三宿而后出昼,犹曰:"王其庶几召我。"[10]君子之不忍弃其君,如此其厚也。公孙丑问曰:"夫子何为不豫?"孟子曰:"方今天下,舍我其谁哉?而吾何为不豫[11]?"君子之爱其身,如此其至也。夫如此而不用,然后知天下之果不足与有为,而可以无憾矣。若贾生者,非汉文之不用生,生之不能用汉文也[12]。

夫绛侯亲握天子玺而授之文帝[13],灌婴连兵数十万,以决刘、吕之雄雌[14],又皆高帝之旧将。此其君臣相得之分,岂特父子骨肉手足哉[15]?贾生,洛阳之少年。欲使其一朝之间,尽弃其旧而谋其新,亦已难矣[16]。为贾生者,上得其君,下得其大臣,如绛、灌之属,优游浸渍而深交之[17],使天子不疑,大臣不忌,然后举天下而唯吾之所欲为,不过十年,可以得志。安有立谈之间,而遽为人"痛哭"哉[18]!观其过湘为赋以吊屈原,萦纡愤闷,跃然有远举之志[19]。其后卒以自伤哭泣,至于夭绝[20]。是亦不善处穷者也。夫谋之一不见用,安知终不复用也?不知默默以待其变,而自残至此[21]。呜呼!贾生志大而量小,才有馀而识不足也。

古之人有高世之才,必有遗俗之累[22]。是故非聪明睿哲不惑之主,则不能全其用。古今称苻坚得王猛于草茅之中,一朝尽斥去其旧臣,而与之谋[23]。彼其匹夫略有天下之半[24],其以此哉!愚深悲贾生之志,故备论之。亦使人君得如贾谊之臣,则知其有狷介之操[25],一不见用,则忧伤病沮,不能复振。而为贾生者,亦慎其所发哉[26]!

〔1〕"非才之难"二句:意思是能够运用自己的才能实在很难。
〔2〕贾生:即贾谊,"生"是汉代对儒者的习惯称谓。
〔3〕"夫君子之所取者远"四句:意谓君子应胸怀广阔,志向远大,同《留侯论》"所挟持者甚大,而其志甚远也"意思相同。
〔4〕可致之才:指的是能够达到目的的才干。
〔5〕自取:即不能待且忍,所以说是"自取",进一步说明贾谊不能自用其才。
〔6〕三代:指夏、商、周三代。

〔7〕汉文：汉文帝刘恒(前202—前157)，前180年至前157年在位，总体上可称明君。他在位时实行"以民为本"的政策，减轻赋役和刑罚，恢复和发展生产，促进了社会的繁荣和国家的强盛。因此，历史上把他和汉景帝统治的时期相提并论，称为"文景之治"。

〔8〕"仲尼圣人"二句：意思是说当年孔子不辞辛苦，带领门徒周游列国，极力宣扬自己的政治主张。历试，一次次地尝试。此事见于《史记·孔子世家》。

〔9〕"将之荆"三句：之，去；往。荆，指楚国。子夏、冉有，孔子的两个弟子。申，重申，又有一说当"继"解。此数语见《礼记·檀弓上》："昔者夫子失鲁司寇，将之荆，盖先之以子夏，又申之以冉有，以斯知不欲速贫也。"

〔10〕"孟子去齐"三句：写孟子去齐之事。当时孟子不满于齐王不行王道，打算离开齐国，可是又心存希望，即期望齐王有可能醒悟过来，还会召他回去，因而在齐国边境昼那个地方(今山东临淄)等了三天，但最终没有音信，只好离去。事见《孟子·公孙丑下》："予三宿而出昼，于予心犹以为速，王庶几改之！王如改诸，则必反予。夫出昼，而王不予追也。"

〔11〕"公孙丑问曰"至"而吾何为不豫"：此处有误，作者错把充虞说成公孙丑。《孟子·公孙丑下》："孟子去齐，充虞路问曰：'夫子若有不豫(不高兴)色……'孟子曰：'彼一时，此一时也。五百年必有王者兴，其间必有名世者。由周而来，七百有馀岁矣。以其数，则过矣；以其时考之，则可矣。夫天未欲平治天下也，如欲平治天下，当今之世，舍我其谁也？吾何为不豫哉？'"

〔12〕"非汉文之不用生"二句：意在批评贾谊，说不是汉文帝不重用贾谊，而是贾谊不能为汉文帝所重用。照应开头，即贾谊"不能自用其才也"。

〔13〕夫绛侯亲握天子玺而授之文帝：事见《史记·孝文本纪》："代王(汉文帝)驰至渭桥，群臣拜谒称臣。代王下车拜……太尉(周勃)乃跪上天子玺符。"绛侯，指周勃，吕后死后，他主持平定诸吕之乱，使汉文帝以代王入为皇帝，是大汉功臣。玺，皇帝玉印。

〔14〕"灌婴连兵数十万"二句：指汉功臣灌婴连兵数十万同周勃诛诸吕之事。《史记·灌婴列传》："太后崩，吕禄等以赵王自置为将军，军长安，为乱。齐哀王闻之，举兵西，且入诛不当为王者。上将军吕禄等闻之，乃遣婴为大将，将军往击之。婴行至荥阳(今河南省荥阳市)，乃与绛侯等谋，因屯兵荥阳，风齐王以诛吕氏事。齐兵止不前。绛侯等既诛诸吕，齐王罢兵归，婴亦罢兵自荥阳归，与绛侯、陈平共立代王为孝文皇帝。"

〔15〕特：仅仅、只是。

〔16〕"贾生"至"亦已难矣"：指权贵排挤、打压贾谊之事。《史记·屈原贾生列传》："于是天子(汉文帝)议以为贾生任公卿之位。绛、灌、东阳侯、冯敬之属尽害之，乃短贾生曰：'雒(洛)阳之人，年少初学，专欲擅权，纷乱诸事。'于是天子后亦疏之，不用其议，乃以贾生为长沙王太傅。"

〔17〕优游：优哉游哉，从容自如之态。　浸渍：逐渐渗透。

〔18〕而遽为人"痛哭"哉：用贾谊语，见《治安策》："臣窃惟事势，可为痛哭者一，可为流涕者二，可为长太息(叹息)者六。"

〔19〕"观其过湘为赋以吊屈原"三句：写贾谊被贬之时郁闷悲愤之状。萦纡，缭绕之状。远举，原指高飞，实为远隐。《史记·屈原贾生列传》："贾生既辞往行，闻长沙卑湿，自以寿不得长，又以适去，意不自得。及渡湘水，为赋以吊屈原。"《吊屈原赋》中"凤漂漂其高逝兮，固自隐而远去；袭九渊之神龙兮，沕深潜以自珍"，也可见贾谊忧愤之思。

〔20〕"其后卒以自伤哭泣"二句：写贾谊之死。夭绝，即夭折。《史记·屈原贾生列传》："居数年，(梁)怀王骑，坠马而死，无后。贾生自伤为傅无状，哭泣岁馀，亦死。"

〔21〕自残：自己害自己。

〔22〕遗俗之累：被世俗之人遗弃之祸。累，累赘、祸害。《史记·赵世家》："夫有离世之名，必有遗世之累。"

〔23〕"古今称苻坚得王猛于草茅之中"三句：苻坚，十六国时期前秦皇帝，先后攻灭前燕、前凉、代国，统一北方大部分地区。公元383年攻晋，在淝水大败，为羌族首领姚苌所杀。王猛，十六国时期前秦大臣，出身贫寒。他曾拜见桓温，扪虱而谈天下大势，后为苻坚重臣，事见《晋书·载记·苻坚下》："苻坚将有大志，闻(王)猛名，遣吕婆楼招之，一见便若平生，语及废兴大事，异符同契，若玄德(刘备)之遇孔明也。及坚僭位，以猛为中书侍郎。"后来又"迁尚书左丞、咸阳内史、京兆尹。未几，除吏部尚书、太子詹事，又迁尚书左仆射、辅国将军、司隶校尉、加骑都尉，居中宿卫。时猛年三十六，岁中五迁，权倾内外，宗戚旧臣皆害其宠。尚书仇腾、丞相长史席宝数潛毁之，坚大怒，黜腾为甘松护军，宝白衣领长史。尔后上下咸服，莫有敢言。"

〔24〕匹夫：此处指苻坚。

〔25〕狷介：狷，狷急、狷狂。介，耿介。　操：节操。

〔26〕慎：谨慎，引申为注意、小心。　发：发挥自己的才智。

太史公司马迁所撰之《屈原贾生列传》乃《史记》中之名篇。之所以将贾谊与屈原合传，是因为他们二人有相同的命运与遭际。苏轼此论从贾谊本身剖析其悲剧产生之根源，属于内在原因的探究。全文一唱三叹，寄寓了对贾生的深切同情。若干年后，当苏轼自己在仕途遭遇挫折时，是否常常引贾谊为戒呢？

教战守策

宋仁宗嘉祐六年(1061)，苏轼应制科考试时，共作《进策》二十五篇，包括《策略》、《策别》、《策断》三个部分。本文为《策别》中的一篇，原题作《教战守》，今据旧选本增一"策"字。

二十六岁的苏轼参加了"材识兼茂明于体用科"考试，在秘阁考试之后，宋仁宗又亲临崇政殿，御试制科策问。苏轼在这种情况下写下了包括本文在内的一系列针砭时弊的政论文，希望宋仁宗能够虚心采纳，有补于时。

夫当今生民之患[1]，果安在哉[2]？在于知安而不知危，能逸而不能劳。此其患不见于今[3]，而将见于他日。今不为之计[4]，其后将有所不可救者。

昔者先王知兵之不可去也[5]，是故天下虽平，不敢忘战。秋冬之隙，致民田猎以讲武[6]，教之以进退坐作之方，使其耳目习于钟鼓旌旗之间而不乱[7]，使其心志安于斩刈杀伐之际而不惧[8]，是以虽有盗贼之变，而民不至于惊溃。及至后世，用迂儒之议[9]，以去兵为王者之盛节，天下既定，则卷甲而藏之[10]。数十年之后，甲兵顿弊[11]，而人民日以安于佚乐[12]；卒有盗贼之警，则相与恐惧讹言[13]，不战而走。开元、天宝之际，天下岂不大治？惟其民安于太平之乐，酣于游戏酒食之间[14]，其刚心勇气消耗钝眊[15]，痿蹶而不复振[16]。是以区区之禄山一出而乘之[17]，四方之民，兽奔鸟窜，乞为囚虏之不暇[18]。天下分裂[19]，而唐室固以微矣。

　　盖尝试论之：天下之势，譬如一身[20]。王公贵人所以养其身者，岂不至哉[21]？而其平居常苦于多疾[22]。至于农夫小民，终岁劳苦而未尝告疾，此其故何也？夫风雨霜露寒暑之变，此疾之所由生也。农夫小民，盛夏力作而穷冬暴露，其筋骸之所冲犯[23]，肌肤之所浸渍[24]，轻霜露而狎风雨[25]，是故寒暑不能为之毒。今王公贵人处于重屋之下[26]，出则乘舆，风则袭裘[27]，雨则御盖[28]，凡所以虑患之具莫不备至[29]。畏之太甚而养之太过，小不如意，则寒暑入之矣。是故善养身者，使之能逸而能劳，步趋动作，使其四体狃于寒暑之变[30]，然后可以刚健强力，涉险而不伤。夫民亦然。今者治平之日久，天下之人骄惰脆弱，如妇人孺子，不出于闺门。论战斗之事，则缩颈而股栗；闻盗贼之名，则掩耳而不愿听。而士大夫亦未尝言兵，以为生事扰民，渐不可长[31]。此不亦畏之太甚而养之太过欤？

　　且夫天下固有意外之患也。愚者见四方之无事，则以为变故无自而有，此亦不然矣！今国家所以奉西北之虏者，岁以百万计[32]，奉之者有限，而求之者无厌，此其势必至于战。战者，必然之势也，不先于我，则先于彼；不出于西，则出于北。所不可知者，有迟速远近，而要以不能免也[33]。天下苟不免于用兵，而用之不以渐，使民于安乐无事之中，一旦出身而蹈死地[34]，则其为患必有所不测。故曰：天下之民知安而不知危，能逸而不能劳。此臣所谓大患也。臣欲使士大夫尊尚武勇，讲习兵法。庶人之在官者[35]，教以行阵之节；役民之司盗者[36]，授以击刺之术。每岁终则聚于郡府，如古都试之法[37]，有胜负，有赏罚。而行之既久，则又军法从事。然议者必以为无故而动民，又挠以军法[38]，则民将不安；而臣以为此所以安民也。天下果未能去兵[39]，则其一旦，将以不教之民而驱之战[40]。夫无故而动民，虽有小恐，然孰与夫一旦之危哉[41]？

　　今天下屯聚之兵[42]，骄豪而多怨，陵压百姓而邀其上者[43]，何故？

此其心以为天下之知战者,惟我而已。如使平民皆习于兵,彼知有所敌[44],则固已破其奸谋而折其骄气。利害之际,岂不亦甚明欤?

〔1〕患:祸患,灾难。
〔2〕果安在哉:究竟在哪里呢?
〔3〕此其患:即文中所说"当今生民之患"。
〔4〕为之计:之,指"知安而不知危,能逸而不能劳"的危急情况。计,对策。
〔5〕先王:指夏、商、周三代帝王。
〔6〕"秋冬之隙"二句:秋冬农闲的时候,召集人民去打猎,以讲习武事。《周礼·夏官·大司马》中记载当时军事训练的情况,春教振旅(整队),夏教茇(bá)舍(野营),秋教治兵,冬教大阅,四季之中秋冬最为重要。此二季正好是农闲之际,要召集人民以打猎的方式讲习武事。
〔7〕进退坐作:即前进、后退、坐下、起立等军事训练时的基本动作。 钟鼓旌旗:古代作战时所使用的指挥用具。《孙子·军事篇》:"《军政》曰:'言不相闻,故为之金鼓;视不相见,故为之旌旗。'"
〔8〕安:安稳、习惯。
〔9〕迂儒:迂腐的读书人。
〔10〕卷甲:收起武器装备。
〔11〕顿弊:破败坏损。顿,通"钝",不锋利。弊,破败坏损。
〔12〕佚(yì)乐:悠闲安乐。
〔13〕相与恐惧讹言:相互之间恐惧惊慌,传布谣言。
〔14〕豢(huàn):养。
〔15〕消耗钝眊(mào):勇气消耗殆尽。眊,眼睛不明。
〔16〕痿蹶(wěijué):虚弱颓废。
〔17〕禄山:安禄山,唐代营州柳城(今辽宁朝阳)人,本为胡人。唐玄宗时一度得宠,为平卢、范阳、河东节度使。天宝末年,李唐社会危机深重,他趁机起兵叛乱,攻陷洛阳、长安,自称大燕皇帝,后来发生内讧,为其子安庆绪所杀。 乘之:利用时机。
〔18〕乞为囚虏之不暇:乞求做俘虏都来不及。《资治通鉴》二百十七卷载:"时海内久承平,百姓累世不识兵革,猝闻范阳兵起,远近震骇。河北皆禄山统内,所过州县,望风瓦解。守令或开门出迎,或弃城窜匿,或为所侵戮,无敢拒之者。"
〔19〕天下分裂:指安史之乱后国家分裂、割据的局面。
〔20〕一身:周身、整个身体。
〔21〕至:周到。
〔22〕平居:平时。
〔23〕冲犯:侵袭。
〔24〕浸渍(jìnzì):浸泡。
〔25〕狎(xiá):轻视。
〔26〕重(chóng)屋:重檐大屋。语出《周礼·冬官·考工记下》:"殷人重屋。"
〔27〕袭裘:袭,衣上加衣。裘,皮衣。
〔28〕御盖:打伞。

〔29〕虑患：考虑祸患。
〔30〕狃(niǔ)：习惯。
〔31〕渐不可长：防微杜渐，不让坏东西滋长。渐，事物发展的开端。
〔32〕"今国家所以奉西北之虏者"二句：西北之虏指西夏和宋北边的辽国，当时是宋的主要威胁。虏，古代汉族对敌人的蔑称。岁以百万计，是举成数，指北宋当时输辽币增为银二十万两，绢三十万匹；输西夏岁银七万两，绢十五万三千匹，茶三万斤。虽不足百，但也是沉重的负担。
〔33〕要以不能免：指战争总归不能避免。
〔34〕出身：献身。 蹈死地：走上战场。
〔35〕庶人：平民。 在官者：在官府服役。
〔36〕司盗者：缉捕盗贼的差役。
〔37〕都试之法：集合军队，定期到都城演习武事的训练方法。
〔38〕挠(náo)：束缚、困扰。
〔39〕果：果真、果然。
〔40〕其：表示推测的语气词，即大概，但这里的意思是肯定的。
〔41〕孰与：何如、怎么样。
〔42〕屯聚之兵：在地方上驻扎的军队。
〔43〕邀其上：要挟上级。
〔44〕有所敌：有对手。敌，匹敌、对手。

　　北宋中叶以后，民族矛盾上升为主要矛盾，辽和西夏成为宋朝西北边疆的严重威胁，战争随时可能爆发。面对空前的危机，宋朝的执政者怯于外敌，惟图苟安，为历代所少见。苏轼清醒地认识到这种严峻的现实，并且充分认识到宋朝与辽和西夏的战争不可避免，所以在文章中明确提出"知安而不知危，能逸而不能劳"这一中心论点，认为这是当时的最大祸害；然后用正反两方面的史实以及个人养生之道来论证、说明国家防御之策；接着根据形势，阐明战争的必然性，最后提出教民战守的具体方案。

上梅直讲书

　　梅直讲，即梅尧臣(1002—1060)，字圣俞，北宋诗文革新运动的倡导者，与苏舜钦齐名，诗坛上并称"苏梅"，当时任国子监直讲，故称梅直讲。在北宋嘉祐二年(1057)正月举行的礼部考试中，他为参详官，主要负责编排评定等具体事务。苏轼参加此次礼部考试，梅尧臣作为考官，对苏轼的试卷大加赞赏，"以为有孟轲之风"，于是便推荐给主考官欧阳修。"文忠惊喜，以为异人。欲以冠多士，疑曾子固所为。子固，文忠门下士也，乃置公第二"。(苏辙《东坡先生墓志铭》)

某官执事[1]：轼每读《诗》至《鸱鸮》[2]，读《书》至《君奭》[3]，常窃悲周公之不遇。及观《史》，见孔子厄于陈、蔡之间，而弦歌之声不绝[4]，颜渊、仲由之徒相与问答[5]。夫子曰："'匪兕匪虎，率彼旷野[6]，'吾道非耶？吾何为于此？"颜渊曰："夫子之道至大，故天下莫能容。虽然，不容何病[7]？不容然后见君子。"夫子油然而笑曰[8]："回，使尔多财，吾为尔宰[9]。"夫天下虽不能容，而其徒自足以相乐如此。乃今知周公之富贵，有不如夫子之贫贱。夫以召公之贤，以管、蔡之亲[10]，而不知其心，则周公谁与乐其富贵，而夫子之所与共贫贱者，皆天下之贤才，则亦足与乐乎此矣。

轼七八岁时，始知读书[11]。闻今天下有欧阳公者[12]，其为人如古孟轲、韩愈之徒；而又有梅公者从之游，而与之上下其议论[13]。其后益壮，始能读其文词，想见其为人，意其飘然脱去世俗之乐而自乐其乐也[14]。方学为对偶声律之文[15]，求升斗之禄[16]，自度无以进见于诸公之间[17]。来京师逾年[18]，未尝窥其门[19]。今年春[20]，天下之士群至于礼部[21]，执事与欧阳修公实亲试之[22]，轼不自意[23]，获在第二[24]。既而闻之人，执事爱其文，以为有孟轲之风，而欧阳公亦以其能不为世俗之文也而取焉。是以在此，非左右为之先容[25]，非亲旧为之请属[26]，而向之十馀年间闻其名而不得见者，一朝为知己。退而思之，人不可以苟富贵[27]，亦不可以徒贫贱[28]，有大贤焉而为其徒，则亦足恃矣。苟其侥一时之幸，从车骑数十人，使间巷小民聚观而赞叹之，亦何以易此乐也。

《传》曰："不怨天，不尤人[29]。"盖"优哉游哉，可以卒岁[30]"。执事名满天下，而位不过五品，其容色温然而不怒，其文章宽厚敦朴而无怨言，此必有所乐乎斯道也。轼愿与闻焉。

〔1〕某官执事：指代梅尧臣。"某官"在古代书信中常被用来代称对方官职。执事，古时举行典礼时担任专职的人。

〔2〕《鸱鸮》：《诗经·豳风》中的一篇。《毛诗序》："《鸱鸮》，周公救乱也。成王未知周公之志，公乃为诗以遗王，名之曰《鸱鸮》焉。"周成王对周公救乱之举有怀疑，认为有异志，因此周公托言鸱鸮表明心志。救乱，指周公讨伐武庚、管叔、蔡叔之事。

〔3〕《君奭》：《尚书·周书》中的一篇。本篇的《序》中写道："召公为保，周公为师，相成王为左右。召公不悦，周公作《君奭》。"周武王死后，召公(名奭)与周公共同辅佐成王，但是召公却怀疑周公有野心，周公

为此作《君奭》一文为自己辩白。

〔4〕"及观《史》"三句:《史》指《史记》。陈(今河南开封以东至安徽亳县以北)、蔡(在今河南上蔡县和新蔡县一带)是周王朝的两个诸侯国。据《史记·孔子世家》载,陈、蔡大夫对楚国人聘孔子一事横加阻拦,"于是乃相与发徒役围孔子于野。不得行,绝粮。从者病,莫能兴。孔子讲诵弦歌不衰。"

〔5〕颜渊、仲由:颜渊,孔子的弟子,名回,字子渊。仲由,孔子的弟子,字子路。

〔6〕"匪兕匪虎"二句:语出《诗经·小雅·何草不黄》。匪,同"非"。兕,犀牛。 率:原意是沿着,诗中引申为奔忙。

〔7〕病:忧虑。《左传·襄公二十四年》:"范宣子为政,诸侯之币重,郑人病之。"

〔8〕油然:一作"犹然",舒缓的样子。

〔9〕宰:这里指家臣。以上是孔子与其弟子的对话,见《史记·孔子世家》,文字上有删节。

〔10〕管、蔡:管叔和蔡叔,周公的两个弟弟。管叔名鲜,蔡叔名度。

〔11〕"轼七八岁时"二句:苏轼自述。他自己在《记陈太初尸解事》中说:"吾八岁入小学,以道士张易简为师。"

〔12〕欧阳公:指欧阳修。北宋诗文革新运动的倡导者,当时的文坛领袖。

〔13〕上下:原意为增加、减少,此处引申为讨论、商榷。《周礼·秋官·司仪》:"从其爵而上下之。"郑玄注:"上下,犹丰杀也。"

〔14〕意:同"臆",猜测。

〔15〕对偶声律之文:指当时进士科考试中必考的诗、赋等讲究对仗、押韵的文体。

〔16〕升斗之禄:俸禄微薄的意思。

〔17〕度:揣测。

〔18〕来京师逾年:苏轼自述来京赶考所费时日。苏轼与弟弟苏辙于嘉祐元年(1056)五月随父到达京师(今河南开封),九月参加乡试;第二年正月参加礼部考试,三月苏轼与其弟苏辙同科进士及第。逾年,超过一年,即过了嘉祐元年(1056)。

〔19〕窥其门:登门拜访的意思。

〔20〕今年春:指嘉祐二年(1057)正月。

〔21〕礼部:官署之名,为六部之一。掌管礼乐、祭祀、封建、宴乐以及学校贡举的政令。

〔22〕执事与欧阳修公实亲试之:指嘉祐二年(1057),欧阳修为主考官,梅尧臣为参详官,知礼部贡举一事。欧阳修《归田录》:"嘉祐二年,余与韩子华、王禹玉、范景仁、梅公仪知礼部贡举,辟梅圣俞为小试官,凡锁院五十日。"

〔23〕不自意:自己没有料想到。

〔24〕获在第二:苏轼在嘉祐二年(1057)进士科考试时为第二名。苏辙在《东坡先生墓志铭》中写到当时欧阳修见到苏轼的试卷,大为称赏,"欲以冠多士,疑曾子固(巩)所为。子固,文忠(欧阳修)门下士也。乃置公第二"。

〔25〕左右:指欧、梅二人身边的亲信。 先容:事先进行推荐、疏通。

〔26〕属:同"嘱",原为嘱咐,此处是托人、打招呼、走门子的意思。

〔27〕苟富贵:以不正当的手段谋富贵。

〔28〕徒贫贱:无所作为而白白地处于贫贱的地位。徒,徒然、枉然。

〔29〕"不怨天"二句:怨,埋怨。尤,责备。语见《论语·宪问》。

〔30〕"优哉游哉"二句:语出《左传·襄公二十一年》。优哉游哉,形容悠然自得的样子。可以卒岁,原文为"聊以卒岁"。

本文是苏轼中进士之后给梅尧臣的一封信,信中着重抒写自己中第后的由衷喜悦,表达了受到欧、梅识拔,前辈奖许的感激之情,通篇贯穿一个"乐"字,洋溢着春风得意与巧遇知己的喜悦之情。

南行前集叙

本文作于北宋嘉祐四年(1059)。当年十月,苏轼与其弟苏辙服母丧期满,随父赶往京城,十二月抵达江陵(今属湖北)。父子三人在途中就"耳目之所接","发于咏叹",写下诗文一百篇,编成《南行集》,苏轼作叙。

夫昔之为文者,非能为之为工,乃不能不为之为工也。山川之有云雾,草木之有华实[1],充满勃郁而见于外[2],夫虽欲无有,其可得耶?自少闻家君之论文[3],以为古之圣人有所不能自已而作者。故轼与弟辙为文至多,而未尝敢有作文之意[4]。己亥之岁[5],侍行适楚[6],舟中无事,博弈饮酒[7],非所以为闺门之欢[8]。而山川之秀美,风俗之朴陋,贤人君子之遗迹,与凡耳目之所接者,杂然有触于中[9],而发于咏叹。盖家君之作与弟辙之文皆在,凡一百篇,谓之《南行集》。将以识一时之事[10],为他日之所寻绎[11],且以为得于谈笑之间,而非勉强所为之文也。

时十二月八日江陵驿书。

[1]华:通"花"。
[2]勃郁:原指风回旋的样子,宋玉《风赋》:"勃郁烦冤,冲孔袭门。"李善注:"勃郁烦冤,风回旋之貌。"此处用来形容草木花实蕴积甚厚的样子。
[3]家君:家父。这里指苏轼之父苏洵。
[4]作文:写文章,此处指的是为作文而作文。
[5]己亥之岁:即北宋仁宗嘉祐四年(1059)。
[6]侍行:指侍奉父亲(苏洵)旅行。
[7]博弈:下棋。
[8]闺门之欢:家庭欢聚。这次赴京,据苏洵《初发嘉州》中"托家舟行千里速"一句,可知三苏是带着家眷前去的,只是苏洵妻程氏已去世。
[9]中:心中。

〔10〕识:记、记载。
〔11〕寻绎:寻绎玩味,即回忆玩味的意思。

本文不但叙述了《南行集》的形成经过,而且特别着力于阐释文章应该有为而作,反对为文而文的观点,揭示了文学创作与现实生活的关系:现实生活触动作者的心灵与情怀,从而引发出情感的咏叹,用苏轼自己的话说,就是:"山川之秀美,风俗之朴陋,贤人君子之遗迹,与凡耳目之所接者,杂然有触于中,而发于咏叹。"

决壅蔽

本文作于宋仁宗嘉祐六年(1061)。那年苏轼参加"材识兼茂明于体用科"考试(皇帝特别下诏举行的考试)。就在这次考试之前,苏轼进献《进策》、《进论》各二十五篇。其中《进策》中的《策略》五篇着重分析北宋王朝当时所面临的形势,苏轼认为当时总的形势没有达到"治平"的实际效果。《策别》十七篇主要针对当时严峻的现实,提出具体的改革措施,包括政治、经济、军事几方面。《策断》三篇侧重于军事,因为当时辽和西夏是最大的威胁,所以这三篇着力阐述对这两个劲敌的主要战略和策略。这篇《决壅蔽》是《策别·课百官》中的第三篇。

所贵乎朝廷清明而天下治平者,何也?天下不诉而无冤,不谒而得其所欲[1],此尧、舜之盛也。其次不能无诉,诉而必见察[2];不能无谒,谒而必见省[3];使远方之贱吏,不知朝廷之高;而一介之小民[4],不识官府之难,而后天下治。

今夫一人之身,有一心两手而已。疾痛苛痒[5],动于百体之中[6],虽其甚微不足以为患,而手随至。夫手之至,岂其一一而听之心哉?心之所以素爱其身者深,而手之所以素听于心者熟,是故不待使令而卒然以自至[7]。圣人之治天下,亦如此而已。百官之众,四海之广,使其关节脉理,相通为一。叩之而必闻,触之而必应,夫是以天下可使为一身。天子之贵,士民之贱,可使相爱;忧患可使同,缓急可使救。

今也不然。天下有不幸而诉其冤,如诉之于天;有不得已而谒其所欲,如谒之鬼神。公卿大臣不能究其详悉,而付之于胥吏[8]。故凡贿赂先至者，朝请而夕得；徒手而来者，终年而不获。至于故常之事[9]，人之所当得而无疑者，莫不务为留滞，以待请属[10]。举天下一毫之事[11]，非金钱无以行之。

昔者汉、唐之弊，患法不明，而用之不密，使吏得以空虚无据之法而绳天下[12]，故小人以无法为奸。今也法令明具，而用之至密，举天下惟法之知。所欲排者，有小不如法，而可指以为瑕；所欲与者[13]，虽有所乖戾[14]，而可借法以为解[15]，故小人以法为奸。今天下所为多事者，岂事之诚多耶？吏欲有所鬻而不得[16]，则新故相仍[17]，纷然而不决，此王化之所以壅遏而不行也[18]。

昔桓、文之霸[19]，百官承职[20]，不待教令而办；四方之宾至，不求有司[21]。王猛之治秦，事至纤悉，莫不尽举，而人不以为烦。盖史之所记：麻思还冀州，请于猛。猛曰："速装，行矣；至暮而符下。"及出关，郡县皆已被符。其令行禁止而无留事者，至于纤悉，莫不皆然[22]。符坚以戎狄之种，至为霸王，兵强国富，垂及升平者，猛之所为，固宜其然也[23]。

今天下治安，大吏奉法，不敢顾私；而府史之属[24]，招权鬻法，长吏心知而不问[25]，以为当然。此其弊有二而已：事繁而官不勤，故权在胥吏。欲去其弊也，莫如省事而厉精[26]。省事，莫如任人；厉精，莫如自上率之。

今之所谓至繁，天下之事，关于其中[27]，诉之者多而谒之者众，莫如中书与三司[28]。天下之事，分于百官，而中书听其治要[29]；郡县之钱币，制于转运使[30]，而三司受其会计[31]，此宜若不至于繁多。然中书不待奏课以定其黜陟[32]，而关预其事，则是不任有司也；三司之吏，推析赢虚[33]，至于毫毛，以绳郡县[34]，则是不任转运使也。故曰：省事，莫如任人。

古之圣王，爱日以求治[35]，辨色而视朝[36]，苟少安焉[37]，而至于日出，则终日为之不给[38]。以少而言之，一日而废一事，一月则可知也；一岁，则事之积者不可胜数矣。欲事之无繁，则必劳于始而逸于终，晨兴而晏罢[39]。天子未退，则宰相不敢归安于私第；宰相日昃而不退[40]，则百官莫不震悚[41]，尽力于王事，而不敢宴游。如此，则纤悉隐微莫不举矣。天子求治之勤[42]，过于先王，而议者不称王季之晏朝[43]，而称舜之无为[44]；不论文王之日昃[45]，而论始皇之量书[46]：此何以率天下之怠耶？臣故曰：厉精，莫如自上率之，则壅蔽决矣。

〔1〕谒：谒见、进见。

〔2〕见察：得到详细审理。见，被。

〔3〕省：明白、了解。

〔4〕介：通"芥"，纤芥，比喻地位卑微。

〔5〕疾痛苛痒：疾病。疾痛，病痛。苛，通"疴"。语出《礼记·内则》。

〔6〕百体：指身体的各个部分。

〔7〕卒：通"猝"，忽然之间。

〔8〕胥吏：官府中的小官，职责多是办理文书之类。

〔9〕故常之事：日常之事，多指按规则应办的小事。

〔10〕请属：请托、求情。

〔11〕举：全、整个。

〔12〕绳：规范、约束。

〔13〕与：推荐、选拔。

〔14〕乖戾：违反、违背。

〔15〕解：开脱、解脱。

〔16〕鬻(yù)：卖。

〔17〕新故相仍：新旧相连，此处是说新案旧案接连不断。

〔18〕王化：王道教化，这里指国家政治教化，包括官府政令。　壅遏：阻塞。

〔19〕桓、文：指春秋霸主齐桓公和晋文公。

〔20〕承职：履行职责，忠于职守。

〔21〕有司：指官吏，古代设官分职，事各有专司，故称"有司"。

〔22〕"王猛之治秦"至"莫不皆然"：王猛(325—375)，字景略，北海剧(今山东寿光)人，十六国时前秦重臣，历史上有名的治世能臣。《晋书·王猛传》："广平(今河北鸡泽县)麻思流寄关右(函谷关以西)，因母亡归葬，请还冀州(指广平)。猛谓思曰：'便可速装(赶快整理行装)，是暮已符卿发遣。'及始出关，郡县已被符(接到官府的文告)管摄。其令行禁整，事无留滞，皆此类也。"

〔23〕"苻坚以戎狄之种"至"固宜其然也"：苻坚(338—385)作为十六国时前秦皇帝，因为任用王猛等能臣，国势十分强盛，进而统一了北方大部分地区和东晋的益州。因为他是氐族，故云"戎狄之种"。《晋书·王猛传》："猛宰政公平，流放尸素，拔幽滞，显贤才，外修兵革，内崇儒学，劝课农桑，教以廉耻，无罪而不刑，无才而不任，庶绩咸熙，百揆时叙。于是兵强国富，垂及升平，猛之力也。"垂及，接近、将近。及，达到。

〔24〕府史：官府中的小官吏。

〔25〕长吏：大吏、大官。《汉书·景帝纪》："吏六百石以上，皆长吏也。"颜师古注引张晏曰："长，大也，六百石位大夫。"

〔26〕厉精：励精图治。厉，通"励"。

〔27〕关于其中：都在管理之下，亦即总揽天下大事的意思。

〔28〕中书：古代行政机关名，即"三省"之一的中书省，其他二省分别是门下省、尚书省。　三司：此处指的是宋朝廷的财政机关，因为它通管盐铁、度支、户部三方面，所以称"三司"。

〔29〕听其治要：观察了解其治国要务。

〔30〕制：管制。 转运使：官名，宋置诸道转运使，掌管一路或数路军需粮饷，后并兼军事、刑名、巡视地方之职，是府州以上长官，权任很重。

〔31〕会计：计算、出纳等财政诸事。

〔32〕奏课：申奏考课，汇报说明。这里是指中书省以下之官吏向其汇报与说明。 黜陟：官职的升降。

〔33〕推析赢虚：推测、计算、分析是盈还是亏。

〔34〕绳：制约规范。

〔35〕爱日：惜时。《大戴礼记·小辩》："社稷之主爱日。"

〔36〕辨色：看清天色，一般指天刚亮之时。 视朝：上朝。《礼记·玉藻》："朝，辨色始入。"

〔37〕少：通"稍"。

〔38〕不给：不够用，意思是时间紧，不够用。

〔39〕晨兴：早晨起来，指起得早。陶渊明《饮酒》："晨兴理荒秽。" 晏罢：晚退，意思是退朝休息得晚。

〔40〕昃(zè)：日过正午。

〔41〕震悚：畏惧小心。

〔42〕天子：皇帝，指宋仁宗。

〔43〕王季之晏朝：王季，即周文王的父亲季历。据《史记·周本纪》记载，他"日中不暇食而待士"。

〔44〕舜之无为：帝舜无为而治，语见《论语·卫灵公》："子曰：'无为而治者，其舜也与！夫何为哉？恭己正南面而已矣。'"何晏《集解》："言任官得其人，故无为而治。"

〔45〕文王之日昃：意思是说文王惜时而勤于政事，见《尚书·无逸》："文王……自朝至于日中昃，不遑暇食。"又见皇甫谧《帝王世纪》："文王晏朝不食，以延四方之士。"

〔46〕始皇之量书：秦始皇不顾休息，忙于政务，见《史记·秦始皇本纪》："天下之事无小大皆决于上，上至以衡(秤)石(一百二十斤)量书，日夜有呈(标准)，不中呈，不得休息。"

文章总体上分为三个部分，第一部分(一、二自然段)提出并深刻阐释了朝廷清明治平的基本标准，一是"天下不诉而无冤，不谒而得其所欲"；二是"诉而必见察"，"谒而必见省"，贱吏"不知朝廷之高"，小民"不识官府之难"。第二部分(三、四自然段)采用古今对比之法，深刻揭露、分析当时的社会危机和矛盾，主要是王朝内部贿赂公行、以法为奸的腐败现状。第三部分(五至八自然段)深入分析了造成诸种社会弊端的各种因素，进而顺理成章地提出了克服弊端的方法与措施。

日　喻

关于本文的写作年代有两说：一是傅藻《东坡纪年录》，说是作于宋神宗元丰元年(1078)十月十二日，而《乌台诗案》作"十三日"。有关文章缘起，本文末尾也有交代："渤海吴君彦律，有志于学者也，方求举于礼部，作《日喻》以告之。"不过这些并不十分要紧，我们关键要明白这篇文章的写作背景与目的所在。本文的写作背景,篇末也有说明:"昔者以声律取士,士杂学而不志于道;今也以经术取士,士知求道而不务学。"这几句话字面上看也不十分要紧,但其真实的背景则相当重要,关涉甚大。熙宁四年(1071)二月,神宗皇帝采纳王安石的建议,用经义、策论试进士,而罢去自唐以来诗赋取士的制度,助长了当时空谈义理,不重实学的风气。特别是熙宁八年(1075)六月,王安石《三经新义》(三经指《诗经》、《尚书》、《周礼》)颁行以后,"士趋时好,专以王氏《三经义》为捷径,非徒不观史,而于所习经外,他经及诸子无复读者。故于古今人物及世治乱兴衰之迹,亦漫不省"(朱弁《曲洧旧闻》卷三)。苏轼既认识到过去以诗赋取士的偏颇——"士杂学而不志于道",又看到现在"以经术取士"的弊端——"士知求道而不务学"。正是在这种背景之下,苏轼写下这篇文章。其目的,苏轼自己在《乌台诗案》中说得明白:"元丰元年(1078),轼知徐州。十月十三日,在本州监酒正字吴琯锁厅得解,赴省试。轼作文一篇,名为《日喻》,以讥讽近日科场之士但务求进,不务积学,故皆空言而无所得。以讥讽朝廷更改科场新法不便也。"这虽是在逼供情况下写出的供词,但是批评"以经术取士"的弊端以及以诗赋取士的不足则是本文的宗旨。

  生而眇者不识日[1],问之有目者。或告之曰:"日之状如铜盘。"扣盘而得其声。他日闻钟[2],以为日也。或告之曰:"日之光如烛。"扪烛而得其形[3]。他日揣籥[4],以为日也。日之与钟、籥亦远矣,而眇者不知其异:以其未尝见而求之人也。道之难见也甚于日[5],而人之未达也[6],无以异于眇。达者告之,虽有巧譬善导[7],亦无以过于盘与烛也。自盘而之钟[8],自烛而之籥,转而相之,岂有既乎[9]!故世之言道者,或即其所见而名之[10],或莫之见而意之[11]:皆求道之过也。然则道卒不可求欤?苏子曰:道可致而不可求[12]。何谓"致"?孙武曰[13]:"善战者致人[14],不致于人。"子夏曰[15]:"百工居肆以成其事,君子学以致其道。"莫之求而自至,斯以为"致"也欤?

  南方多没人[16],日与水居也,七岁而能涉,十岁而能浮,十五而能没矣。夫没者,岂苟然哉[17]?必将有得于水之道者[18]。日与水居,则十五而得其道;生不识水,则虽壮,见舟而畏之。故北方之勇者,问于没人,而求其所以没,以其言试之河,未有不溺者也。故凡不学而务求道,皆北方之勇者,问于没人,而求其所以没,以其言试之河,未有不溺者也。故凡不学而务求道,皆北方之学没者也。

  昔者以声律取士[19],士杂学而不志于道;今也以经术取士[20],士知求道而不务学。渤海吴君彦律[21]，有志于学者也，方求举于礼部，作《日喻》以告之。

〔1〕眇(miǎo)：一目失明，这里指双目失明。
〔2〕他日：有一天。
〔3〕扣：摸。
〔4〕揣：揣摸。　籥(yuè)：一种像笛子的管乐器，一般比笛子短。
〔5〕道：道理，真理。此处专指儒家的学术思想而言。
〔6〕达：通达、懂得。
〔7〕巧譬：巧妙的比喻。　导：引导、指点。
〔8〕之：到。
〔9〕转而相之，岂有既乎：一个接一个地比来比去，哪有止境呢。既，尽头，止境。
〔10〕名之：称呼它。
〔11〕莫之见而意之：根本没有见到它(道)，却单凭主观进行臆测。意，通"臆"，猜想、猜测。
〔12〕致：导致、达到。
〔13〕孙武：春秋时期齐国杰出的军事家，著有《孙子兵法》。
〔14〕善战者致人：语出《孙子·虚实篇》，意思是善于作战的人，让敌人听我调动，自投罗网。
〔15〕子夏：孔子的学生，春秋时卫国人。
〔16〕没人：能潜水的游泳能手。
〔17〕岂苟然哉：难道是轻易做到的吗？苟然，轻易、随便。
〔18〕水之道：水性。
〔19〕以声律取士：以律诗和律赋取士，唐朝和宋初都用此法进行考试，选拔进士。
〔20〕以经术取士：北宋熙宁四年(1071)，宋神宗采纳王安石的建议，罢去以诗赋取士之法，改用经术取士，即以儒家经典为考试的主要内容。
〔21〕渤海：郡名，宋代属河北路滨州，郡所在今山东富阳一带。　吴君彦律：吴琯，苏轼知徐州之时他是监酒，生平事迹不详。

　　文章以生动形象的比喻入手，引出"道可致而不可求"这一中心论点，揭示出"道"只能通过长期的实践而自然达到，不可能一蹴而就。即使有"达者告之"，也不可能一下子得到。

李氏山房藏书记

　　李氏即李常(1027—1090)，字公择，宋南康军建昌(今江西南城)人。他年少时曾经在庐山白石庵读书，走上仕途之后，在庐山藏书至九千馀卷。他走之后，山中人思之,把他居住的地方号为"李氏山房"。李公择又是黄庭坚的舅父,通过他,苏轼才结识黄庭坚。

象、犀、珠、玉、怪珍之物[1],有悦于人之耳目,而不适于用。金、石、草、木、丝、麻、五谷、六材[2],有适于用,而用之则弊,取之则竭。悦于人之耳目而适于用,用之而不弊,取之而不竭,贤不肖之所得,各因其才,仁智之所见[3],各随其分,才分不同,而求无不获者,惟书乎!

自孔子圣人[4],其学必始于观书。当是时,惟周之柱下史老聃为多书[5]。韩宣子适鲁,然后见《易象》与《鲁春秋》[6]。季札聘于上国,然后得闻《诗》之风、雅、颂[7]。而楚独有左使倚相,能读《三坟》、《五典》、《八索》、《九丘》[8]。士之生于是时,得见六经者盖无几,其学可谓难矣。而皆习于礼乐,深于道德,非后世君子所及。自秦、汉以来,作者益众,纸与字画日趋于简便,而书益多,士莫不有,然学者益以苟简[9],何哉?余犹及见老儒先生,自言其少时,欲求《史记》、《汉书》而不可得,幸而得之,皆手自书,日夜诵读,惟恐不及。近岁市人转相摹刻诸子百家之书,日传万纸。学者之于书,多且易致如此,其文词学术,当倍蓰于昔人[10],而后生科举之士,皆束书不观,游谈无根,此又何也?

余友李公择,少时读书于庐山五老峰下白石庵之僧舍。公择既去,而山中之人思之,指其所居为李氏山房。藏书凡九千馀卷。公择既已涉其流,探其源[11],采剥其华实,而咀嚼其膏味,以为己有,发于文词,见于行事,以闻名于当世矣。而书固自如也,未尝少损。将以遗来者,供其无穷之求,而各足其才分之所当得。是以不藏于家,而藏于其故所居之僧舍,此仁者之心也。

余既衰且病,无所用于世,惟得数年之闲,尽读其所未见之书,而庐山固所愿游而不得者,盖将老焉。尽发公择之藏,拾其馀弃以自补,庶有益乎[12]?而公择求余文以为记,乃为一言,使来者知昔之君子见书之难,而今之学者有书而不读为可惜也。

[1]象:象牙。 犀:犀牛,这里指犀牛的角。
[2]五谷:五种谷物。古代说法不同。《周礼·天官·疾医》:"以五味、五谷、五药养其病。"郑玄注:"五谷,麻、黍、稷、麦、豆也。"《孟子·滕文公上》:"树艺五谷。"赵岐注:"五谷,谓稻、黍、稷、麦、菽也。"《楚辞·大

招》:"五谷六仞。"王逸注:"五谷,稻、稷、麦、豆、麻也。"《素问·藏气法时论》:"五谷为养。"王冰注为粳米、小豆、麦、大豆、黄黍。 六材:六种材料,即干、角、筋、胶、丝、漆。

〔3〕仁智之所见:仁者见仁,智者见智。

〔4〕孔子圣人:古人称孔子为圣人。

〔5〕惟周之柱下史老聃为多书:只有周柱下史老子书多。这是说老子那里藏书多,因为他是周藏书室之史。《史记·老子韩非列传》中说:"(老子)姓李氏,名耳,字聃,周守藏室之史也。"《索隐》:"藏室史,周藏书室之史也。又《张苍传》:'老子为柱下史。'盖即藏室之柱下,因以为官名。"

〔6〕韩宣子适鲁:韩宣子,指春秋时晋国大夫。《左传·昭公二年》:"春,晋侯使韩宣子来聘,且告为政而来见,礼也。观书于太史(藏书官)氏,见《易象》与《鲁春秋》,曰:'周礼尽在鲁矣。'"

〔7〕"季札聘于上国"二句:季札,春秋时吴国贵族,吴王寿梦之季子。寿梦要传位于他,他不接受,封于延陵,所以又称延陵季子。历聘鲁、齐、郑、卫、晋等国,当时以多闻见称。《左传·襄公二十九年》载,季札受聘鲁国之时,"请观于周乐",鲁国"使(乐)工为之歌"二南、国风、雅、颂,季札都一一作了评论,并借此说明周朝和诸侯的盛衰大势。上国,中原诸侯国,这是春秋时的说法,此处指鲁国。《左传·昭公二十七年》:"使延州来季子聘于上国。"孔颖达疏引服虔云:"上国,中国(中原地区)也。盖以吴辟东南,地势卑下,中国在其上流,故谓中国为上国也。"

〔8〕"而楚独有左史倚相"二句:左史,史官之名。周朝的史官有左史、右史,二者分工明确:左史记行,右史记言。倚相,人名,他是春秋时楚国的左史,当时为良史。《左传·昭公十二年》载,楚灵王对子革称赞倚相,说他"是良史也,子善视之,是能读《三坟》《五典》《八索》《九丘》"。孔颖达疏云:"孔安国《尚书序》云:伏羲、神农、黄帝之书谓之《三坟》,言大道也。少昊、颛顼、高辛、唐(尧)、虞(舜)之书谓之《五典》,言常道也。八卦之说谓之《八索》,求其义也。九州之志谓之《九丘》,丘,聚也,言九州所有土地、所生风气、所宜皆聚此书也。"

〔9〕益以苟简:更为苟且,贪图简易。

〔10〕倍蓰(xǐ):多倍。蓰,五倍。

〔11〕涉其流,探其源:寻涉它的流,探讨它的源,即寻源溯流之意。

〔12〕庶:大概、或许。

本文叙事与议论相结合。一方面阐述书籍的功能与重要性,叙述前贤得书之难,赞美他们读书之勤苦;另一方面又批评当时的科举之士"束书不观,游谈无根",告诉人们应该惜时读书。

喜雨亭记

关于本文的创作年代,文中云:"余至扶风之明年。"扶风,旧郡名,即宋之凤翔府(今属陕西)。苏轼于嘉祐六年(1061)十二月任凤翔府签判,此文当作于嘉祐七年(1062)。喜雨亭位于凤翔府城东北。

154

亭以雨名,志喜也[1]。古者有喜则以名物,示不忘也。周公得禾,以名其书[2];汉武得鼎,以名其年[3];叔孙胜狄,以名其子[4]。其喜之大小不齐,其示不忘一也。

余至扶风之明年[5],始治官舍,为亭于堂之北,而凿池其南,引流种木,以为休息之所。是岁之春,雨麦于岐山之阳[6],其占为有年[7]。既而弥月不雨[8],民方以为忧。越三月乙卯乃雨[9],甲子又雨[10],民以为未足;丁卯大雨[11],三日乃止。官吏相与庆于庭,商贾相与歌于市,农夫相与忭于野[12],忧者以乐,病者以愈,而吾亭适成。

于是举酒于亭上以属客[13],而告之曰:"五日不雨可乎?"曰:"五日不雨则无麦。""十日不雨可乎?"曰:"十日不雨则无禾。"无麦无禾,岁且荐饥[14],狱讼繁兴[15],而盗贼滋炽。则吾与二三子,虽欲优游以乐于此亭,其可得耶?今天不遗斯民,始旱而赐之以雨,使吾与二三子,得相与优游而乐于亭者,皆雨之赐也。其又可忘邪?

既以名亭,又从而歌之。歌曰:使天而雨珠,寒者不得以为襦;使天而雨玉,饥者不得以为粟。一雨三日,伊谁之力[16]?民曰太守[17],太守不有。归之天子,天子曰不。归之造物,造物不自以为功。归之太空,太空冥冥。不可得而名,吾以名吾亭。

[1] 志:记、记载。

[2] 周公得禾,以名其书:周公,周武王之弟,姓姬,名旦,他的采邑在周(今陕西岐山之北),因此被称为周公。周成王之弟唐叔虞得到两禾共生一穗的嘉禾,进献成王。成王又把它赐给周公,周公作《嘉禾》一文,事见《尚书·周书·微子之命》:"唐叔得禾,异亩同颖,献诸天子。王命唐叔,归周公于东,作《归禾》。"《归禾》、《嘉禾》为《尚书》篇名,均佚。

[3] 汉武得鼎,以名其年:鼎,圆形,三足两耳,是古代的一种炊具,一般用青铜制成,被作为立国的宝器,盛于殷周时期。据《史记·孝武本纪》记载:汉武帝元狩七年(前)夏六月中得宝鼎于汾水之上,于是便改年号为元鼎元年(前116)。

[4] 叔孙胜狄,以名其子:当年鲁文公命叔孙得臣率兵打败了入侵的狄军,并俘获狄君侨如。于是叔孙将儿子宣伯命名为侨如,以示庆祝,事见《左传·文公十一年》。

[5] 扶风:凤翔府,今陕西凤翔。

[6] 雨(yù)麦:即天上下麦。"雨"在此处作动词用。 岐山:在凤翔县东北。

[7] 占:占卜。 有年:丰收之年。

[8] 弥月:整整一个月。

[9] 越三月:过了三个月。 乙卯:四月初二日。

[10] 甲子:四月十一日。

〔11〕丁卯：四月十四日。
〔12〕忭(biàn)：高兴、喜悦。
〔13〕属(zhǔ)客：以酒劝客。
〔14〕荐饥：闹饥荒。
〔15〕狱讼：诉讼案件。
〔16〕伊(yī)：语助词。
〔17〕太守：当时凤翔太守宋选，字子才，郑州荥阳(今属河南)人。

　　文章通篇紧扣"喜雨亭"三字，先叙修亭，然后记雨，再进一步渲染百姓久旱逢雨的欢乐，又以对话的方式阐述雨水对百姓生活的重要性。最后以对雨的赞歌收笔。作者不但对亭子本身没有任何具体描绘，对其周围景色也只字未提。读过此文，我们感觉到文章中深深蕴含着民以食为天的思想和与民同乐的感情，这是本文最突出的特色。

凌虚台记

　　本文作于宋仁宗嘉祐八年(1063)。当时苏轼二十八岁，正在大理评事签书凤翔府(今陕西凤翔)判官任上。这年正月，陈希亮(字公弼)接替宋选知凤翔。陈"天资刚正"(《邵氏闻见后录》卷十五)，对待下属十分严苛，因此僚吏不敢仰视。凌虚台是陈希亮在凤翔时所筑之台，台成以后请苏轼作记。苏轼便借机讽之。因此，本文的主旨是讥讽陈希亮，意在提示他：官高、位显、权重并不足恃，弄不好便遭覆亡之祸。关于这一点，苏轼自己在《陈公弼传》中有所说明："轼官于凤翔，实从公二年。方是时，年少气盛，愚不更事，屡与公争议，至形于颜色，已而悔之。"《三苏文范》卷十四引杨慎之言说："《喜雨亭记》，全是赞太守；《凌虚台记》，全是讥太守。《喜雨亭》直以天子造化相形，见得有补于民；《凌虚台》则以秦汉隋唐相形，见得无补于民，而机局则一也。"

　　国于南山之下〔1〕，宜若起居饮食，与山接也。四方之山，莫高于终南；而都邑之丽山者〔2〕，莫近于扶风。以至近求最高，其势必得。而太守之居，未尝知有山焉〔3〕。虽非事之所以损益〔4〕，而物理有不当然者〔5〕，此凌虚之所为筑也。方其未筑也，太守陈公杖屦逍遥于其下〔6〕。见山之出入于林木之上者，累累如人之旅行于墙外而见其髻也。曰："是必有异。"使工凿其前为方池，以其土筑台，高出于屋之危而止〔7〕。然后人之至于其上者,恍然不知台之高[8],而以为山之踊跃奋迅而出也。

公曰:"是宜名凌虚。"以告其从事苏轼,而求文以为记。轼复于公曰:"物之废兴成毁,不可得而知也。昔者荒草野田,霜露之所蒙翳[9],狐虺之所窜伏[10],方是时,岂知有凌虚台耶?废兴成毁,相寻于无穷[11];则台之复为荒草野田,皆不可知也。尝试与公登台而望:其东则秦穆之祈年、橐泉也[12],其南则汉武之长杨、五柞[13],而其北则隋之仁寿[14]、唐之九成也[15]。计其一时之盛,宏杰诡丽,坚固而不可动者,岂特百倍于台而已哉[16]?然而数世之后,欲求其仿佛,而破瓦颓垣,无复存者。既已化为禾黍、荆棘丘墟陇亩矣,而况于此台欤?夫台犹不足恃以长久,而况于人事之得丧,忽往而忽来者欤?而或者欲以夸世而自足,则过矣!盖世有足恃者,而不在乎台之存亡也!"既已言于公,退而为之记。

〔1〕国:原指郡国,这里指凤翔。 南山:即终南山,在今陕西西安市南,为秦岭主峰之一。
〔2〕丽:接近。
〔3〕未尝知有山:不知道有终南山。
〔4〕虽非事之所以损益:于事无损。
〔5〕而物理有不当然者:按事物的常理不应该这样。
〔6〕陈公:陈希亮(1000—1065),字公弼,青神(今属四川)人,天圣八年(1030)进士,嘉祐八年(1063)知凤翔府。卒于治平二年(1065),年六十六。
〔7〕危:屋顶。
〔8〕恍然:好像、仿佛。
〔9〕蒙翳(yì):遮蔽。
〔10〕虺(huǐ):毒蛇。
〔11〕相寻于无穷:意思是废兴与成败之事循环往复,无穷无尽。
〔12〕祈年、橐泉:秦代的两座宫殿名。一个是秦孝公时建造,一个是秦惠公时建造。《汉书·地理志上》"右扶风·雍"下云:"橐泉宫,孝公起;祈年宫,惠公起。"苏轼《凤翔八观·秦穆公墓》:"橐泉在城东,墓在城中无百步。乃知昔未有此城,秦人以泉识公墓。"《凤翔八观·诅楚文》中苏轼自注:"秦穆公葬于雍橐泉、祈年观下。"
〔13〕长杨、五柞(zuò):汉武帝时的两座宫殿名,其旧址都在今陕西省周至县。长杨宫原为秦代旧宫,汉代重修,以备行幸;五柞则是祀神之处。《三辅黄图·秦宫》:"长杨宫在今周至县东南三十里,本秦旧宫,至汉修饰之以备行幸。宫中有垂杨数亩,因为宫名。"
〔14〕仁寿:杨素为隋文帝所建之宫,见《隋书·杨素传》。
〔15〕九成:唐宫名,由隋代的仁寿宫改成。《新唐书·地理志一》"凤翔府扶风郡·麟游"下云:"西五里有九成宫,本隋仁寿宫。"
〔16〕特:只、仅、止。

新评 这篇短文共分两段。第一段记叙凌虚台的建造过程及设计之巧妙；第二段则借凌虚台，引发出深深的历史沧桑感与忧患意识，指出不仅一台不足恃，就是秦皇汉武隋唐之雄伟宫殿，数世之后，也"无复存者"，进而将对陈希亮的讽谏暗寓其中。

超然台记

题解 本文作于熙宁八年(1075)。超然台在宋密州(治所在今山东诸城)北城上。在北宋时期的新旧党争中，苏轼感到苦闷与不适，所以自请外调，于神宗熙宁四年(1071)通判杭州，至七年(1074)移知密州。熙宁八年(1075)修葺超然台，文章即写于此时。虽属景物记，但是超然台上说超然，又不能不说是作者自抒胸襟与怀抱。

凡物皆有可观。苟有可观，皆有可乐，非必怪奇玮丽者也。餔糟啜漓[1]，皆可以醉；果蔬草木，皆可以饱。推此类也，吾安往而不乐[2]？

夫所谓求福而辞祸者，以福可喜而祸可悲也。人之所欲无穷，而物之可以足吾欲者有尽。美恶之辨战乎中，而去取之择交乎前，则可乐者常少，而可悲者常多，是谓求祸而辞福。夫求祸而辞福，岂人之情也哉？物有以盖之矣[3]。彼游于物之内[4]，而不游于物之外。物非有大小也，自其内而观之[5]，未有不高且大者也。彼挟其高大以临我，则我常眩乱反覆，如隙中之观斗，又焉知胜负之所在？是以美恶横生，而忧乐出焉。可不大哀乎！

余自钱塘移守胶西[6]，释舟楫之安[7]，而服车之劳[8]；去雕墙之美，而庇采椽之居[9]；背湖山之观，而适桑麻之野。始至之日，岁比不登，盗贼满野，狱讼充斥；而斋厨索然，日食杞菊[10]，人固疑余之不乐也。处之期年[11]，而貌加丰，发之白者日以反黑。余既乐其风俗之淳，而其吏民亦安予之拙也。于是治其园囿，洁其庭宇，伐安丘、高密之木[12]，以修补破败，为苟全之计。而园之北，因城以为台者旧矣；稍葺而新之，时相与登览，放意肆志焉[13]。南望马耳、常山[14]，出没隐见，若近若远，庶几有隐君子乎？而其东则卢山[15]，秦人卢敖之所从遁也。西望穆陵[16]，隐然如城郭,师尚父、齐桓公之遗烈[17],犹有存者。北俯潍水[18],慨然太息[19],思淮阴之功[20],而吊其不终。台高而安,深而明,夏凉而冬温。雨雪之朝,风月之夕,余未尝不在,客未尝不从。撷园蔬[21],取池鱼,酿秫酒[22],瀹脱粟而食之[23]。曰:乐哉游乎!

方是时,余弟子由适在济南,闻而赋之,且名其台曰"超然"。以见余之无所往而不乐者,盖游于物之外也。

〔1〕 哺糟啜漓:吃酒糟,饮淡酒。语出《楚辞·渔父》:"众人皆醉,何不哺其糟而啜(饮)其漓。"哺,吃。糟,酒糟。啜,喝。漓,薄酒。
〔2〕 安往:到哪里、去哪里。
〔3〕 盖:掩盖、蒙蔽。
〔4〕 游:指游心,即游心物外。
〔5〕 自其内:从事物内部。
〔6〕 钱塘:代指浙江杭州。 胶西:胶河以西,即今山东胶县、高密一带,此处指密州。
〔7〕 释:舍弃。
〔8〕 服:从事于。
〔9〕 庇:一作"蔽",掩蔽。 采椽之居:形容房舍简陋。采,栎木。
〔10〕 "始至之日"至"日食杞菊":写自己在胶西的生活。苏轼《后杞菊赋》序云:"余仕宦十有九年,家日益贫,衣食之奉,殆不如昔者。及移守胶西,意且一饱,而斋厨索然,不堪其忧,日与通守刘君廷式,循古墙废圃,求杞菊而食之。"岁比不登,连年收成不好。比,频、多次。登,收成。
〔11〕 期(jī)年:整整一年。
〔12〕 安丘、高密:安丘在今山东潍坊南,高密在今山东胶州西北。
〔13〕 放意肆志:由性而为,放纵情志。《列子·杨朱》:"放意所好。"《史记·韩世家》:"肆志于秦。"
〔14〕 马耳、常山:两山名,都在今山东诸城南。张淏《云谷杂记》卷三:"此台在密州之北,因城为台;马耳与常山在其南。东坡为守日,葺而新之,子由因请名之曰超然台。"
〔15〕 卢山:本名故山,在诸城南。因战国人卢敖隐居于此,所以更名为卢山。《淮南子·应道训》有"卢敖游于北海"句。许慎注云:"卢敖,燕人,秦始皇召为博士,使求神仙,亡而不返也。"
〔16〕 穆陵:即穆陵关,故址在今山东临朐东南的大岘山上。
〔17〕 师尚父:即吕尚,又称姜太公,商末周初人,曾辅佐周武王灭商,封于齐。 齐桓公:名小白,为春秋五霸之一。
〔18〕 潍水:潍河,源于山东五莲县,流经诸城,至昌邑入莱州湾。
〔19〕 太息:叹息。
〔20〕 淮阴:指代韩信,他辅佐刘邦平定天下,建立了不朽的功勋,被封为淮阴侯。《史记·淮阴侯列传》:"信因袭齐历下军,遂至临淄。齐王田广……走高密,使使之楚请救。韩信已定临淄,遂东追广至高密西。"韩信后被吕后以谋叛罪诛杀,不得善终。
〔21〕 撷:摘。唐·王维《相思》:"愿君多采撷,此物最相思。"
〔22〕 秫(shú)酒:高粱酒。秫,高粱,可以酿酒。

〔23〕瀹(yuè)脱粟：煮糙米。瀹，煮。脱粟，只脱去糠皮的糙米。

文章总体上分为三个部分：一、二自然段主要以议论出之，从正、反两方面阐发作者超然物外，无往而不乐的人生态度，为第一部分。第二部分即第三段，重在叙事。主要写自己由杭州到密州生活环境的变化，叙述自己在艰难的环境中怎样悠然自处，以及修葺废台，登台眺远，台上游乐等事，从中抒发其超然物外之情。第三部分即最后一段，意在点题："以见余之无所往而不乐者，盖游于物之外也。"但从字里行间，我们还是能体味出作者超然之乐后面的一丝苦闷。

放鹤亭记

本文是作者元丰元年(1078)知徐州时作。云龙山人张天骥当时与苏轼过从甚密，张所筑放鹤亭，坐落在徐州城南"冈岭四合"、"草木际天"的云龙山上。在亭子落成之时，苏轼便应其所请，为之作记。

熙宁十年秋〔1〕，彭城大水〔2〕。云龙山人张君之草堂〔3〕，水及其半扉。明年春，水落，迁于故居之东，东山之麓。升高而望，得异境焉，作亭于其上。彭城之山，冈岭四合，隐然如大环，独缺其西十二〔4〕。而山人之亭，适当其缺。春夏之交，草木际天〔5〕；秋冬雪月，千里一色。风雨晦明之间，俯仰百变。山人有二鹤，甚驯而善飞。旦则望西山之缺而放焉，纵其所如〔6〕，或立于陂田，或翔于云表，暮则傃东山而归〔7〕，故名之曰"放鹤亭"。

郡守苏轼，时从宾客僚吏，往见山人。饮酒于斯亭而乐之，挹山人而告之〔8〕，曰："子知隐居之乐乎？虽南面之君〔9〕，未可与易也。《易》曰：'鸣鹤在阴，其子和之〔10〕。'《诗》曰：'鹤鸣于九皋，声闻于天〔11〕。'盖其为物，清远闲放，超然于尘垢之外。故《易》、《诗》以比贤人君子隐德之士。狎而玩之〔12〕，宜若有益而无损者，然卫懿公好鹤则亡其国〔13〕。周公作《酒诰》〔14〕，卫武公作《抑》戒〔15〕，以为荒惑败乱无若酒者，而刘伶、阮籍之徒〔16〕，以此全其真而名后世。嗟夫！南面之君，虽清远闲放如鹤者，犹不得好，好之则亡其国。而山林遁世之士〔17〕，虽荒惑败乱如酒者，犹不能为害，而况于鹤乎？由此观之，其为乐未可以同日而语也。"

山人欣然而笑曰："有是哉！"乃作《放鹤》、《招鹤》之歌曰："鹤飞去兮西山之缺，高翔而下览兮择所适。翻然敛翼[18]，宛将集兮[19]，忽何所见，矫然而复击[20]。独终日于涧谷之间兮，啄苍苔而履白石。""鹤归来兮东山之阴[21]。其下有人兮，黄冠草履[22]，葛衣而鼓琴[23]。躬耕而食兮，其馀以汝饱。归来归来兮，西山不可以久留。"

元丰元年十一月初八日记。

〔1〕熙宁十年秋：即公元1077年。

〔2〕彭城：今徐州。

〔3〕云龙山人张君：云龙山，山名，在今徐州西。张君，张师厚，字天骥，因为他居云龙山，故号云龙山人。邵博《邵氏闻见后录》卷十五："或问东坡：'云龙山人张天骥者，一无知村夫耳。公为作《放鹤亭记》，以比古隐者；又遗以诗，有"脱身声利中，道德自濯澡"，过矣。'东坡笑曰：'装铺席耳。'东坡之门，稍上者不敢言，如琴聪、密殊之流，皆铺席中物也。"

〔4〕西十二：西面的十分之二。

〔5〕际天：连天、接天。

〔6〕纵其所如：任凭它到什么地方。如，往、到。

〔7〕偃：向。

〔8〕挹：酌，这里指给张天骥斟酒。

〔9〕南面之君：南面，古代以面向南为尊位，帝王之位南向，所以称为南面之君。此处用庄子语意，《庄子·至乐》："死无君于上，无臣于下，亦无四时之事，纵然以天地为春秋，虽南面王乐不能过也。"

〔10〕"鸣鹤在阴"二句：见《易·中孚·九二》。

〔11〕"鹤鸣于九皋"二句：见《诗经·小雅·鹤鸣》。《毛传》："皋，泽也。言身隐而名著也。"《郑笺》："皋，泽中水溢出所为坎，从外数至九，喻深远也。"

〔12〕狎：此处是亲近的意思。

〔13〕卫懿公好鹤则亡其国：说的是卫懿公因好鹤而亡国之事。《左传·闵公二年》："冬十二月，狄人伐卫，卫懿公好鹤，鹤有乘轩（大夫所乘之车）者。将战，国人受甲者皆曰：'使鹤，鹤实有禄位，余焉能战？'……及狄入，战于荧泽，卫师败绩，遂灭卫。"

〔14〕《酒诰》：《尚书》篇名。《尚书·康诰》序："成王既伐管叔、蔡叔，以殷馀民，封康叔，作《康诰》《酒诰》《梓材》。"《酒诰》孔安国传云："康叔监殷民，殷民化纣嗜酒，故以戒《酒诰》。"

〔15〕《抑》戒：指《抑》，《诗经·大雅》篇名。《毛诗序》云："《抑》，卫武公刺厉王，亦以自警也。"其中第三章有"颠覆厥德，荒湛于酒"句。

〔16〕刘伶、阮籍：魏晋间名士，"竹林七贤"中的两个人，都以好酒闻名。《晋书·刘伶传》："刘伶，字伯伦……初不以家产有无介意。常乘鹿车，携一壶酒，使人荷锸而随之，谓曰：'死便埋我。'其遗形骸如此。"《晋书·阮籍传》："阮籍，字嗣宗……本有济世志，属魏晋之际，天下多故，名士少有全者，籍由是不与世事，遂酣饮为常。文帝初欲为武帝求婚于籍，籍醉六十日，不得言而止……籍闻步兵厨营人善酿，有酣酒三百斛，乃求为步兵校尉。"

〔17〕遁世：避世，指隐居。

〔18〕翻然：回飞之状。

〔19〕宛：好像。

〔20〕矫然：强健之状。
〔21〕阴：山北。古人以山北水南为阴。
〔22〕草履：草鞋。
〔23〕葛衣：用葛草编织而成的衣服。

文章在结构上可分为三段：第一段叙亭写鹤，即简述放鹤亭的修建经过、所在位置、四周景色，以及鹤的朝放暮归。中间一段以议论出之，说明隐居之乐。末尾一段以《放鹤》《招鹤》二歌作结，首尾呼应，自然而然，不露斧凿之痕。文章通过写鹤来写隐者，又通过写隐者来寄托感慨，命意很深。

灵壁张氏园亭记

灵壁，秦代为符离县地。汉属沛郡，隋属徐州，唐时降为灵壁镇。《元和郡县图志》卷九《河南道》五《符离县》："灵壁故城，在县东北九十里。"今属安徽省。苏轼于宋神宗元丰二年(1079)由商丘沿汴河赴湖州途中，经过灵壁张氏园亭，应张硕之请，写下这篇文章。

道京师而东，水浮浊流，陆走黄尘，陂田苍莽，行者倦厌。凡八百里，始得灵壁张氏之园于汴之阳[1]。其外修竹森然以高，乔木蓊然以深。其中因汴之馀浸以为陂池，取山之怪石以为岩阜，蒲苇莲芡，有江湖之思；梧桐桧柏，有山林之气；奇花美草，有京洛之态；华堂厦屋，有吴蜀之巧。其深可以隐，其富可以养。果蔬可以饱邻里，鱼鳖笋茹可以馈四方之宾客。余自彭城移守吴兴，由宋登舟[2]，三宿而至其下。肩舆叩门，见张氏之子硕。硕求余文以记之。

维张氏世有显人，自其伯父殿中君，与其先人通判府君，始家灵壁，而为此园，作兰皋之亭以养其亲。其后出仕于朝，名闻一时，推其馀力，日增治之，于今五十馀年矣。其木皆十围，岸谷隐然。凡园之百物，无一不可人意者，信其用力之多且久也。古之君子，不必仕，不必不仕。必仕则忘其身，必不仕则忘其君。譬之饮食，适于饥饱而已。然士罕能蹈其义、赴其节。处者安于故而难出，出者狃于利而忘返[3]。于是有违亲绝俗之讥，怀禄苟安之弊。今张氏之先君，所以为其子孙之计虑者远且周,是故筑室艺园于汴、泗之间[4],舟车冠盖之冲,凡朝夕之奉,燕游之乐,不求而足。使其子孙开门而出仕,则跬步市朝之上;闭门而归隐,则俯仰山林之下。于以养生治性,行义求志,无适而不可。故其子孙仕者皆有循吏良能之称,处者皆有节士廉退之行。盖其先君子之泽也。

余为彭城二年,乐其土风。将去不忍,而彭城之父老亦莫余厌也,将买田于泗水之上而老焉。南望灵壁,鸡犬之声相闻,幅巾杖屦,岁时往来于张氏之园,以与其子孙游,将必有日矣。

元丰二年三月二十七日记。

[1]汴之阳:古时以水北为阳,所以汴之阳即汴水北岸。汴水上流受黄河水,隋朝之后其故道由旧郑州、开封至商丘,改东南流经灵壁、泗县入淮河。
[2]宋:州名,即宋州。北宋时期有所改变,被升为南京应天府,治所在今河南商丘。当年苏轼罢徐州任,来到此地之后,因病停留半个月,之后转水路赴湖州。
[3]狃(niǔ):贪。
[4]泗:水名,即泗水。此水发源于今山东泗水县东蒙山南麓,流经曲阜、徐州。

文章首先记述张氏庄园的地理位置、景物规模、用处及其建筑始末,这是引子。然后由此生发,展开议论,着力阐发"不必仕,不必不仕"这一中心论题,认为:一个人如果沉迷仕途,一心追求功名利禄,不顾政局好坏,执政者贤明与否,必然会招来杀身之祸;如果永远优游山林风月之中,修身养性,全身远祸,是可以无适而不可的,但却没有完成效力于君主的义务,也没有尽到自己对国家、社会的责任。由此,作者的主张是既要出仕,但又不能执迷不悟;既行义求志,又要懂得激流勇退。仕与隐二者恰当地结合起来。文章最后袒露了自己追求闲适的心态。

石钟山记

这是一篇游记,带有考辨性质,具有议论文的一些特征。石钟山在今江西省湖口县的鄱阳湖畔,山因居县城南北,分为上、下二钟山。

元丰七年(1084)正月,宋神宗出手札命苏轼由黄州(今湖北黄冈)移任汝州(今河南临汝)团练副使本州安置。本年三月文书到,四月苏轼离黄州,计划走水路经长江、淮河入洛赴任所。先到江西,游庐山,五月到筠州(今江西高安),同弟弟苏辙(时监筠州盐酒税)话别,六月送长子苏迈赴饶州德兴县(今属江西),做县尉。在途经湖口游石钟山之后,写下这篇文章。

《水经》云[1]:"彭蠡之口,有石钟山焉[2]。"郦元以为"下临深潭,微风鼓浪[3],水石相搏[4],声如洪钟[5]"。是说也[6],人常疑之。今以钟磬置水中[7],虽大风浪不能鸣也[8],而况石乎?至唐李渤始"访其遗踪"[9],得双石于潭上,"扣而聆之[10],南声函胡[11],北音清越[12],枹止响腾[13],馀韵徐歇"[14],自以为得之矣[15]。然是说也,余尤疑之。石之铿然有声音者[16],所在皆是也[17],而此独以"钟"名[18],何哉?

元丰七年六月丁丑[19],余自齐安舟行适临汝[20],而长子迈将赴饶之德兴尉[21],送之至湖口[22],因得观所谓石钟者。寺僧使小童持斧,于乱石间择其一二扣之,硿硿焉[23],余固笑而不信也[24]。至莫夜月明[25],独与迈乘小舟至绝壁下[26]。大石侧立千尺[27],如猛兽奇鬼,森然欲搏人[28];而山上栖鹘[29],闻人声亦惊起,磔磔云霄间[30];又有若老人咳且笑于山谷中者[31],或曰:"此鹳鹤也[32]。"余方心动欲还[33],而大声发于水上,噌吰如钟鼓不绝[34]。舟人大恐[35]。徐而察之[36],则山下皆石穴罅[37],不知其浅深,微波入焉[38],涵澹澎湃而为此也[39]。舟回至两山间[40],将入港口,有大石当中流,可坐百人,空中而多窍[41],与风水相吞吐[42],有窾坎镗鞳乱之声[43],与向之噌吰者相应[44],如乐作焉[45]。因笑谓迈曰[46]:"汝识之乎[47]?噌吰者,周景王之无射也[48];窾坎镗鞳者,魏庄子之歌钟也[49]。古之人不余欺也[50]。"

事不目见耳闻,而臆断其有无[51],可乎?郦元之所见闻,殆与余同[52],而言之不详;士大夫终不肯以小舟泊绝壁之下[53],故莫能知;而渔工水师[54],虽知而不能言;此世所以不传也[55]。而陋者乃以斧斤考击而求之[56],自以为得其实[57]。余是以记之,盖叹郦元之简,而笑李渤之陋也。

[1]《水经》:我国古代著名的地理著作,其主要内容是记述江河水道的分布情况,旧说此书为西汉桑钦所撰,无确凿证据。晋代郭璞曾为此书作注,已佚。北魏郦道元为之作注,名为《水经注》。

[2]彭蠡(lǐ):湖名,即鄱阳湖,在江西省北部。需要说明的是:"彭蠡之口,有石钟山焉"两句和下文所引郦道元的四句话,在今本《水经注》里找不到,可能是佚文。

[3]郦元:即郦道元,字善长,北魏范阳涿(今河北省涿县)人,官至御史中丞,所著《水经注》四十卷,不但注释文字翔实可信,而且相当优美,表现力极强。因此,本书在地理学和文学上都有很高的价值。 鼓:

鼓动、发动、兴起。

〔4〕搏：击。

〔5〕洪钟：大钟。洪，大。

〔6〕是说：这个说法。

〔7〕磬(qìng)：古代用玉和石制成的打击乐器。

〔8〕鸣：发声。

〔9〕李渤(bó)：字浚之，唐洛阳(今河南省洛阳市)人。德宗贞元间，隐居庐山，自号白鹿先生。曾任江州刺史，治理湖水，修筑长堤达七百步。他当年写过《辨石钟山记》一文。 遗踪：陈迹。

〔10〕扣：通"叩"，敲击、敲打。 聆(líng)：听。

〔11〕南声：南边(山石)的声音。 函胡：同"含糊"，意思是声音模糊不清。

〔12〕北音：北边(山石)的声音。 清越：清亮高亢。

〔13〕枹(fú)止响腾：鼓槌停了，声音还传扬。枹，鼓槌。腾，传扬、传播。

〔14〕馀韵徐歇：馀音慢慢地停了下来。馀韵，馀音。徐歇，慢慢停歇。

〔15〕得之：得到它。这里指弄清了石钟山得名的原因。

〔16〕铿(kēng)然：形容敲击物体(金石)所发出的声响。

〔17〕所在皆是：各处都是如此。

〔18〕独以"钟"名：单单用钟来命名。

〔19〕六月丁丑：指元丰七年(1084)六月丁丑，即阴历六月初九日。

〔20〕齐安：今湖北省黄冈市。 适：往、到……去。

〔21〕赴：赴任。 饶：饶州，唐置，治所在今江西省鄱阳县，宋时为饶州府。

〔22〕之：他，即苏轼的长子苏迈。

〔23〕硿硿焉：敲击石头的声音。焉，同"然"。

〔24〕固：本来、自然。

〔25〕莫夜：暮夜，即晚上。莫，同"暮"。

〔26〕绝壁：峭壁。

〔27〕侧立：斜立。

〔28〕森然：阴森的样子。 搏：捉、抓取。

〔29〕栖鹘(hú)：栖息的鹘。鹘，一种凶猛的鸟。

〔30〕磔磔(zhézhé)：鸟鸣声。这里指鹘的鸣叫声。

〔31〕咳：咳嗽。

〔32〕或曰：有人说。 鹳(guàn)鹤：水鸟名，形似鹤但顶部不红，羽毛灰白，颈长嘴尖。

〔33〕心动：心惊。

〔34〕噌吰(chēnghóng)：象声词，形容钟声响亮而又厚重。

〔35〕舟人：船工、船夫。

〔36〕徐而察之：慢慢地察看它。

〔37〕石穴罅(xià)：石洞，石缝。穴，洞孔。罅，裂缝。

〔38〕焉：这里是指示代词，指石洞、石缝。

〔39〕涵澹(hándàn)：水流动激荡的样子。 澎湃(péngpài)：波涛奔腾的样子。

〔40〕两山：指南之上钟山与北之下钟山。

〔41〕空中：中空，即石头的中间是空的。 窍：小孔。

〔42〕风水：风浪。 相吞吐：相互交替着进进出出。吞，进。吐，出。

〔43〕窾坎(kuǎnkǎn)：击物的声音。　镗鞳(tāngtà)：敲击钟鼓的声音。
〔44〕向：刚才、先前。　相应：相呼应。
〔45〕如乐作焉：如同音乐演奏起来一样。
〔46〕因：于是、因此就。
〔47〕识：明白、知道。
〔48〕周景王：东周国君，姓姬，名贵（前544—前520）。　无射(yì)：本为周景王所铸之钟发出的声音，此声合于十二律中的第十一律"无射"，所以便以此代钟名。据《国语》记载，周景王二十四年（前521）铸钟。
〔49〕魏庄子：即魏绛(jiàng)，春秋时晋国大夫，谥"庄子"。　歌钟：即古乐钟，又名编钟，用十六口钟按音阶排列的乐器。据《左传》记载，鲁襄公十一年（前562），郑国把两肆（套）歌钟和其他乐器献给晋悼公，悼公分一肆即十六口钟给大夫魏绛。
〔50〕不余欺：即"不欺余"，没有欺骗我们。这是宾语前置句。
〔51〕臆断：凭主观猜测作出判断。
〔52〕殆：大概、大体、差不多。
〔53〕终：终究、总。
〔54〕渔工：渔夫、打鱼的人。　水师：船夫。
〔55〕此世所以不传也：这便是世上所以不能把石钟山得名的实情传下来的原因。
〔56〕陋者：见识浅薄的人。　乃：竟然。　斧斤：斧头。　考击：敲打。
〔57〕实：事物的真实情况。

文章通篇围绕着石钟山得名的由来，夹叙夹议，以考辨为主：先写郦道元和李渤对山名由来的看法，提出要证明和要反驳的观点；接着以夜游石钟山的实地考察，证明并补充了郦道元的观点，驳斥了李渤的说法，进而提出了事不目见耳闻，不能臆断其有无的论断，表现出作者注重调查研究的求实精神，同时交代了写作意图。《晚明精选八大家古文》中说："此翻案也，李翻郦，苏又翻李，而以己之所独得，详前之所未备，则道元亦遭简点矣。文最奇致，古今绝调。"

书吴道子画后

本文作于元丰八年（1085），是吴道子画的跋语。吴道子，唐代著名画家，"画塑兼工"，善于掌握"守其神，专其一"的艺术法则，千百年来被奉为"画圣"。本篇虽然是短篇，但却深刻地阐述了艺术创作的基本规律，总结了前人，特别是唐代画家吴道子的创作经验，颇有启发性。

知者创物，能者述焉[1]，非一人而成也。君子之于学，百工之于技，自三代历汉至唐而备矣[2]。故诗至于杜子美[3]，文至于韩退之[4]，书至于颜鲁公[5],画至于吴道子,而古今之变,天下之能事毕矣。道子画人物,如以灯取影,逆来顺往,旁见侧出,横斜平直,各相乘除[6],得自然之数[7],不差毫末;出新意于法度之中,寄妙理于豪放之外[8];所谓游刃馀地[9],运斤成风[10],盖古今一人而已。

余于他画,或不能必其主名[11],至于道子,望而知其真伪也。然世罕有真者,如史全叔所藏,平生盖一二见而已。

元丰八年十一月七日书。

〔1〕"知者创物"二句:语出《周礼·考工记》。知者,智者,"知"同"智"。述,著述,有遵循承继的意思。
〔2〕三代:三个朝代,即夏、商、周。
〔3〕杜子美:即杜甫,字子美。
〔4〕韩退之:即韩愈,字退之。
〔5〕颜鲁公:即颜真卿。
〔6〕乘除:以数学术语论画法,意思是作画笔法相互协调,自行变化增减,非常准确。
〔7〕自然之数:自然之理,即客观实际。
〔8〕"出新意于法度之中"二句:这两句话的意思是在规矩之中展示出新意,在豪放之外寓有妙趣,总体上是形神兼备。法度,规矩、法则,规律。著名学者钱锺书先生在《宋诗选注》中对这两句话有十分精当的分析与评价,他说:"从分散在他(苏轼)著作里的诗文评看来,这两句话也许可以现成地应用在他自己身上,概括他在诗歌里的理论和实践。后面一句'豪放'更耐人寻味,并非发酒疯似的胡闹乱嚷。前面一句算得'豪放'的定义,用苏轼所能了解的话来说,就是'从心所欲,不逾矩';用近代术语来说,就是自由,是以规律性的认识为基础,在艺术规律的容许之下,创造力有充分的自由活动。这正是苏轼所一再声明的,作文该像'行云流水',或'泉源涌地'那样的自在活泼,可是同时很谨严的'行于所当行,止于所不可不止'。李白以后,古代大约没有人赶得上苏轼这种'豪放'。"(《宋诗选注》1979年版第17页)
〔9〕游刃馀地:形容技术精湛、熟练,运用自如。语出《庄子·养生主》:"今臣之刀十九年矣,所解数千牛矣,而刀刃若新发于硎(磨刀石)。彼节者有间,而刀刃者无厚,以无厚入有间,其于游刃必有馀地矣。"
〔10〕运斤成风:比喻手法高超,动作熟练,技术出神入化。语出《庄子·徐无鬼》。
〔11〕必其主名:肯定判断出它的作者。必,肯定。主名,作者。

文章首先指出:文学艺术的发展是一个承前启后、创新与继承兼具、逐渐走向完善的过程,而唐代的诗、文、书、画,正是在继承和发展前人创作经验和成果的基础上,才达到几乎尽善尽美的境界。接着,作者着重以吴道子画为例,深入分析其艺术创作成就,总结其艺术创作经验。作者认为吴道子超越了所有的职业画家,而其高明的地方就在于,他不仅能做到"画人物,如以灯取影……不差毫末",即所谓形似;而且还能"出新意于法度之中,寄妙理于豪放之外",既守法度,又出新意;既风格豪放,又寓有妙趣;既有形似,又有神似;"游刃馀地,运斤成风",达到了炉火纯青、出神入化的境界,与一般拘守尺寸者有天壤之别。跋文最后自言能鉴别吴画的真伪,并指出当时假冒伪劣之作太多,而真迹则十分罕见。

王安石赠太傅

题解

本文是一篇敕诰,作于北宋元祐元年(1086)。本年哲宗即位,逐一废弃新法,王安石在这年四月去世,当时苏轼正任中书舍人,代皇帝起草了这篇制诰。从文学史上看,北宋元祐时期,诗文革新思潮已经取得明显的效果。在文体方面,散行的古文体制更受文士们的青睐,同时其他传统上使用骈体的文章种类如制诰,也出现明显的散化趋势。苏轼这篇文章就是如此,虽然总体上还是骈文,但是以骈为主,以散为辅,流利畅达,文理自然。

敕[1]:朕式观古初[2],灼见天命[3]。将有非常之大事,必生希世之异人[4]。使其名高一时,学贯千载[5];智足以达其道,辩足以行其言[6];瑰玮之文,足以藻饰万物[7];卓绝之行,足以风动四方[8]。用能于期岁之间[9],靡然变天下之俗。

具官王安石[10],少学孔、孟,晚师瞿、聃[11],网罗六艺之遗文,断以己意[12];糠秕百家之陈迹,作新斯人[13]。属熙宁之有为,冠群贤而首用[14]。信任之笃,古今所无。方需功业之成,遽起山林之兴[15]。浮云何有,脱屣如遗[16]。屡争席于渔樵,不乱群于麋鹿[17]。进退之美,雍容可观。

朕方临御之初[18],哀疢罔极[19]。乃眷三朝之老[20],邈在大江之南[21]。究观规摹[22],想见风采[23]。岂谓告终之问[24],在予谅暗之中[25]。胡不百年,为之一涕。於戏[26]!死生用舍之际,孰能违天?赠赙哀荣之文[27],岂不在我!宠以师臣之位[28],蔚为儒者之光。庶几有知,服我休命[29]。

[1]敕:诏敕,即皇帝颁发的命令、文告。一种特殊的宫廷应用文体。

[2]朕:这里是皇帝的自称。从秦始皇开始,此词专用作皇帝的自称。

[3]灼见:明明白白地看见。

[4]"将有非常之大事"二句:称颂王安石功业超凡,才学超群。《汉书·司马相如传》:"盖世必有非常之人,然后有非常之事;有非常之事,然后有非常之功。非常者,固常人之所异也。"

[5]"使其名高一时"二句:称颂王安石的声名与学问。陈襄《与两浙安抚陈舍人荐士书》:"有舒州通

判王安石者,才性贤明,笃于古学,文辞政事,已著闻于时。"

〔6〕辩足以行其言:称颂王安石能言善辩。这与史书的记载相符合,并非溢美之词。《宋史·王安石传》:"安石议论奇高,能以辩博济其说。"

〔7〕"瑰玮之文"二句:称颂王安石文笔精妙传神,奇特超卓。此点史书也有记载。《宋史·王安石传》:"其属文动笔如飞,初若不经意,既成,见者皆服其精妙。"

〔8〕"卓绝之行"二句:称颂王安石的人品道德,也符合实际。《麟台故事》载文彦博语:"安石恬然自守,未易多得。"林鼎《临川王文公集序》:"其行卓,其志坚,超越富贵之外,无一毫利欲之泊,少壮至老死如一。"风动,影响、带动。

〔9〕期岁之间:一周年的时间,这里指熙宁二年(1069)王安石推行新法一事。

〔10〕具官:唐宋以后,在公文信函或其他应酬文字的底稿之上,常把应写明的官爵品级简写成"具官"二字。

〔11〕瞿:瞿昙,梵文译音,佛教创始人释迦牟尼的姓。这里指代释迦牟尼及佛教。 聃:老聃,即道家创始人老子。

〔12〕"罔罗六艺之遗文"二句:指王安石为经义作《三经新义》之事。《宋史·王安石传》:"安石传经义,出己意,辩论辄数百言,众不能诎。甚者谓'天变不足畏,祖宗不足法,人言不足恤'。"六艺,指六种儒家经典,即《诗》、《书》、《礼》、《易》、《乐》、《春秋》。

〔13〕"糠秕百家之陈迹"二句:记述王安石批判百家解经之旧说,自出己意,用新的解释来教民化世。《宋史·王安石传》称:"训释《诗》、《书》、《周礼》,既成,颁之学宫,天下号曰'新义'……一时学者,无敢不传习,主司纯用以取士,士莫得自名一说。先儒传注,一切废不用。"

〔14〕"属熙宁之有为"二句:客观记述王安石变法一事,没有明确的褒贬。《宋史·王安石传》:"(神宗)甫即位,命知江宁府。数月,召为翰林学士兼侍讲。熙宁元年四月,始造朝。""二年二月,拜参知政事。""于是设制置三司条例司,命与知枢密院事陈升之同领之。安石令其党吕惠卿任其事。而农田水利、青苗、均输、保甲、免役、市场、保马、方田诸役相继并兴,号为新法,遣提举官四十馀辈,颁行天下。"

〔15〕"方需功业之成"二句:委婉含蓄地记述王安石在推行新法时受到阻碍,两次罢相,由此生出归隐之念,退居江宁十年等事。

〔16〕"浮云何有"二句:称颂王安石轻视富贵,不贪官位,对待罢相就像丢弃鞋子一样,人品确实高洁。但作者以典故出之,又自然妥帖。《论语·述而》:"不义而富且贵,于我如浮云。"《淮南子·主术》:"尧举天下而传之舜,犹却行而脱屣也。"

〔17〕"屡争席于渔樵"二句:称颂王安石安于隐居,与世无争的恬淡生活与闲适心态。

〔18〕临御之初:以哲宗皇帝的口吻说话,意思是刚开始即位。

〔19〕哀疚:哀痛愧疚。 罔极:无尽。

〔20〕三朝之老:指王安石历仕仁宗、英宗、神宗三朝,所以说是三朝元老。

〔21〕大江之南:指王安石罢相后隐居之所,即长江之南的金陵(今江苏南京)。

〔22〕究观规摹:探究观察您经国济世的策略。

〔23〕风采:风度与仪态。

〔24〕告终之问:去世的信息。问,同"闻",信、消息。

〔25〕谅暗:天子居丧之意。

〔26〕於戏:叹词,同"呜呼"。

〔27〕赗赙(fù)哀荣之文:赗赙,赠送治丧之物。哀荣之文,褒扬死者之文。

〔28〕师臣:身为帝王老师的臣子,即太傅。

〔29〕服我休命：接受我这美好的诏命。服，承受、接受。休命，好的诏命。

新评

关于本文的倾向，历来有不同看法。有人说："此虽褒词，然其言皆有微意。"（见郎晔《经进东坡文集事略》）又有人说："此皆苏子由衷之言。"（蔡尚翔《王荆公年谱考略》卷二十四）应该说两者各有偏颇。其实，苏轼对王安石的评价十分客观，一方面对其才学、人品、道德、文章是充分肯定的，所以文中多有称颂；另一方面，他对王安石的变法革新事业既不完全肯定，也不全盘否定，虽有不同意见，但又不是一概抹煞。因此，文中只是客观评述，并没有明显的褒贬，这是苏轼对王安石变法的一贯态度。

文与可画筼筜谷偃竹记

题解

本文作于元丰二年（1079）七月七日。文与可即文同，字与可，苏轼的从表兄，自号笑笑先生，世称石室先生，梓州永泰（今四川盐亭东）人。又因曾任湖州知州，所以世称文湖州。他是北宋著名画家，"文湖州竹派"的创始人。筼筜（yúndāng）谷在洋州（今陕西洋县），筼筜原本是大竹之名。关于本文的写作因由，文中有交代：苏轼在晾晒书画时，发现文与可（已亡故）生前送给自己的一幅《筼筜谷偃竹图》，见物生情，就写了这篇杂记。

竹之始生，一寸之萌〔1〕，而节叶具焉。自蜩腹蛇蚹〔2〕，以至于剑拔十寻者〔3〕，生而有之也〔4〕。今画者乃节节而为之，叶叶而累之〔5〕，岂复有竹乎〔6〕？故画竹，必先得成竹于胸中，执笔熟视〔7〕，乃见其所欲画者，急起从之〔8〕，振笔直遂〔9〕，以追其所见，如兔起鹘落〔10〕，少纵则逝矣〔11〕。与可之教予如此。予不能然也，而心识其所以然。夫既心识其所以然而不能然者，内外不一，心手不相应，不学之过也。故凡有见于中而操之不熟者〔12〕，平居自视了然，而临事忽焉丧之，岂独竹乎？子由为《墨竹赋》以遗与可曰〔13〕："庖丁，解牛者也，而养生者取之〔14〕；轮扁，斫轮者也，而读书者与之〔15〕。今夫夫子之托于斯竹也〔16〕，而予以为有道者则非耶？"子由未尝画也，故得其意而已。若予者，岂独得其意，并得其法。

与可画竹，初不自贵重。四方之人，持缣、素而请者〔17〕，足相蹑于其门〔18〕。与可厌之，投诸地而骂曰："吾将以为袜！"士大夫传之，以为口实[19]。及与可自洋州还，而余为徐州[20]。与可以书遗余曰："近语士大夫，吾墨竹一派，近在彭城[21]，可往求之。袜材当萃于子矣[22]。"书尾复写一诗，其略曰："拟将一段鹅溪绢[23]，扫取寒梢万尺长[24]。"予谓与可："竹长万尺，当用绢二百五十匹[25]，知公倦于笔砚，愿得此绢而已！"与可无以答，则曰："吾言妄矣，世岂有万尺竹哉？"余因而实之[26]，答其诗曰："世间亦有千寻竹，月落庭空影许长。"与可笑曰："苏子辩矣[27]，然二百五十匹绢，吾将买田而归老焉。"因以所画《筼筜谷偃竹》遗予曰："此竹数尺耳，而有万尺之势。"筼筜谷在洋州，与可尝令予作《洋州三十咏》，《筼筜谷》其一也。予诗云："汉川修竹贱如蓬[28]，斤斧何曾赦箨龙[29]。料得清贫馋太守[30]，渭滨千亩在胸中[31]。"与可是日与其妻游谷中，烧笋晚食，发函得诗，失笑喷饭满案[32]。

　　元丰二年正月二十日，与可没于陈州[33]。是岁七月七日，予在湖州曝书画[34]，见此竹，废卷而哭失声[35]。昔曹孟德祭桥公文，有车过腹痛之语[36]，而余亦载与可畴昔戏笑之言者[37]，以见与可于予亲厚无间如此也。

〔1〕萌：嫩芽。
〔2〕蜩腹蛇蚹：用比喻之法描写竹子。蜩腹，蝉后腹上的横纹。蚹，蛇皮上的横鳞。这里是指蛇腹下的横鳞，它们可以代足爬行。竹笋表面紧包着一层一层的笋壳，与蜩腹蛇蚹形状相似，所以用来比喻竹子。
〔3〕剑拔：指竹生长速度快，并且挺拔有力。
〔4〕生而有之：从生出来就有的东西，即自然生长的结果。
〔5〕乃节节而为之，叶叶而累之：一节一节地勾画，一叶一叶地添加。累，添加。堆砌。
〔6〕岂复有竹乎：怎么能画出竹子的真正意味和神韵呢？米芾《画史》："子瞻作墨竹，从地一直起至顶。余问何不逐节分？曰：'竹生时何尝逐节生？'运思清拔，出于文同与可，自谓与文拈一瓣香(意思是师承其法)。"
〔7〕熟视：细看、认真观察。
〔8〕从：追随、捕捉。
〔9〕振笔直遂：挥笔径直去画，一气呵成。
〔10〕兔起鹘落：兔子跃起，鹰隼疾落，极为迅捷。
〔11〕少纵则逝：稍稍放松，便马上消失。
〔12〕中：心中、内心。
〔13〕遗(wèi)：赠送。
〔14〕"庖丁"三句：庖丁解牛时，顺着牛的筋骨脉络与结构，既快又不使刀受损，游刃有余，十分自如。文惠王看了以后，从中悟出了养生之道，见《庄子·养生主》。庖丁，厨工的名字。
〔15〕"轮扁"三句：说的是齐桓公在堂上读书时，轮扁从堂下经过，他对桓公说：砍木作轮，下手慢，轮

子就太松太滑,不结实;太快了,轮子便滞涩不好插进去。必须恰到好处,既不快,又不慢。而这火候、速度虽然内心清楚,却没法说清楚。即使父子间口头传授也不行,所以古人之道无法传下来。书传没用,它只不过是古人留下的糟粕。齐桓公赞他的说法。庄子借这个故事来说明物性即道不可言传,见《庄子·天道》。轮扁,匠人的名字。读书者,指齐桓公。

〔16〕夫子:指文与可。

〔17〕缣、素:都是丝织品。白色的叫素,黄色的叫缣。

〔18〕足相蹑:脚踩着脚,形容到文与可这里求画的人多。

〔19〕口实:话柄。

〔20〕"及与可自洋州还"二句:文同于熙宁八年(1075)知洋州,十年(1079)由洋州回到京城(今河南开封),苏轼于熙宁十年(1077)四月知徐州。

〔21〕彭城:即徐州。

〔22〕袜材:做袜子的材料,指求画的缣、素。

〔23〕鹅溪:地名,在今四川省盐亭县西北,出产名贵的"鹅溪绢",当时常用来作画。

〔24〕扫取寒梢:指画竹。扫取,画。寒梢,指竹。

〔25〕二百五十匹:古时一匹是四十尺,二百五十匹的长度是一万尺。

〔26〕实之:当真实的东西。

〔27〕辩:能说会道,善于言辞。

〔28〕汉川:汉水,这里指洋州,因为洋州在汉水上游。

〔29〕箨(tuò)龙:竹笋。

〔30〕太守:指当时任洋州知府的文与可。

〔31〕渭滨千亩在胸中:这是玩笑话,一是说渭水之上的千亩竹子被文与可吃了;一是说文与可"成竹在胸",赞美他绘画时的创作方法,所以是双关语。《史记·货殖列传》有"渭川千亩竹"语,这里是借渭滨指代洋州。

〔32〕失笑:禁不住笑出声来。

〔33〕陈州:州名,治所在今河南淮阳。

〔34〕湖州:今浙江吴兴,苏轼于元丰二年(1079)由徐州改知湖州。

〔35〕废卷:放下画卷。

〔36〕"昔曹孟德祭桥公"二句:《三国志·魏书·武帝纪》中载,曹操年轻时"任侠放荡,不治行业",但是睢阳(今河南商丘)人桥玄却称他为"命世之才",曹操因此而名声大振。建安七年(202),曹操遣使祭桥玄说:"承从容约誓之言:'殂逝之后,路有经由,不以斗酒只鸡过相沃酹,车过三步,腹痛勿怪。'虽临时戏笑之言,非至亲之笃好,胡肯为此辞乎?"

〔37〕畴昔:从前。

本文以画为线索,叙述作者和文与可的深挚友谊及睹物思人的悲痛。但本文的精彩处,不在于再现文与可的音容笑貌及二人的深厚友谊,主要在于对文与可绘画经验的总结和作者自己的创作体会,具体而言就是:优秀作品的创作过程是作者从了然于心(必先得成竹于胸中)到了然于手(心手相应),并且要及时把握住稍纵即逝的灵感,还要注意以少总多("咫尺万里")等问题,充分反映出作者独特而又带有普遍性的文艺创作观。

游定惠院

本文作于元丰七年(1084)三月初的上巳日。当时苏轼贬居黄州(今湖北黄冈),上巳日同几位好友携酒出游,饮酒作诗,尽兴而归,应徐大正之请写下这篇游记。定惠院为佛寺名,在黄州城外东南。苏轼初到黄州时,曾寓居于此,以后又多次到这里游赏。

  黄州定惠院东小山上,有海棠一株,特繁茂。每岁盛开,必携客置酒,已五醉其下矣。今年复与参寥师及二三子访焉[1],则园已易主。主虽市井人[2],然以予故,稍加培治。山上多老枳木[3],性瘦韧,筋脉呈露,如老人项颈。花白而圆,如大珠累累,香色皆不凡。此木不为人所喜,稍稍伐去,以予故亦得不伐。既饮,往憩于尚氏之第。尚氏亦市井人也,而居处修洁,如吴越间人,竹林花圃皆可喜。醉卧小板阁上,稍醒,闻坐客崔成老弹雷氏琴[4],作悲风晓月,铮铮然,意非人间也。晚乃步出城东,鬻大木盆[5],意者谓可以注清泉,瀹瓜李,遂夤缘小沟[6],入何氏、韩氏竹园[7]。时何氏方作堂竹间,既辟地矣,遂置酒竹阴下。有刘唐年主簿者,馈油煎饵,其名为甚酥[8],味极美。客尚欲饮,而予忽兴尽,乃径归。道过何氏小圃,乞其丛橘,移种雪堂之西。坐客徐君得之将适闽中[9],以后会未可期,请予记之,为异日拊掌[10]。时参寥独不饮,以枣汤代之。

  [1]参寥师:僧参寥,本姓何,又称参寥子,名昙潜,钱塘(今浙江杭州)人。苏轼当年通判杭州之时与他交游,并为他更名道潜,后号参寥子。苏轼谪居黄州之时,他专程来探访,并留住了一年。师,是对僧人的尊称。崇宁末年,参寥子归老江湖,赐号妙总大师。苏轼《〈参寥泉铭〉序》中写道:"余谪黄州,参寥子不远数千里从余于东坡,留期年,尝与同游武昌之西山,梦相与赋诗,有寒食清明、石泉槐火之句。" 二三子:其他二三人,这里指同游的徐大正等人。
  [2]市井人:指普通的老百姓。
  [3]枳(zhǐ):植物名,指灌木或小乔木。亦称"枸橘",茎上有刺,果实可入药。
  [4]崔成老:善琴之士。 雷氏琴:苏轼题跋有《家藏雷琴》一篇,并说琴上有"雷家记"字样。文中说:"其岳不容指,而弦不敝,此最琴之妙,而雷琴独然。求其法不可得,乃破其所藏雷琴求之。琴声出于两池间,

其背微隆,若菡叶然,声欲出而隘,徘徊不去,乃有馀韵,此最不传之妙。"敹(xiàn),散。

〔5〕鬻:本义是"卖",这里作"买"。

〔6〕夤缘:循沿、沿着。

〔7〕何氏、韩氏:指黄州人何圣可、韩毅甫。

〔8〕为甚酥:一种油煎饼,由苏轼自己命名。苏轼有《刘监仓家煎米粉作饼子,余云"为甚酥"……》诗。另外,宋周紫芝《竹坡诗话》中说:"东坡在黄州时,尝赴何秀才会,食油果甚酥。因问主人此名为何,主人对以无名。东坡又问为甚酥,坐客皆曰:'是可以为名矣。'又潘长官以东坡不能饮,每为设醴。坡笑曰:'此必错煮水也。'他日忽思油果,作诗求之云:'野饮花前百事无,腰间惟系一葫芦。已倾潘子错煮水,更觅君家为甚酥。'"

〔9〕徐君得之:徐大正,字得之,黄州知州徐大受(君猷)之弟,与苏轼为友。

〔10〕拊(fǔ)掌:拍手,表示欢乐。

文中描述自己与几位友人的游赏之乐,叙事、写景、抒情相融为一。以清淡雅洁之笔,勾勒出清新隽永而又悠闲超俗的意境,颇具诗情画意,特别耐人寻味。

与言上人

本文作于元丰三年(1080)七月。言上人,即苏轼在湖州时的友人释法言。当时苏轼因"乌台诗案"谪居黄州,这是他给法言的信。

去岁吴兴仓卒为别〔1〕,至今耿耿〔2〕。谴居穷陋〔3〕,往还断尽〔4〕。远辱不遗〔5〕,尺书见及〔6〕,感怍殊深〔7〕。比日法体佳胜〔8〕,札翰愈精健〔9〕,诗必称是〔10〕,不蒙见示,何也?雪斋清境,发于梦想,此间但有荒山大江,修竹古木,每饮村酒,醉后曳杖放脚〔11〕,不知远近,亦旷然天真〔12〕,与武林旧游〔13〕,未易议优劣也〔14〕。何时会合一笑〔15〕,惟万万自爱〔16〕。

〔1〕"去岁"句:指元丰二年(1079)七月,苏轼因"乌台诗案"被捕及送御史台狱之事。仓促,仓猝,匆匆忙忙。

〔2〕耿耿:有心事,心中不安之状。

〔3〕谴居:谪居、贬居。

〔4〕往还断尽:和亲戚朋友之间的来往全都断了。

〔5〕远辱不遗:承蒙您离得很远却没有把我忘掉。辱,谦辞,承蒙。

〔6〕尺书见及:您寄来的信已经收到了。尺书,指信。

〔7〕怍(zuò):惭愧。

〔8〕比日:近日。　法体:对僧人身体的尊称,这里指法言的身体状况。
〔9〕札翰:书信。
〔10〕诗必称是:您的诗作也一定好。
〔11〕曳(yè)杖:拖着拐杖。
〔12〕旷然天真:形容心胸开阔,真率自然,无拘无束的样子。
〔13〕武林:指杭州。　旧游:老朋友。
〔14〕未易议优劣:不容易分辨出谁优谁劣。
〔15〕会合:指相见。
〔16〕自爱:自己珍重。

　　这封写给好友法言的信,虽然是描述自己的贬谪生活,但却写得轻松悠闲,充满"旷然天真"之趣。充分体现了苏轼面对挫折及不幸遭际时的达观心态。其中对黄州环境、景色的描写别有意味。

书临皋亭

　　元丰三年(1080)五月,苏轼移居临皋亭,此亭在今湖北黄冈市南的长江边上。

　　东坡居士酒醉饭饱,倚于几上,白云左绕,清江右洄〔1〕,重门洞开,林峦坌入〔2〕。当是时,若有思而无所思,以受万物之备,惭愧〔3〕!惭愧!

〔1〕清江右洄:清澈的江(长江)水在右边回旋而流。
〔2〕林峦:树林和山峦。　坌(bèn)入:一起涌来。
〔3〕惭愧:难得,这里是欣喜、幸运的意思。

　　这篇短文即人即景,既生动地描绘出临皋亭周围的景色,又显示出自己超然旷达之襟怀,情景交融,意趣盎然。

记承天寺夜游

　　本文作于苏轼贬官黄州(今湖北黄冈)时期,主要叙述的是夜游承天寺的情景。

承天寺,故址在今湖北省黄冈市南。

元丰六年十月十二日夜[1],解衣欲睡,月色入户,欣然起行。念无与为乐者,遂至承天寺,寻张怀民[2]。怀民亦未寝,相与步于中庭。庭下如积水空明,水中藻荇交横[3],盖竹柏影也。何夜无月?何处无竹柏?但少闲人如吾两人者耳[4]。

[1]元丰六年:公元1083年。这时苏轼已贬居黄州四年。
[2]张怀民:张梦得,清河(今属河北)人,当时也被贬到黄州。
[3]藻:水藻。 荇(xìng):荇菜,一种水生植物,根生水里,叶子浮在水面。
[4]闲人:这里指没有官职的自由闲散之人。

作者在文中截取与张怀民月下漫步寺庭这一片段,略略几笔就充满了诗情画意,描绘出一种明净清幽的境界,将自己宁静恬适的心境充分展示了出来。言简而意深,字少而境美。

书上元夜游

本文作于哲宗元符二年己卯(1099),当时苏轼在海南儋州(治所在今海南儋州市)贬所。这篇小品在《东坡志林》中题为《儋耳夜书》。

己卯上元,予在儋州,有老书生数人来过,曰:"良月嘉夜,先生能一出乎?"予欣然从之。步城西,入僧舍,历小巷,民夷杂揉[1],屠沽纷然。归舍已三鼓矣。舍中掩关熟睡,已再鼾矣。放杖而笑,孰为得失?过问先生何笑[2],盖自笑也。然亦笑韩退之钓鱼无得,更欲远去,不知走海者未必得大鱼也。

[1]民:人民、百姓,这里指汉族百姓。 夷:指当地少数民族。
[2]过:苏轼的幼子,字叔党。苏轼被贬海南之时,由苏过随侍。

文章通过描写月夜出游的一个生活片段,一方面展现出儋州小城上元之夜的繁华景象和淳朴的民风民俗,以及作者与当地人民的交往与情谊;另一方面又从月夜出游中表现出作者悠然闲适的心境。特别是文章中再现出来的夜晚生活情状,尤为动人。

　　在那明月皎洁的上元夜,应几位老书生之邀,作者"欣然"出游;城西的风光与僧舍的景物,小巷的民情与熙熙攘攘的生意人……凡此种种真让人流连忘返。回到家中,天已三更,儿子此时已经掩门熟睡。不用多说,东坡此时虽然谪居天涯海角,但是生活环境十分和谐,心境也十分安闲恬静。

答谢民师书

　　本文作于宋哲宗元符三年(1100),又题作《与谢民师推官书》。谢民师,名举廉,字民师,新淦(今江西新干)人,元丰八年(1085)进士,颇有诗名,与叔父谢懋、谢岐,弟谢世充同榜登第,时称"四谢"。元符三年(1100),谢民师在广东做幕僚,正巧遇苏轼自海南遇赦北还,六月过海,十月至广州。当时谢民师携带诗文谒见苏轼,很得苏轼的赏识。曾敏行《独醒杂志》卷一载:"东坡自岭南归,民师袖书及旧作遮谒。东坡览之,大见称赏,谓民师曰:'子之文,正如上等紫磨黄金,须还子十七贯五百。'遂留语终日。"

　　苏轼离开广州后,谢民师多次写信问候。本篇是苏轼行至广东清远时写给民师的第二封信。

　　轼启:近奉违,亟辱问讯,具审起居佳胜[1],感慰深矣。轼受性刚简[2],学迂材下,坐废累年[3],不敢复齿缙绅[4]。自还海北[5],见平生亲旧,惘然如隔世人,况与左右无一日之雅[6],而敢求交乎?数赐见临,倾盖如故[7],幸甚过望,不可言也。

　　所示书教及诗赋杂文[8],观之熟矣。大略如行云流水,初无定质[9],但常行于所当行,常止于所不可不止,文理自然,姿态横生。孔子曰:"言之不文,行而不远[10]。"又曰:"辞达而已矣[11]。"夫言止于达意,即疑若不文[12],是大不然。求物之妙,如系风捕影[13];能使是物了然于心者,盖千万人而不一遇也,而况能使了然于口与手者乎!是之谓辞达。辞至于能达，则文不可胜用矣〔14〕。扬雄好为艰深之辞〔15〕，以文浅易之说〔16〕；若正言之〔17〕，则人人知之矣。此正所谓"雕虫篆刻"者〔18〕，其《太玄》《法言》皆是类也〔19〕，而独悔于赋〔20〕，何哉？终身雕虫而独变其音节〔21〕，便谓之"经"〔22〕，可乎？屈原作《离骚经》〔23〕，盖风、雅之再变者〔24〕，虽与日月争光可也，可以其似赋而谓之"雕虫"乎？使贾谊见孔子〔25〕，升堂有馀矣〔26〕；而乃以赋鄙之〔27〕，至与司马相如同科〔28〕。雄之陋〔29〕，如此比者甚众〔30〕。可与知者道，难与俗人言也〔31〕，因论文偶及之耳。欧阳文忠公言文章如精金美玉〔32〕，市有定价，非人所能以口舌定贵贱也。纷纷多言，岂能有益于左右，愧悚不已〔33〕。

所须惠力法雨堂字〔34〕，轼本不善作大字，强作终不佳，又舟中局迫难写，未能如教。然轼方过临江〔35〕，当往游焉。或僧欲有所记录，当作数句留院中，慰左右念亲之意。今日已至峡山寺〔36〕，少留即去。愈远，惟万万以时自爱。不宣。

注释

〔1〕"近奉违"三句：奉违，离别。奉，表示尊敬的用语。亟(qì)，屡次。辱，表示客气的谦词，意思是承蒙。问讯，写信问候。具审，完全了解。

〔2〕受性刚简：秉性刚直简慢。

〔3〕坐废累年：因事被贬职好多年。

〔4〕复齿缙绅：再排列在官修士大夫的行列。齿，列。缙绅，原指古代官员的装束，这里指代官员。

〔5〕还海北：渡海回到北方。宋哲宗元符三年(1100)，苏轼在儋耳(今海南儋州市)遇赦后，渡海北还。海，南海。

〔6〕左右：对人的敬称，意同"您"。这里指谢民师。 雅：素常，指旧交情。

〔7〕倾盖如故：一见如故。倾盖，古时两个人乘车在途中相遇对话，对方的车盖相依并下倾，所以说"倾盖"。

〔8〕书教：官场应用之文，主要是书启、谕告等。

〔9〕初无定质：本来没有固定的体式。

〔10〕言之不文，行而不远：强调文采的作用。语言没有文采，传播就不会久远，语见《左传·襄公二十五年》。"不文"原作"无文"。

〔11〕辞达而已矣：文辞只要能够准确达意就够了。

〔12〕疑若不文：怀疑不需要文采。

〔13〕求物之妙，如系风捕影：探求事物的微妙就像拴住风、捉住影子一样。影，一作"景"。

〔14〕"辞至于能达"二句：意谓"辞"能够到"达"的地步，那么文采便用不完(用不胜用)了。

〔15〕扬雄：字子云，西汉著名的文学家、语言学家、哲学家。

〔16〕文：文饰、掩饰。 说：内容。

〔17〕正言之：直截了当地说出来。

〔18〕雕虫篆刻：原指虫书、刻符两种书体，此处的意思是雕琢字句。扬雄在《法言·吾子》篇里说："或问：'吾子少而好赋？'曰：'然！童子雕虫篆刻。'俄而曰：'壮夫不为也。'"

〔19〕《太玄》《法言》：扬雄的两部著作，《太玄》模拟《周易》，《法言》模拟《论语》。前者谈哲理，后者谈政治。

〔20〕悔于赋：扬雄曾后悔作赋，认为这是小孩子的雕虫小技，不是大丈夫应该做的事情。

〔21〕独变其音节：指《太玄》《法言》与扬雄之赋相比，仅仅是句法音节不同，其实都是雕虫篆刻之作。

〔22〕便谓之"经"：便以为是"经"书，指扬雄以为自己所作的《太玄》《法言》就是经书。

〔23〕《离骚经》：即屈原的《离骚》，被后人尊为经。

〔24〕盖风、雅之再变者：风、雅，指《诗经》中的"国风"和"小雅"，这里指代《诗经》。再变，说的是《离骚》与《诗经》之关系，意思是屈原的作品《离骚》继承和发扬了《诗经》的优良传统。

〔25〕使贾谊见孔子：假如贾谊能遇见孔子，成为孔子的弟子。贾谊，西汉文帝时著名的政论家、文学家，著有《新书》，也是大辞赋家。

〔26〕升堂有馀：比喻治学的三种境界（入门、升堂、入室）中的一种，是一个由浅入深的渐进过程。

〔27〕以赋鄙之：因为作赋，所以轻视他，指扬雄因贾谊作过赋而贬低、轻视之。扬雄《法言·吾子》："诗人之赋丽以则，辞人之赋丽以淫。如孔氏之门用赋也，则贾谊入堂，相如入室矣，如其不用何！"

〔28〕至与司马相如同科：甚至于把贾谊和司马相如等类齐观。司马相如，字长卿，西汉著名的辞赋家。科，品类、级别。

〔29〕陋：识见低下。

〔30〕比：类。

〔31〕"可与知者道"二句：可以跟聪明智慧的人说，很难同俗人说明白。此语见司马迁《报任安书》。知者，同"智者"。

〔32〕欧阳文忠公：北宋时期的大文学家欧阳修，文忠是他的谥号。

〔33〕愧悚：惭愧、恐惧的意思。

〔34〕惠力：寺名，即惠力寺，在江西清江县南。　法雨堂：惠力寺中的堂名。谢民师替该寺向苏轼求字，要他书写"法雨"两字。

〔35〕临江：指临江军，宋朝行政区域名称，其地在今江西清江县。

〔36〕峡山寺：即广庆寺，中国古代名刹之一，在今广东清远市东清远峡。

　　信中先述交谊：苏轼晚年连遭贬谪，历经坎坷，饱尝世态炎凉、人情冷暖，不敢也不愿轻易结交官府中人。故旧星散、交游断绝，而素无往来的谢氏，却多次问讯、过往，情亲意厚，对方的殷殷相待，使苏轼感到"倾盖如故"。接下来重点谈论文艺，着力阐述文贵自然的主张，以及对孔子"辞达"内涵的理解和认识，即从"了然于心"到"了然于口与手"，同时对扬雄"好为艰深之辞，以文浅易之说"的雕琢之风进行了批评。信的结尾对谢民师求索墨迹作出恳切的说明、答复，并告诉他自己以后的行踪。

答张文潜县丞书

题解

本文是苏轼给其门人张文潜的回信。张文潜，名耒，和黄庭坚、秦观、晁补之并称"苏门四学士"，曾同游苏轼之门，都是苏轼之得意门生。这四人的诗文不仅得到苏轼的指点，而且因为苏轼的赏识誉扬而名闻天下。但苏轼却不以师长自居，而待四人如友朋。这封书信就充分表现了苏轼乐于奖掖后进的精神。

轼顿首文潜县丞张君足下[1]：久别思仰。到京公私纷然，未暇奉书。忽辱手教，且审起居佳胜，至慰！至慰！惠示文编，三复感叹，甚矣，君之似子由也。子由之文实胜仆，而世俗不知，乃以为不如。其为人深不愿人知之，其文如其为人，故汪洋澹泊，有一唱三叹之声，而其秀杰之气，终不可没。作《黄楼赋》，乃稍自振厉，若欲以警发愦愦者，而或者便谓仆代作，此尤可笑。"是殆见吾善者机也"。[2]

文字之衰，未有如今日者也。其源实出于王氏[3]。王氏之文，未必不善也，而患在于好使人同己。自孔子不能使人同，颜渊之仁，子路之勇，不能以相移，而王氏欲以其学同天下！地之美者，同于生物，不同于所生。惟荒瘠斥卤之地，弥望皆黄茅白苇，此则王氏之同也。

近见章子厚言[4]，先帝晚年甚患文字之陋，欲稍变取士法，特未暇耳。议者欲稍复诗赋，立《春秋》学官，甚美。仆老矣，使后生犹得见古人之大全者，正赖黄鲁直、秦少游、晁无咎、陈履常与君等数人耳。如闻君作太学博士，原益勉之。"德辖如毛，民鲜克举之。我仪图之，爱莫助之"[5]。此外千万善爱。偶饮卯酒[6]，醉。来人求书，不能复觏缕[7]。

[1] 县丞：官职名，即县令的佐官。

[2] 是殆见吾善者机也：这大概是看到了我的生机。善者机，生机。这句话引自《庄子·应帝王》，为壶子说的话。

[3] 王氏：指王安石。

[4] 章子厚：指当时任知枢密院事的章惇。

[5] "德辖如毛"四句：《诗经·大雅·烝民》："人亦有言，德辖如毛，民鲜克举之。我仪图之，维仲山甫举之，爱莫助之。"原诗作者是尹吉甫，诗的主旨是歌颂周宣王能任用仲山甫治国，使国家中兴。苏轼以尹吉甫自比，借古说今。

[6] 卯酒：即卯时酒。卯时为清晨之时，可见苏轼是清晨饮酒。一般人们不在此时饮酒，有"不饮卯时酒，

自辰醉到酉"之说。但有时人们也不顾及这些,白居易《醉吟》:"耳底斋钟初过后,心头卯酒未消时。"又《卯时酒》:"未如卯时酒,神速功力倍。"

〔7〕覼(luó)缕:详细地叙述事情。

文章分为三部分,层层深入,一环扣一环。第一部分即第一自然段,首先赞扬张耒之文,并由此引出对弟弟苏辙之文的评价与赞美,同时也是对张耒之文的进一步评价与称赏。第二部分是全文的中心,着重批判王安石"好使人同己",即废止先儒之学,以王氏经学也就是私家之学取天下士。《宋史·王安石传》载:"初,安石训释《诗》《书》《周礼》,既成,颁之学官,天下号曰'新义'……一时学者,无敢不传习,主司纯用以取士,士莫得自名一说。先儒传注,一切废不用。黜《春秋》之书,不使列于学官,至戏目为'断烂朝报'。"从实而论,王安石"欲以其学同天下",确实有片面之弊,造成前所未有的"文字之衰"。但也不可一概否定,其发挥"新义"的创新精神也有积极因素。第三部分,即最后一段是对门生的勉励,既包括张耒本人,又包括黄鲁直、秦少游、晁无咎、陈履常,勉励他们为复兴先儒之学而努力。

《范文正公集》叙

本文作于元祐四年(1089)四月。当时苏轼即将到杭州赴任,因为他此时已由翰林学士、知制诰兼侍读学士改知杭州。范文正公即范仲淹,字希文,吴县(今江苏苏州)人,谥文正,所以称为范文正公。他曾参加"庆历新政",又曾带兵守边多年,防御西夏,还朝后政绩也很突出,同时又兼善诗文,是北宋一代名臣。

庆历三年[1],轼始总角入乡校[2],士有自京师来者,以鲁人石守道所作《庆历圣德诗》示乡先生[3],轼从旁窃观,则能诵习其词,问先生以所颂十一人者何人也[4]?先生曰:"童子何用知之?"轼曰:"此天人也耶,则不敢知;若亦人耳,何为其不可?"先生奇轼言,尽以告之,且曰:"韩、范、富、欧阳[5],此四人者,人杰也!"时虽未尽了,则已私识之矣。

嘉祐二年[6],始举进士,至京师,则范公没;既葬,而墓碑出[7],读之至流涕,曰:"吾得其为人,盖十有五年[8],而不一见其面,岂非命欤!"是岁登第[9],始见知于欧阳公,因公以识韩、富,皆以国士待轼[10],曰:

"恨子不识范文正公。"其后三年,过许,始识公之仲子今丞相尧夫[11]。又六年,始见其叔彝叟京师[12]。又十一年,遂与其季德孺同僚于徐[13],皆一见如旧,且以公遗稿见属为叙。又十三年,乃克为之。

呜呼！公之功德盖不待文而显,其文亦不待叙而传。然不敢辞者,以八岁知敬爱公,今四十七年矣。彼三杰者皆得从之游,而公独不识,以为平生之恨;若获挂名其文字中,以自托于门下士之末,岂非畴昔之愿也哉！

古之君子,如伊尹、太公、管仲、乐毅之流[14],其王霸之略[15],皆素定于畎亩中,非仕而后学者也。淮阴侯见高帝于汉中[16],论刘项短长,画取三秦[17],如指诸掌,及佐帝定天下,汉中之言,无一不酬者;诸葛孔明卧草庐中[18],与先主论曹操[19]、孙权,规取刘璋,因蜀之资,以争天下,终身不易其言。此岂口传耳受,尝试为之,而侥幸其或成者哉？公在天圣中[20],居太夫人忧,则已有忧天下致太平之意,故为万言书以遗宰相,天下传诵。至用为将[21],擢为执政[22],考其平生所为,无出此书者。今其集二十卷,为诗赋二百六十八,为文一百六十五,其于仁义礼乐、忠信孝悌[23],盖如饥渴之于饮食,欲须臾忘而不可得;如火之热,如水之湿,盖其天性有不得不然者。虽弄翰戏语,率然而作,必归于此。故天下信其诚,争师尊之。孔子曰："有德者必有言[24]。"非有言也,德之发于口者也。又曰："我战则克,祭则受福[25]。"非能战也,德之见于怒者也。

〔1〕庆历三年:公元1043年。庆历,宋仁宗赵祯的年号(1041—1048)。

〔2〕总角:指代童年。《礼记·内则》："男女未冠笄者,鸡初鸣,咸盥漱栉纵,拂髦总角。"郑玄注："总角,以发结之。"角,小髻。陶渊明《荣木》诗序："总角闻道,白首无成。" 乡校:乡间学校,此处指小学。

〔3〕石守道:石介,字守道。其《庆历圣德诗》很有名,主要颂扬主张"庆历革新"的杰出人物。《宋史·石介传》:"石介,字守道,兖州奉符人……(庆历中)会吕夷简罢相,夏竦既除枢密使,复夺之,以(杜)衍代。章得象、晏殊、贾昌朝、范仲淹、富弼及(韩)琦同时执政,欧阳修、余靖、王素、蔡襄并为谏官。介喜曰:'此盛事也,歌颂吾职,其可以乎！'作《庆历圣德诗》。"

〔4〕所颂十一人:指杜衍、章得象、晏殊、贾昌朝、范仲淹、富弼、韩琦、欧阳修、余靖、王素、蔡襄这十一人。

〔5〕韩、范、富、欧阳:即韩琦、范仲淹、富弼、欧阳修。

〔6〕嘉祐二年:公元1057年。嘉祐,宋仁宗年号(1056—1063)。

〔7〕墓碑:指欧阳修所作《资政殿学士户部侍郎文正范公神道碑铭》。

〔8〕十有五年:从庆历三年(1043)到嘉祐二年(1057),时间为十五年。

〔9〕是岁登第：指仁宗嘉祐二年（1057）苏轼登进士第。是岁，嘉祐二年（1057）。
〔10〕国士：一国中的杰出之士。
〔11〕丞相尧夫：指范仲淹的次子，名纯仁。范纯仁（1027—1101），字尧夫，皇祐元年（1049）进士，嘉祐五年（1060）任许州签判，元祐中官至尚书仆射、中书侍郎。
〔12〕其叔彝叟：指范仲淹的第三子，名纯礼，字彝叟。叔，排行第三，即伯、仲、叔、季中之叔。治平二年（1065）苏轼罢凤翔府签书判官回京任职时，遇范纯礼。
〔13〕其季德孺：指范仲淹的第四子范纯粹，字德孺。季，排行第四。
〔14〕伊尹、太公、管仲、乐毅：中国古代四位名臣。伊尹，商朝名相。太公，即辅佐周武王伐纣灭商的吕尚，本姓姜，字子牙。管仲，齐桓公时为上卿，著名政治家。乐毅，战国时期燕国大将。
〔15〕王霸之略：经国济世的谋略。
〔16〕淮阴侯见高帝：淮阴侯，指汉朝名将韩信。高帝，即汉高祖刘邦。　汉中：古郡名，战国时期楚怀王置，因在汉水中游而得名。
〔17〕三秦：今陕西省一带，战国时属秦国。项羽灭秦后，三分关中，封秦将章邯为雍王，司马欣为塞王，董翳为翟王，成雍、塞、翟三国，故称三秦。
〔18〕诸葛孔明卧草庐中：诸葛孔明即诸葛亮，未出山前，隐居南阳草庐，刘备三顾茅庐，才打动他。
〔19〕先主：刘备。这里说的是刘备三顾茅庐，与诸葛亮的隆中对。诸葛亮当时建议刘备跨有荆州、益州，联吴（孙权）抗曹（操），"天下有变，则命一上将将荆州之军以向宛、洛，将军身率益州之众出于秦川，百姓孰敢不箪食壶浆以迎将军者乎？诚如是，则霸业可成，汉室可兴矣"。
〔20〕天圣：公元1023—1032年，宋仁宗年号。
〔21〕至用为将：康定元年（1040）范仲淹为陕西经略安抚副使，庆历三年（1043）为枢密副使。《宋史·范仲淹传》："元昊反，召为天章阁待制，知永兴军，改陕西都转运使。会夏竦为陕西经略安抚招讨使，进仲淹龙图阁学士以副之。"
〔22〕执政：参知政事，也就是副宰相。庆历三年（1043）秋，范仲淹改任参知政事（副宰相）。
〔23〕孝悌：也作"孝弟"，儒家伦理观念。《论语·学而》："其为人也孝弟。"宋·朱熹注："善事父母为孝，善事兄长为弟。"
〔24〕有德者必有言：见《论语·宪问》。
〔25〕"我战则克"两句：大意是有德之人作战就能取胜，祭祀就能得福。语见《礼记·礼器》，唐·孔颖达疏："此一节论孔子述知礼之人自称战克、祭受福之事。"

　　苏轼此文先以一半以上的篇幅，由远及近，逐渐深入，着力抒写自己对范仲淹的钦佩与仰慕之情，情真意切；中间部分着重歌颂范仲淹的功业和美德，强调他规模先定，即在出仕之前早已学成，成功绝非侥幸；最后阐述范仲淹文集的底蕴，并且两次引用孔子之言强调范仲淹的文武才能都是其高尚道德的自然流露。全文叙事严整，情文并茂。

方山子传

题解 本文是一篇传记体散文,作于元丰四年(1081),当时苏轼在黄州。方山子即陈慥,字季常,是凤翔知府陈希亮的儿子,苏轼任凤翔签判时便与他交游,实为好友。文章着力描写陈季常的"异人"形象,其写法也与通常传记大异其趣,不是像一般传记那样历述传主的世系与生平行事,而是别开生面地精心选材,突出其前后不同的生活态度与行为方式。

方山子,光、黄间隐人也[1]。少时慕朱家、郭解为人[2],闾里之侠皆宗之[3]。稍壮,折节读书[4],欲以此驰骋当世,然终不遇。晚乃遁于光、黄间,曰岐亭[5]。庵居蔬食,不与世相闻。弃车马,毁冠服,徒步往来山中,人莫识也。见其所著帽,方屋而高[6],曰:"此岂古方山冠之遗像乎[7]?"因谓之方山子。

余谪居于黄,过岐亭,适见焉[8]。曰:"呜呼!此吾故人陈慥季常也,何为而在此?"方山子亦矍然问余所以至此者[9]。余告之故。俯而不答,仰而笑。呼余宿其家。环堵萧然[10],而妻子奴婢皆有自得之意。余既耸然异之[11]。独念方山子少时,使酒好剑[12],用财如粪土。前十有九年,余在岐下[13],见方山子从两骑,挟二矢,游西山,鹊起于前,使骑逐而射之,不获。方山子怒马独出[14],一发得之。因与余马上论用兵及古今成败,自谓一世豪士。今几日耳,精悍之色,犹见于眉间,而岂山中之人哉!

然方山子世有勋阀[15],当得官,使从事于其间,今已显闻[16]。而其家在洛阳,园宅壮丽,与公侯等;河北有田,岁得帛千匹,亦足以富乐。皆弃不取,独来穷山中,此岂无得而然哉?

余闻光、黄间多异人,往往阳狂垢污[17],不可得而见。方山子傥见之与[18]?

注释

[1]光、黄:即光州、黄州。光州治所在今河南省黄州县,黄州治所在今湖北省黄冈市,与光州相邻。

[2]朱家、郭解:二人均为西汉游侠,以解救危难著名。朱家,鲁(今山东曲阜一带)人,以解救危难闻名于世。郭解,字翁伯,河内轵(zhǐ,今河南济源县)人,救人性命而不图报答,事见《史记·游侠列传》。

〔3〕闾里：乡里。　宗：尊奉、崇拜。
〔4〕折节：改变以前的志向、行为。
〔5〕岐亭：宋代镇名，在今湖北省麻城市西南。
〔6〕方屋：方形帽顶，一作"方耸"。屋，帽顶。
〔7〕方山冠：汉代祭祀宗庙之时，乐人所戴之冠。此种冠前高七寸，后高三寸，长八寸，以五彩縠纱制作。唐、宋时是隐士们戴的帽子。
〔8〕"余谪居"三句：写的是元丰三年(1080)正月苏轼在岐亭与陈季常相会之事。苏轼在《岐亭五首叙》中写道："元丰三年正月，余始谪黄州，至岐亭北二十五里，山上有白马青盖来迎者，则余故人陈慥季常也。为留五日，赋一篇而去。"
〔9〕矍(jué)然：惊奇相视之状。
〔10〕环堵萧然：极言居住条件简陋，室内空空荡荡。堵，墙壁。
〔11〕耸然异之：耸然，惊讶之状。异之，感觉他很奇怪。
〔12〕使酒：饮酒后使性放纵。
〔13〕岐下：指凤翔府，治所在今陕西凤翔县，因为岐山在其境内，故称岐下。嘉祐七年(1062)，苏轼任凤翔府签判时，陈希亮(陈慥之父)任凤翔府的知府，苏轼与陈慥相互交往。
〔14〕怒马：策马狂奔。
〔15〕勋阀：功臣的门第。
〔16〕显闻：名声显著。
〔17〕阳狂垢污：假装疯癫，并有意给自己涂抹污垢。阳，同"佯"。
〔18〕傥：或许、也许。　与：同"欤"，疑问词。

文中先概述陈季常少年、壮年、晚年各个时期的为人、取号方山子的原因，以及两人的岐亭相遇；然后采取对比之法，突出表现其"异人"特征：一是通过陈季常早年一身侠气，豪迈雄放的气概与其晚年安于隐居，心地恬淡相对比，突出其侠士与隐士集于一身的奇异生活与行为方式；二是通过其功臣门第、万贯家私与其独居穷山、甘于贫困的生活进行对比，突出他的隐居，既不同于一般乐山乐水的闲士之隐，也不同于一般仕途失意的士大夫之隐，所以更为奇异。那么，陈季常为什么会有如此奇异的生活与行为呢？作者因为刚以诗文被祸，不敢直言，怕其有悖于时，所以隐约其词，在结尾处委婉地说："余闻光、黄间多异人，往往阳狂垢污。"虽不直言，但却借"余闻"暗示出天机：原来陈季常的奇异之举是"阳狂垢污"，以不同寻常的行为方式掩饰、压抑胸中的愤激与矛盾，是一种矛盾心态的曲折表现。其实，这也折射出苏轼当时的心态。

前赤壁赋

宋神宗元丰三年(1080)，苏轼被贬为黄州团练副使。元丰五年(1082)，他先后两次游览黄州城外的赤壁(赤鼻矶),写下两篇赋。前一篇人们称作《前赤壁赋》,后一篇人们称为《后赤壁赋》。《前赤壁赋》写于元丰五年(1082)七月。文章写景、抒情、议论结合,诗情、画意、哲理兼备,充分表现出作者独特的生命意识和旷达乐观的人生态度。

　　壬戌之秋[1],七月既望[2],苏子与客泛舟游于赤壁之下[3]。清风徐来,水波不兴[4]。举酒属客[5],诵明月之诗[6],歌窈窕之章[7]。少焉[8],月出于东山之上,徘徊于斗牛之间[9]。白露横江,水光接天。纵一苇之所如[10],凌万顷之茫然[11]。浩浩乎如冯虚御风[12],而不知其所止;飘飘乎如遗世独立[13],羽化而登仙[14]。

　　于是饮酒乐甚,扣舷而歌之[15]。歌曰:"桂棹兮兰桨,击空明兮溯流光。渺渺兮予怀[16],望美人兮天一方[17]。"客有吹洞箫者,倚歌而和之[18]。其声呜呜然,如怨如慕,如泣如诉;馀音袅袅[19],不绝如缕[20]。舞幽壑之潜蛟[21],泣孤舟之嫠妇[22]。

　　苏子愀然,正襟危坐而问客曰:"何为其然也?"客曰:"'月明星稀,乌鹊南飞'[23],此非曹孟德之诗乎?西望夏口[24],东望武昌;山川相缪,郁乎苍苍[25],此非孟德之困于周郎者乎[26]?方其破荆州,下江陵,顺流而东也,舳舻千里[27],旌旗蔽空;酾酒临江[28],横槊赋诗;固一世之雄也,而今安在哉[29]!况吾与子渔樵于江渚之上[30],侣鱼虾而友麋鹿;驾一叶之扁舟,举匏樽以相属[31];寄蜉蝣于天地,渺沧海之一粟;哀吾生之须臾[32],羡长江之无穷;挟飞仙以遨游,抱明月而长终。知不可乎骤得,托遗响于悲风[33]。"

　　苏子曰:"客亦知夫水与月乎?逝者如斯[34],而未尝往也;盈虚者如彼,而卒莫消长也。盖将自其变者而观之,则天地曾不能以一瞬;自其不变者而观之,则物与我皆无尽也,而又何羡乎?且夫天地之间[35],物各有主;苟非吾之所有[36],虽一毫而莫取;惟江上之清风,与山间之明月,耳得之而为声,目遇之而成色;取之无禁,用之不竭;是造物者之无尽藏也[37],而吾与子之所共适[38]。"

　　客喜而笑,洗盏更酌。肴核既尽,杯盘狼藉[39]。相与枕藉乎舟中,不知东方之既白[40]。

〔1〕壬戌:宋神宗元丰五年(1082)。

〔2〕既望:阴历每月的十六日。望,指阴历十五日。

〔3〕苏子:苏轼自称。

〔4〕兴:起、动。

〔5〕属客:劝客,斟酒给客人喝。

〔6〕明月之诗:指《诗经·陈风》中《月出》一诗。

〔7〕窈纠:《诗经·陈风·月出》诗中"月出皎兮"那一章,这一章中有"舒窈纠兮"的句子。窈纠,即窈窕。

〔8〕少焉:片刻,不一会儿。

〔9〕斗牛:斗宿和牛宿两个星宿之名。斗,指南斗星。

〔10〕纵:任凭。

〔11〕凌:凌跨超越。 万顷:形容江面极为宽广。

〔12〕冯虚御风:乘风在天空中飞行。冯,同"凭"。虚,这里指天空。

〔13〕遗世独立:离开人世,自由自在。遗,离开。

〔14〕羽化:道教用语,把飞升成仙说成羽化。

〔15〕扣:敲打。 舷:船帮。

〔16〕渺渺:形容悠远的样子。 予怀:我怀,这里指我的思念。

〔17〕美人:心中思慕之人。

〔18〕倚歌:根据歌声伴奏。

〔19〕袅袅:形容连绵不断的样子。

〔20〕如缕:像细丝。

〔21〕舞:使……起舞,这里是使动用法。

〔22〕泣:有泪无声是泣,但这里是使……哭泣,使动用法。 嫠(lí)妇:寡妇。

〔23〕"月明"两句:指的是曹操(字孟德)《短歌行》中的两句诗。

〔24〕夏口:今湖北省武汉市。

〔25〕郁乎:形容繁茂的样子。

〔26〕周郎:周瑜早年得志,才二十四岁便做中郎将,所以人们称之为"周郎"。

〔27〕舳舻(zhúlú):指战船。

〔28〕酾(shī)酒:原意是斟酒,这里是饮酒的意思。

〔29〕安在:在什么地方。

〔30〕渔樵:这里是名词用作动词,指捕鱼、打柴。

〔31〕匏(páo)樽:酒器。匏是葫芦的一种,匏樽为古时的酒器。

〔32〕须臾(yú):片刻。

〔33〕遗响:馀音,这里指箫声。 悲风:秋风。

〔34〕逝者如斯:语出《论语·子罕》:"子在川上曰:'逝者如斯夫,不舍昼夜。'"

〔35〕且夫:况且,再说。

〔36〕苟:如果,假若。

〔37〕造物者:大自然。 无尽藏(zàng):原来是佛家语,这里的意思是说自然界有无穷无尽的宝藏。

〔38〕共适:共同享用。适,享用,消受。

〔39〕狼藉:形容乱七八糟的样子。
〔40〕既白:天已经亮了。

　　全文按照特殊的时间顺序,自然分成夜游之乐、乐极生悲、诉悲之由、转悲为喜这样四个部分,生动展示了苏轼在遭受贬谪时特殊的心路历程。文章开篇先以叙事、写景、抒情相结合的方法,展示作者在清风明月的夜景之中,泛舟赤壁,面对如诗如画的美妙景色,所产生的飘飘欲仙、仿佛进入极乐世界的快感:"月出于东山之上,徘徊于斗牛之间。白露横江,水光接天。纵一苇之所如,凌万顷之茫然。浩浩乎如冯虚御风,而不知其所止;飘飘乎如遗世独立,羽化而登仙。"然后又由客人呜呜咽咽的箫声,不着痕迹、非常自如地引入悲凉境界,造成浓烈的哀伤气氛:"客有吹洞箫者,倚歌而和之。其声呜呜然,如怨如慕,如泣如诉;馀音袅袅,不绝如缕。舞幽壑之潜蛟,泣孤舟之嫠妇。"接着水到渠成地过渡到文章的主体,以赋体抑客申主的传统方式,由"客"用对比之法说出乐极生悲的原因。而"客"作为一个客体,本来是主体的一个化身,所以这也正是苏轼自己内心深处的思考:一是那曾经写出"月明星稀,乌鹊南飞"优美诗句的曹操,当年率领千军万马,横槊赋诗,真是一世英雄,可是转眼之间化为乌有;与他相比,我们这些时运不济、仕途坎坷之辈,只有"渔樵于江渚之上,侣鱼虾而友麋鹿",泛舟喝酒的份了,前途渺茫,难道不可悲吗? 二是我们这样的人像蜉蝣一样寄生于天地之间,如同沧海一粟般渺小;生命短暂,只在须臾之间,而长江滚滚,无穷无尽;两相对比,能不让人感到悲伤吗? 三是我们谁不想长生不老,挟飞仙遨游,与明月长终,可是这只是幻想,现实中根本做不到,所以只有"托遗响于悲风"的悲哀。针对"客人"的回答,文章顺理成章地牵出"主人"的一番议论,通过人生哲理的深刻阐述,说服了"客人",实际上也是完成了作者自己在生命意识上的大彻大悟,从而"主"与"客"共饮入睡,直至东方之"既白"。

　　全文最精彩的地方是通过抑客申主的方式即景说理,即事说理,开导客人。先是以水月为喻,说明人与自然、人与宇宙的相互关系:就这水而言,虽然不断流淌,但是却不曾离去;那月亮尽管时圆时缺,但是最终也没有减少或增加。如果从变的角度来观察,那么生命、万物瞬息万变;如果从"不变"的角度来观察,万物与我们人类都是无穷无尽的,我们又羡慕什么呢? "人生代代无穷已,江月年年只相似"(唐·张若虚《春江花月夜》),尽管水不断流逝,而江河永存;月总有阴晴圆缺,可还是永恒地悬挂天空;人作为个体,不断生生死死,但是整个人类却生生不息,永远存在。这是从变与不变的角度看问题。从得失的角度观察:天地之间,物各有主,如果不该是你的,虽然是一丝一毫,你也不要索取,一切听其自然,忘怀得失；只有这清风明月是大自然的恩赐，或用或取，没人禁止，又无穷无尽，我们可以尽情享受。这就是苏轼的生命意识，就是他对人生的哲理性思考。可是这样深邃的哲理却是借着清风白露、水月交辉、古今融汇、时空链接，充满诗情画意的美妙境界表现出来的，显现出他经过了死亡的考验和贬谪的磨难之后，对人生、功业、生命、宇宙等问题的顿悟，达到人生境界的升华，不但自己完成了大彻大悟的心路历程，也给后人以无限的启迪。清人金圣叹《天下才子必读书》卷十五评价说："游赤壁，受用现今无边风月，乃是此老一生本领，却因平平写不出来，故特借洞箫呜咽，忽然从曹公发议，然后接口一句喝倒，痛陈其胸前一片空阔了悟。妙甚。"清人余诚《重订古文释义新编》卷八中也说："起首一段，就风月上写游赤壁情景，原自含共适之意。入后从渺渺予怀，引出客箫，复从客箫借吊古意，发出物我皆无尽的大道理……而平日一肚皮不合时宜都消归乌有，哪复有人世兴衰成败在其意中。游览，小事耳，发出这等大道理，遂堪不朽。"评价都非常恰当。

从体裁上看，本文虽名曰赋，其实文备众体：一方面它确实在一定程度上保留了传统赋体的情韵与气势，特别是诗一般的意味；另一方面它又冲破了传统赋体在对偶句式、声律规则等方面的拘束和限制，多用散文的笔调和表现手法，长短结合，参差变化；或韵或散，灵活自如；有时轻快流动，有时节奏鲜明；有时自然平易，有时精美工整。从构思上看，文章以情感变化为线索，从月夜泛舟的快乐舒畅，不由自主地又陷入怀古伤今的悲哀；通过极具哲理意味的开导，产生顿悟，又回到欢乐畅快的境界。因游起兴，见景生情；由情入理，画龙点睛。整体上变化多端，但是却脉络分明；波澜起伏，姿态横生；舒卷自如，展示出行云流水般的神奇与潇洒。

如果说苏轼把中国古代散文的艺术水平发展到了极致，那么他的这篇《前赤壁赋》便是散文宝库中的极品。

◎附　录

苏轼年谱简编

宋仁宗景祐三年丙子(1036)，一岁

庆历五年乙酉(1045)，十岁

　　苏洵教苏轼作文。王宗稷《苏文忠公年谱》有"东坡十来岁，老苏令作《夏侯太初论》"语。苏洵游学在外，母程夫人亲教苏轼兄弟读书。

嘉祐元年丙申(1056)，二十一岁

　　三月，三苏父子至成都，拜别张方平。张盛赞苏轼兄弟，谓"皆天才，长者明敏尤可爱，然少者谨重，成就或过之"。苏洵父子于五月抵京师开封。八月举进士于京师，苏轼兄弟皆入选。

嘉祐二年丁酉(1057)，二十二岁

　　苏轼兄弟同科进士及第。苏轼上书谢欧阳修、梅挚、范镇、韩绛、梅尧臣等。四月程夫人卒于家，三苏父子返蜀。

嘉祐四年己亥(1059)，二十四岁

　　六月召苏洵赴试之命再下，十月三苏父子及其家属沿岷江、长江而下，于十二月八日抵达江陵，并在江陵度岁。汇途中所作诗为《南行前集》，苏轼作《南行前集叙》。

嘉祐五年庚子(1060)，二十五岁

　　二月五日三苏父子抵京，汇途中所作诗文为《南行后集》。三月苏轼授河南福昌县主簿，因举制策，未赴任。

嘉祐六年辛丑(1061)，二十六岁

　　八月仁宗御崇政殿试所举贤良方正直言极谏科策问，苏轼入第三等(一二等为虚设，实为一等)。制科入第后，苏轼除大理评事、凤翔签判。十一月苏轼赴凤翔签判任，苏辙送至郑州西门外。

宋英宗治平二年乙巳(1065)，三十岁

　　以去岁十二月罢凤翔任，正月还京，二月直史馆。苏轼兄弟汇集数年诗作为《岐梁唱和诗集》。五月苏轼之妻王弗卒于京师，年二十七。

治平三年丙午(1066)，三十一岁

　　续娶王闰之。四月二十五日苏洵卒于京师，苏轼兄弟护丧出都，自汴入淮，沿江而上返蜀。

熙宁二年己酉(1069),三十四岁

二月以富弼同平章事,王安石参知政事。创制置三司条例司,开始变法。

苏轼兄弟于二月服满到京后,因王安石不满苏轼议论异己,乃以苏轼为殿中丞、直史馆、判官告院。王安石欲变科举,神宗召两制三馆议,苏轼上《议学校贡举状》。安石不悦,命轼摄开封府推官,欲以事繁困之。

熙宁三年庚戌(1070),三十五岁

上元节有旨市浙灯。苏轼上《谏买浙灯状》,诏罢之。轼惊喜过望,又作《上皇帝书》《再上皇帝书》,全面批评新法。殿前策进士,士子附和王安石,争言旧法不是,轼作《拟进士对试策》一道讽神宗。王安石党大怒,御史知事谢景温诬奏苏轼居丧,往复贾贩。诏湖北运司查核。穷治无所得。轼无一言自辩,乞外任避之。

熙宁四年辛亥(1071),三十六岁

以太常博士、直史馆通判杭州,七月出都赴陈,谒张方平,看望苏辙。九月苏轼兄弟同赴颍州,谒欧阳修,并别于颍。十一月二十八日到杭州任。

熙宁七年甲寅(1074),三十九岁

四月王安石罢相,出知江宁。苏轼通判杭州,纳妾朝云。五月被命知密州,九月离杭,十一月到任,上《论河北京东盗贼状》。

熙宁八年乙卯(1075),四十岁

二月,王安石复相。

苏轼知密州,有《上韩丞相论灾伤手实书》《上文侍中论强盗赏钱书》。作〔江城子〕《记梦》,悼念已去世十年的前妻王弗。又作〔江城子〕《密州出猎》。苏轼在密州建超然台,苏辙为作《超然台赋》。

熙宁九年丙辰(1076),四十一岁

十月王安石再次罢相,从此闲居金陵。

苏轼知密州。建盖公堂并作《盖公堂记》,希望无为而治。又作〔水调歌头〕《丙辰中秋》,怀念苏辙。十二月移知河中府,离密州。

熙宁十年丁巳(1077),四十二岁

返京抵陈桥驿,告下,改知徐州,不得入国门,遂居郊外范镇东园。为长子苏迈娶妇。四月苏辙送苏轼赴徐州,留百馀日。中秋夜,苏轼兄弟作〔水调歌头〕话别。黄河决口,八月二十一日水及徐州城下,苏轼率军民防洪,徐州得以保全。

元丰二年己未(1079),四十四岁

三月以苏轼知湖州,赴任前先到南京看望苏辙,为留半月,四月到任。七月以谤讪新政之罪名被捕入京,十二月责授黄州团练副使。

元丰三年庚申(1080),四十五岁

二月一日苏轼到达黄州贬所,初居定惠院,后徙城南临皋亭,时游武昌寒溪、

西山。黄州守徐君猷待轼甚厚。后故人马正卿为苏轼请得城东营房废地数十亩，苏轼躬耕其中，并自号东坡居士。

元丰五年壬戌(1082)，四十七岁

苏轼贬官黄州，在东坡筑雪堂，自书"东坡雪堂"四字以榜之。三月游沙湖，作〔定风波〕"莫听穿林打叶声"。至蕲水，作〔浣溪沙〕"山下兰芽短浸溪"。七月和十月两次游赤壁，作前后《赤壁赋》和〔念奴娇〕《赤壁怀古》。

元丰七年甲子(1084)，四十九岁

四月量移汝州。苏轼赴汝途中，绕道筠州访苏辙，有《端午游真如、迟、适、远从、子由在酒局》诗；游庐山，作《题西林壁》；游石钟山，作《石钟山记》；过金陵，访王安石，相与唱和。年终抵泗州，上表求常州居住。

元丰八年乙丑(1085)，五十岁

三月神宗病逝，哲宗继位，高太后听政。以司马光为门下侍郎。

苏轼赴汝途中，于二月抵南都，谒张方平。告下，允轼常州居住，五月至常州。六月告下，起知登州。十月到登州任，到官五日被召还朝，任礼部郎中。

宋哲宗元祐元年丙寅(1086)，五十一岁

四月王安石去世，九月司马光去世。

苏轼还朝半月升起居舍人，三个月后升中书舍人，不久又任翰林学士、知制诰。因政见不同，朝臣逐渐形成以程颐为首的洛党，以苏轼为首的蜀党，以刘挚为首的朔党，党争日演日烈。

元祐四年己巳(1089)，五十四岁

苏轼连章请郡，三月以龙图阁学士出知杭州。七月到达杭州任。

元祐六年辛未(1091)，五十六岁

三月被召入京任翰林学士、知制诰，兼侍读。六月到京。八月因两次遭到洛党攻击，出知颍州。

元祐七年壬申(1092)，五十七岁

二月苏轼自颍州改知扬州，三月到任。八月以兵部尚书召还，九月到京，诏兼侍读。十二月迁端明殿学士兼翰林侍读学士，守礼部尚书。

元祐八年癸酉(1093)，五十八岁

九月高太后崩，哲宗亲政。

五月上《乞校正陆贽奏议上进札子》，暗讽哲宗以苛刻、猜疑、好用兵、好聚财为戒。八月一日苏轼继室王闰之卒于京师。九月罢礼部尚书任，出知定州，哲宗拒绝苏轼陛辞。

绍圣元年甲戌(1094),五十九岁

四月以讥斥先朝之罪名贬知英州。未至贬所,再贬宁远军节度副使,惠州安置。十月二日到达惠州。长子苏迈、次子苏迨归宜兴,幼子苏过、侍妾朝云随行。

绍圣三年丙子(1096),六十一岁

苏轼贬官惠州。在白鹤观买地筑屋,作长住打算。助修惠州东西二桥。七月爱妾朝云卒。

绍圣四年丁丑(1097),六十二岁

二月苏轼白鹤观新居建成,长子苏迈来惠州探视。朝廷再次加重对元祐党人的惩处,苏轼远谪海南,苏辙远谪雷州。五月兄弟两人相遇于滕州,同行至雷州。六月苏轼渡海,兄弟二人别于海滨,遂成诀别。

元符元年戊寅(1098),六十三岁

苏轼贬官儋州。章惇遣董必查访广西,把苏轼逐出官屋。苏轼在城南买地筑屋,以避风雨。吴子野渡海访苏轼,为苏轼兄弟通消息。

元符三年庚辰(1100),六十五岁

正月哲宗去世,徽宗继位,大赦天下。

五月,苏轼量移廉州。六月渡海,七月至廉州贬所。九月改舒州团练副使,永州安置。行至英州,复朝奉郎,提举成都玉局观,外州军任便居住。年底过岭。

宋徽宗建中靖国元年辛巳(1101),六十六岁

苏轼度岭北归。正月抵虔州。五月至真州,瘴毒大作,暴病,止于常州。六月上表请老,以本官致仕。七月二十八日卒于常州。

苏轼著作版本举要

《东坡集》40卷《后集》20卷《奏议》15卷《内制集》10卷《乐语》1卷《外制集》3卷《应诏集》10卷《续集》12卷

明成化四年(1468)程宗刻本

清光绪三十四年(1908)至宣统元年(1909)端方宝华盦刻朱印本

《苏文忠公全集》111卷《年谱》1卷

明嘉靖十三年(1534)江西布政司刻本

《东坡先生全集》75卷

明万历三十四年(1606)茅维刻本

明刻本

明末项煜刻本

明末文盛堂刻本(附谭元春辑《东坡诗选》12卷,《年谱》1卷)

《增刊校正王状元集注分类东坡先生诗》25卷　题宋王十朋纂集
　　　宋建安虞平斋务本书堂刻本
　　　元刻本
　　　明抄本
　　　明汪氏诚意斋集书堂刻本(附宋·傅藻《东坡纪年录》1卷)
《东坡先生诗集注》32卷　题宋·王十朋纂集
　　　明万历茅维刻本
　　　明鲸碧山房刻本
　　　明末王永积刻本
《施注苏诗》42卷　宋·施元之、顾禧注
　　　清康熙三十八年(1699)宋荦刻本
《东坡乐府》2卷
　　　元延祐七年(1320)叶曾云间南阜草堂本
　　　1959年古典文学出版社影印本
　　　《四印斋所刻词》本
《东坡词》1卷
　　　明崇祯毛氏汲古阁刻《宋名家词》本
《东坡先生编年诗》50卷　清·查慎行补注
　　　清乾隆二十六年(1761)查开香雨斋刻本
《苏诗补注》8卷　清·翁方纲补注
　　　清乾隆四十七年(1782)翁方纲刻苏斋丛书本
《苏文忠诗合注》　清·冯应榴辑注
　　　清乾隆五十八年(1793)踵息斋刻本
　　　清同治九年(1870)补刊本
　　　清光绪二十年(1894)粤东文英阁重校刊本
　　　2001年上海古籍出版社排印本(名《苏轼诗集合注》)
《东坡乐府笺》　龙榆生撰
　　　商务印书馆1938年版
《苏轼诗集》　孔凡礼点校
　　　中华书局1982年版
《苏轼文集》　孔凡礼点校
　　　中华书局1986年版
《苏轼词编年校注》　邹同庆、王宗堂校注
　　　中华书局2001年版

苏轼研究论著论文举要

(一) 专著

《苏轼》,王水照著,上海古籍出版社1981年版。
《苏轼评传》,曾枣庄著,四川人民出版社1981年版。
《论苏轼的创作经验》,徐中玉著,华东师范大学出版社1981年版。
《苏轼文学论集》,刘乃昌著,齐鲁书社1982年版。
《苏轼文艺理论研究》,刘国珺著,南开大学出版社1984年版。
《宋人所撰三苏年谱汇刊》,王水照编,上海古籍出版社1985年版。
《论苏轼的文艺心理观》,黄鸣奋著,海峡文艺出版社1987年版。
《苏轼诗研究》,谢桃坊著,巴蜀书社1987年版。
《苏轼著作版本论丛》,刘尚荣著,巴蜀书社1988年版。
《苏轼与道家道教》,钟来因著,学生书局(台)1990年版。
《苏轼词研究》,唐玲玲著,巴蜀书社1991年版。
《苏轼词研究》,刘石著,文津出版社(台)1992年版。
《东坡词研究》,崔海正著,山东大学出版社1992年版。
《苏轼研究资料汇编》,四川大学中文系唐宋文学研究室编,中华书局1994年版。
《苏轼禅诗研究》,朴永焕著,中国社会科学出版社1995年版。
《苏东坡传》,林语堂著,张振玉译,作家出版社1996年版。
《苏轼论》,朱靖华著,京华出版社1997年版。
《苏轼思想探讨》,凌琴如著,中华书局(台)1997年版。
《苏轼年谱》,孔凡礼著,中华书局1998年版。
《苏轼研究》,王水照著,河北教育出版社1999年版。
《苏轼传》,王水照、崔铭著,天津人民出版社2000年版。
《苏轼研究史稿》,王友胜著,岳麓书社2000年版。
《苏轼研究史》,曾枣庄等著,江苏教育出版社2001年版。
《苏轼诗词艺术论》,陶文鹏著,上海古籍出版社2001年版。

(二) 论文

程千帆《苏词札记》,《光明日报》,1956年12月23日。
程千帆《苏诗札记》,《光明日报》,1957年5月9日。

王季思《苏轼试论》,《文学研究》,1957年第4期。
郭预衡《苏轼散文的一些艺术特色》,《光明日报》,1962年1月28日。
高海夫《苏轼散文的艺术风格》,《江海学刊》,1962年第1期。
叶柏村《论苏轼对词境的扩大与提高》,《浙江师范学院学报》,1964年第1期。
朱靖华《论苏轼政治思想的发展》,《历史研究》,1978年第8期。
王水照《评苏轼的政治态度和政治诗》,《文学评论》,1978年第3期。
马积高《试论苏轼的政治态度和文学成就》,《湖南师院学报》,1978年第3期。
顾易生《苏轼的政治态度及有关作品》,《文艺论丛》,1979年第5期。
张志烈《宋代散文的杰出代表——苏轼》,《读书》,1979年第5期。
沈祖棻《关于苏轼评价的几个问题》,《宋词赏析》,上海古籍出版社1980年。
沈祖棻《苏轼与词乐》,《宋词赏析》,上海古籍出版社1980年。
严迪昌《苏、辛词风异同辨》,《社会科学战线》,1980年第1期。
顾易生《苏轼的文艺思想》,《文学遗产》,1980年第2期。
徐中玉《苏轼创作思想中的数学观念》,《文学遗产》,1980年第3期。
李壮鹰《略谈苏轼的创作理论》,《浙江师范学院学报》,1981年第1期。
王水照《关于苏轼〈与滕达道书〉的系年和主旨问题》,《文学评论》,1981年第1期。
黄海澄、黄广华《苏轼与王安石变法——兼及苏轼的哲学思想》,《古典文学论丛》第2辑,1981年9月。
刘乃昌《苏轼同王安石的交往》,《东北师大学报》,1981年第3期。
陶文鹏《试论苏轼的诗画异同说》,《文学评论丛刊》,第13辑,中国社会科学出版社1982年。
丁永怀《苏轼黄州活动年月表》,《黄冈师专学报》,1982年第2期。
邓玉阶《苏轼"以诗为词"辨》,《江汉论坛》,1982年第3期。
陶文鹏《苏轼山水诗的谐趣、奇趣和理趣》,《江汉论坛》,1982年第4期。
张三夕《论苏轼诗中的空间感》,《文学遗产》,1982年第8期。
吴世昌《有关苏词的若干问题》,《文学遗产》,1983年第2期。
吴枝培《读苏轼的题画诗》,《古代文学理论研究》,第9辑,上海古籍出版社1984年。
王水照《论苏轼创作的发展阶段》,《社会科学战线》,1984年第1期。
张宏生《苏东坡的和陶诗》,《徐州师院学报》,1984年第1期。
吴枝培《言虽浅鄙,自有深趣》,《南京大学学报》,1984年第1期。
王水照《苏轼豪放词派的含义和评价问题》,《中华文史论丛》,1984年第2期。

方智范《论苏轼与南宋词风的转变》，《华东师范大学学报》，1984年第2期。
张忠权《苏轼的题画诗》，《四川师院学报》，1984年第2期。
卞孝萱《刘禹锡与苏轼》，《中国古典文学论丛》第3辑，人民文学出版社1985年。
曾枣庄《苏轼与北宋豪放词地位辨》，《四川大学学报》，1985年第1期。
王水照《论苏轼散文的艺术美》，《社会科学战线》，1985年第3期。
叶嘉莹《论苏轼词》，《中国社会科学》，1985年第3期。
程千帆、莫砺锋《苏轼的风格论》，《成都师大学报》，1986年第1期。
王立群《苏诗的游记文》，《河南大学学报》，1986年第2期。
谢桃坊《苏轼诗歌的艺术渊源》，《西南师范大学学报》，1987年第1期。
杨海明《试论苏轼词的充分"士大夫化"》，《社会科学研究》，1989年第4期。
王兆鹏《论东坡范式——兼论唐宋词的演变》，《文学遗产》，1989年第5期。
王水照《苏轼的人生思考与文化性格》，《文学遗产》，1989年第5期。
刘石《苏轼与佛教三辨》，《北京师范大学学报》，1990年第3期。
陈祖美《苏轼贬儋时期的心态与文风》，《江海学刊》，1991年第6期。
张仲谋《论苏轼的人格风貌与魅力》，《扬州师院学报》，1992年第2期。
常为群《论苏轼的人生态度及儒道释的交融》，《南京大学学报》，1992年第3期。
张毅《清旷之美——苏轼的创作个性、文化品格及审美趋向》，《文艺理论研究》，1992年第4期。
朱靖华《论苏轼诗风主流"高风绝尘"》，《文学遗产》，1993年第5期。
孟二冬、丁放《试论苏轼的美学追求》，《国学研究》第2卷，北京大学出版社1994年。
孙昌武《苏轼与佛教》，《文学遗产》，1994年第1期。
莫砺锋《论苏黄对唐诗的态度》，《文学评论》，1994年第2期。
刘扬忠《酒趣、诗心——从苏轼的饮酒看其文化性格》，《湖北大学学报》，1994年第3期。
张维《试论苏轼的美学思想与道学的联系》，《社会科学研究》，1994年第4期。
刘尊明《说苏东坡的人生幽默及其文化内蕴》，《湖北大学学报》，1994年第4期。
刘石《试论尊词与轻词——兼评苏轼词学观》，《文学评论》，1995年第1期。
张毅《苏轼朱熹文化人格比较》，《文学遗产》，1995年第4期。
葛晓音《苏轼诗文中的理趣》，《学术月刊》，1995年第3期。
龙榆生《东坡乐府综论》，《龙榆生词学论文集》，上海古籍出版社1997年。

龙榆生《苏辛词派之渊源流变》,《龙榆生词学论文集》,上海古籍出版社1997年。
安熙珍《苏轼诗歌的至境——自然》,《文学遗产》,1997年第3期。
叶瑞汶《对苏轼佚文〈叶氏宗谱序〉的考证》,《文学遗产》,1997年第3期。
王兆鹏《宋词流变史论纲》,《湖北大学学报》,1997年第5期。
诸葛忆兵《论徽宗年间苏轼词的影响》,《湖北大学学报》,1997年第5期。
曾枣庄《强附贤达的伪托之作——苏轼〈叶氏宗谱序〉真伪辨》,《文学遗产》,1997年第6期。
李康化《从"清旷"到"清空"——苏轼、姜夔词学审美理想的历史考察》,《文学评论》1997年第6期。
赵俊成《此"豪放"非彼"豪放"》,《文史知识》,1997年第7期。

《苏轼集》名言警句

△人生到处知何似,应似飞鸿踏雪泥。(《和子由渑池怀旧》)(第002页)
△眼枯泪尽雨不尽,忍见黄穗卧青泥!(《吴中田妇叹》)(第012页)
△官今要钱不要米,西北万里招羌儿。龚黄满朝人更苦,不如却作河伯妇。(《吴中田妇叹》)(第013页)
△黑云翻墨未遮山,白雨跳珠乱入船。卷地风来忽吹散,望湖楼下水如天。(《六月二十七日望湖楼醉书》选一)(第014页)
△农夫辍耒女废筐,白衣仙人在高堂!(《雨中游天竺灵感观音院》)(第015页)
△雨过潮平江海碧,电光时掣紫金蛇。(《望海楼晚景五绝》选一)(第015页)
△野桃含笑竹篱短,溪柳自摇沙水清。(《新城道中》其一)(第018页)
△水光潋滟晴方好,山色空濛雨亦奇。欲把西湖比西子,浓妆淡抹总相宜。(《饮湖上初晴后雨》)(第019页)
△游人脚底一声雷,满座顽云拨不开。天外黑风吹海立,浙东飞雨过江来。(《有美堂暴雨》)(第021页)
△暮鼓朝钟自击撞,闭门孤枕对残釭。白灰旋拨通红火,卧听萧萧雨打窗。(《书双竹湛师房二首》选一)(第025页)
△存亡惯见浑无泪,乡井难忘尚有心。(《过永乐文长老已卒》)(第028页)
△梦里青春可得追?欲将诗句绊馀晖。酒阑病客惟思睡,蜜熟黄蜂也懒飞。(《送春》)(第029页)
△瓦屋寒堆春后雪,峨眉翠扫雨馀天。(《寄黎眉州》)(第030页)
△梨花淡白柳深青,柳絮飞时花满城。惆怅东栏一株雪,人生看得几清明。(《东栏梨花》)(第031页)

△有如兔走鹰隼落,骏马下注千丈坡。断弦离柱箭脱手,飞电过隙珠翻荷。(《百步洪》)(第035页)

△欲令诗语妙,无厌空且静。静故了群动,空故纳万境。(《送参寥师》)(第038页)

△忽登最高塔,眼界穷大千。卞峰照城郭,震泽浮云天。(《端午遍游诸寺得禅字》)(第041页)

△自笑平生为口忙,老来事业转荒唐。长江绕郭知鱼美,好竹连山觉笋香。(《初到黄州》)(第043页)

△人似秋鸿来有信,事如春梦了无痕。(《正月二十日,与潘、郭二生出郊寻春,忽记去年是日同至女王城作诗,乃和前韵》)(第044页)

△寒心未肯随春态,酒晕无端上玉肌。(《红梅三首》选一)(第045页)

△若言琴上有琴声,放在匣中何不鸣?若言声在指头上,何不于君指上听?(《琴诗》)(第046页)

△春江欲入户,雨势来不已。小屋如渔舟,濛濛水云里。(《寒食雨二首》其二)(第047页)

△东风袅袅泛崇光,香雾空濛月转廊。只恐夜深花睡去,故烧高烛照红妆。(《海棠》)(第048页)

△人皆养子望聪明,我被聪明误一生。惟愿孩儿愚且鲁,无灾无难到公卿。(《洗儿戏作》)(第048页)

△横看成岭侧成峰,远近高低各不同。不识庐山真面目,只缘身在此山中。(《题西林壁》)(第051页)

△一双铜剑秋水光,两首新诗争剑铓。剑在床头诗在手,不知谁作蛟龙吼。(《郭祥正家醉画竹石壁上,郭作诗为谢,且遗二古铜剑》)(第053页)

△竹外桃花三两枝,春江水暖鸭先知。蒌蒿满地芦芽短,正是河豚欲上时。(《惠崇春江晚景二首》选一)(第058页)

△诗画本一律,天工与清新。(《书鄢陵王主簿所画折枝二首》选一)(第061页)

△荷尽已无擎雨盖,菊残犹有傲霜枝。一年好景君须记,最是橙黄橘绿时。(《赠刘景文》)(第062页)

△雨顺风调百谷登,民不饥寒为上瑞。(《荔支叹》)(第067页)

△罗浮山下四时春,卢橘杨梅次第新。日啖荔支三百颗,不辞长作岭南人。(《食荔支二首》选一)(第069页)

△白发萧散满霜风,小阁藤床寄病容。报道先生春睡美,道人轻打五更钟。(《纵笔》)(第070页)

△雪乳已翻煎处脚,松风忽作海时声。枯肠未易禁三碗,坐听荒城长短更。(《汲江煎茶》)(第071页)

△垂天雌霓云端下,快意雄风海上来。(《儋耳》)(第072页)

△馀生欲老海南村,帝遣巫阳招我魂。杳杳天低鹘没处,青山一发是中原。(《澄迈驿通潮阁二首》选一)(第073页)

△九死南荒吾不恨,兹游奇绝冠平生。(《六月二十日夜渡海》)(第074页)

△明月几时有?把酒问青天。不知天上宫阙,今夕是何年?(〔水调歌头〕"明月几时有")(第076页)

△人有悲欢离合,月有阴晴圆缺,此事古难全。但愿人长久,千里共婵娟。(〔水调歌头〕"明月几时有")(第076页)

△认得醉翁语,山色有无中。(〔水调歌头〕"落日绣帘卷")(第077页)

△一点浩然气,千里快哉风。(〔水调歌头〕"落日绣帘卷")(第077页)

△烦子指间风雨,置我肠中冰炭,起坐不能平。(〔水调歌头〕"昵昵儿女语")(第079页)

△大江东去,浪淘尽、千古风流人物。(〔念奴娇〕"大江东去")(第080页)

△乱石崩云,惊涛裂岸,卷起千堆雪。江山如画,一时多少豪杰。(〔念奴娇〕"大江东去")(第080页)

△山有时而童颠,水有时而回川。思翁无岁年,翁今为飞仙。(〔醉翁操〕"琅然,清圆,谁弹,响空山")(第082页)

△春色三分,二分尘土,一分流水。(〔水龙吟〕"似花还似非花")(第083页)

△蜗角虚名,蝇头微利,算来着甚干忙。(〔满庭芳〕"蜗角虚名")(第086页)

△我梦扁舟浮震泽,雪浪摇空千顷白。(〔归朝欢〕"我梦扁舟浮震泽")(第090页)

△与余同是识翁人,惟有西湖波底月!(〔木兰花令〕"霜馀已失长淮阔")(第091页)

△无波真古井,有节是秋筠。(〔临江仙〕"一别都门三改火")(第092页)

△此身如传舍,何处是吾乡。(〔临江仙〕"忘却成都来十载")(第093页)

△长恨此身非我有,何时忘却营营?(〔临江仙〕"夜饮东坡醒复醉")(第094页)

△世事一场大梦,人生几度新凉。(〔西江月〕"世事一场大梦")(第095页)

△可惜一溪风月,莫教踏碎琼瑶。(〔西江月〕"照野弥弥浅浪")(第096页)

△莫听穿林打叶声,何妨吟啸且徐行。竹杖芒鞋轻胜马,谁怕?一蓑烟雨任平生。(〔定风波〕"莫听穿林打叶声")(第098页)

△回首向来萧瑟处,归去,也无风雨也无晴。(〔定风波〕"莫听穿林打叶声")(第098页)

△万事到头都是梦,休休,明日黄花蝶也愁。(〔南乡子〕"霜降水痕收")(第105页)

△手弄生绡白团扇,扇手一时似玉。(〔贺新郎〕"乳燕飞华屋")(第107页)

△缺月挂疏桐,漏断人初静。(〔卜算子〕"缺月挂疏桐")(第109页)

△冰肌玉骨,自清凉无汗。水殿风来暗香满。(〔洞仙歌〕"冰肌玉骨")(第110页)
△昨夜东坡春雨足,乌鹊喜,报新晴。(〔江城子〕"梦中了了醉中醒")(第113页)
△凤凰山下雨初晴,水风清,晚霞明。(〔江城子〕"凤凰山下雨初晴")(第114页)
△欲待曲终寻问取,人不见,数峰青。(〔江城子〕"凤凰山下雨初晴")(第114页)
△欲棹小舟寻旧事,无处问,水连天。(〔江城子〕"翠蛾羞黛怯人看")(第115页)
△会挽雕弓如满月,西北望,射天狼。(〔江城子〕"老夫聊发少年狂")(第116页)
△十年生死两茫茫,不思量,自难忘。(〔江城子〕"十年生死两茫茫")(第117页)
△夜来幽梦忽还乡,小轩窗,正梳妆。相顾无言,惟有泪千行。(〔江城子〕"十年生死两茫茫")(第117页)
△花褪残红青杏小。燕子飞时,绿水人家绕。枝上柳绵吹又少,天涯何处无芳草。(〔蝶恋花〕"花褪残红青杏小")(第118页)
△落日多情还照坐,山青一点横云破。(〔蝶恋花〕"籁籁无风花自弹")(第119页)
△燕子楼空,佳人何在,空锁楼中燕。(〔永遇乐〕"明月如霜")(第120页)
△美酒清歌,留连不住,月随人千里。(〔永遇乐〕"长忆别时")(第121页)
△叹隙中驹,石中火,梦中身。(〔行香子〕"清夜无尘")(第122页)
△此生此夜不长好,明月明年何处看。(〔阳关曲〕"暮云收尽剧清寒")(第124页)
△有笔头千字,胸中万卷;致君尧舜,此事何难? (〔沁园春〕"孤馆灯青")(第130页)
△忧而不伤,威而不怒,慈爱而能断,恻然有哀怜无辜之心。(《刑赏忠厚之至论》)(第133页)
△可以赏,可以无赏,赏之过乎仁;可以罚,可以无罚,罚之过乎义。(《刑赏忠厚之至论》)(第133页)
△先王知天下之善不胜赏,而爵禄不足以劝也;知天下之恶不胜刑,而刀锯不足以裁也。(《刑赏忠厚之至论》)(第133页)
△天下有大勇者,卒然临之而不惊,无故加之而不怒。(《留侯论》)(第135页)
△观夫高祖之所以胜,而项籍之所以败者,在能忍与不能忍之间而已矣。(《留侯论》)(第135页)
△夫君子之所取者远,则必有所待;所就者大,则必有所忍。(《贾谊论》)(第137页)
△古之人有高世之才,必有遗俗之累。(《贾谊论》)(第138页)
△天下之民知安而不知危,能逸而不能劳。(《教战守策》)(第141页)
△人不可以苟富贵,亦不可以徒贫贱。(《上梅直讲书》)(第144页)
△天下不诉而无冤,不谒而得其所欲,此尧、舜之盛也。(《决壅蔽》)(第147页)
△使远方之贱吏,不知朝廷之高;而一介之小民,不识官府之难,而后天下治。(《决壅蔽》)(第147页)

△天下有不幸而诉其冤,如诉之于天;有不得已而谒其所欲,如谒之鬼神。(《决壅蔽》)(第147页)

△故凡贿赂先至者,朝请而夕得;徒手而来者,终年而不获。(《决壅蔽》)(第147页)

△所欲排者,有小不如法,而可指以为瑕;所欲与者,虽有所乖戾,而可借法以为解,故小人以法为奸。(《决壅蔽》)(第148页)

△昔者以声律取士,士杂学而不志于道;今也以经术取士,士知求道而不务学。(《日喻》)(第151页)

△自孔子圣人,其学必始于观书。(《李氏山房藏书记》)(第153页)

△束书不观,游谈无根。(《李氏山房藏书记》)(第153页)

△涉其流,探其源,采剥其华实,而咀嚼其膏味,以为己有,发于文词,见于行事,以闻名于当世矣。(《李氏山房藏书记》)(第153页)

△使天而雨珠,寒者不得以为襦;使天而雨玉,饥者不得以为粟。(《喜雨亭记》)(第155页)

△见山之出入于林木之上者,累累如人之旅行于墙外而见其髻也。(《凌虚台记》)(第156页)

△人之所欲无穷,而物之可以足吾欲者有尽。美恶之辨战乎中,而去取之择交乎前,则可乐者常少,而可悲者常多。(《超然台记》)(第158页)

△春夏之交,草木际天;秋冬雪月,千里一色。风雨晦明之间,俯仰百变。(《放鹤亭记》)(第160页)

△古之君子,不必仕,不必不仕。必仕则忘其身,必不仕则忘其君。(《灵壁张氏园亭记》)(第162页)

△事不目见耳闻,而臆断其有无,可乎?(《石钟山记》)(第164页)

△出新意于法度之中,寄妙理于豪放之外。(《书吴道子画后》)(第167页)

△瑰玮之文,足以藻饰万物;卓绝之行,足以风动四方。(《王安石赠太傅》)(第168页)

△屡争席于渔樵,不乱群于麋鹿。(《王安石赠太傅》)(第168页)

△故画竹,必先得成竹于胸中。(《文与可画筼筜谷偃竹记》)(第170页)

△白云左绕,清江右洄,重门洞开,林峦坌入。(《书临皋亭》)(第175页)

△庭下如积水空明,水中藻、荇交横,盖竹柏影也。(《记承天寺夜游》)(第176页)

△如行云流水,初无定质,但常行于所当行,常止于所不可不止。(《答谢民师书》)(第177页)

△辞至于能达,则文不可胜用矣。(《答谢民师书》)(第177页)

△白露横江,水光接天。纵一苇之所如,凌万顷之茫然。(《前赤壁赋》)(第186页)

△其声呜呜然,如怨如慕,如泣如诉;馀音袅袅,不绝如缕。(《前赤壁赋》)(第186页)

△舳舻千里,旌旗蔽空;酾酒临江,横槊赋诗。(《前赤壁赋》)(第186页)
△驾一叶之扁舟,举匏樽以相属;寄蜉蝣于天地,渺沧海之一粟;哀吾生之须臾,羡长江之无穷;挟飞仙以遨游,抱明月而长终。(《前赤壁赋》)(第186页)
△天地之间,物各有主;苟非吾之所有,虽一毫而莫取;惟江上之清风,与山间之明月,耳得之而为声,目遇之而成色;取之无禁,用之不竭。(《前赤壁赋》)(第186页)

图书在版编目（CIP）数据

苏轼集/（宋）苏轼著；于景祥，徐桂秋，郭醒解评．—2版．—太原：三晋出版社，2008.8（2024.5重印）
（中国家庭基本藏书·名家选集卷）
ISBN 978-7-80598-982-2-02

Ⅰ．苏…　Ⅱ．①苏…②于…③徐…④郭…　Ⅲ．①古典诗歌—作品集—中国—北宋②古典散文—作品集—中国—北宋　Ⅳ．I214.412

中国版本图书馆 CIP 数据核字（2008）第112027号

苏轼集

著　　者：	（宋）苏轼	解评者：	于景祥　徐桂秋　郭　醒
责任编辑：	郝文霞	审订者：	郝文霞
封面设计：	敬人工作室	版式设计：	敬人工作室
责任校对：	郝文霞	责任印制：	李佳音

出版发行：山西出版集团·三晋出版社
地　　址：太原市建设南路21号
电　　话：（0351）4956036（咨询）　4922268（邮购）
传　　真：（0351）4922102
网　　址：www.sxskcb.com
邮　　编：030012

印刷装订：山西新华印业有限公司
（本书如有破损、缺页、装订错误，请与本社联系调换）

开　本：787mm×960mm　1/16
字　数：255千字
印　张：14.5
版　次：2008年8月第2版
印　次：2024年5月第5次印刷
书　号：ISBN 978-7-80598-982-2-02
定　价：56.00元

版权所有，翻印必究。本书图文未经书面授权，不得以任何方式转载或公开发表。